U0878030

漫娱文化
青春言情系列

# 爱上男神经病

苏素 著

长江出版社
漫娱文化

这本书的男主角喻宇星，大概是我所有书里写得最用心、也最让我怜悯的男主。尽管这是个喜剧的故事，落笔处却总是带着对他的心疼，他那么善良那么隐忍……而女主周良缘，我就写的更春风和煦了，让宇星不至于在书里那么的彷徨和无助。

宇星和良缘的结局，颇有点苦尽甘来，希望这样得来不易、细水长流的感情，能让看到的人都喜欢！

苏素

# 目录

# CONTENTS

爱上男神经病

# PART 1

## 墓地，周女士，自杀癖男神

一排排的墓碑，都是烟灰大理石的壳，在暗暗的光线里，给人一种沉闷的压抑感。我走过两排，视线落在靠近院落最里处的一座墓碑上，那是所有墓碑里最朴实最简单的一款，墓前什么都没有，空荡荡的挺可怜。

Y 市是我的故乡，从 N 市辞职回来的时候，我顺路给周女士带去了一束野菊花。

周女士的样貌永远停留在了 40 岁，女人最成熟妩媚的年纪。我跟她其实长得一点都不像，她的脸是妩媚的，一颦一笑都风情万种，举手投足间就能秒杀一切雄性。

可惜的是，我长得十分普通，整张脸除了笑起来皱皱的鼻头和她有几分相似外，其他部分组合起来简直就是完美的路人甲长相。对了，我嘴角比她还多了两个米窝，周女士曾经笑我是天生的吃货。

“周女士，我来看你啦！”她的墓碑十分干净，看得出经常会有人来打扫，墓前有着六七束花，姹紫嫣红的。我看看自己手里的野菊花，又看看她墓前一排边的高档花束，不禁有些啼笑皆非：“周女士，我这花可不好意思送给你啊！”

照片上的周女士依旧是一副甜甜微笑着的妩媚模样，大大的眼睛像是会说话。我蹲下身，伸出手去抚摸照片，突然想起周女士“人前淑女人后熟女”的做派，不禁笑了起来，从口袋里掏出一盒香烟，直接帮她点上，搁在墓前。

恐怕除了我，谁都不知道温柔的周女士爱抽烟。

暮色霭霭，已经接近傍晚，今天是一年里天黑得最早的日子，来扫墓的人早已经散去。墓园的工作人员已经过来善意地提醒过我，我打算再敬一支烟就跟周女士道别。

“哟，周女士我走啦，菊花就不留给你了！我看着你哪位邻居需要花束，帮你去睦邻吧！”等着最后一支烟燃尽，我站起来拍拍屁股，提着野菊花往墓园门外走。

一排排的墓碑，都是烟灰大理石的壳，在暗暗的光线里，给人一种沉闷的压抑感。我走过两排，视线落在靠近院落最里处的一座墓碑上，那是所有墓碑里最朴实最简单的一款，墓前什么都没有，空荡荡的挺可怜。

我瞅瞅手里的菊花，甩了甩，倒提着走了过去。

那块墓碑上贴着张黑白照片，照片上是一位二十出头的青年，年少英俊，眸子深沉又温柔，嘴角还蕴着一抹笑意，看着就让人有一种既心痛又惋惜的感觉。

我蹲下去，凑过去细细地看了看照片，忍不住自言自语道：“周女士，我把这花丢这啦，这少年真是太俊了，你要看了也愿意送花给他……眉眼有神，看着照片都觉得笑容太灿烂。对啦，他跟我一样是吃货呢，你看他的一对米窝，比我可深多了。”

真是一枚优质青年，真的，就算只看着照片，你都觉得他笑容的暖意能透过黑暗传递过来。

我双手将花放在他的墓前，一边惋惜一边准备起身离去，还没回过神，一抬眼，突然看见从墓碑后竟缓缓站起一个青年，身材精瘦，只是佝偻着腰向前倾着，逆着光向我缓慢地挥了挥手：“谢谢……啦……”

那声音拖得很长，我吓得直接跳了起来。

在极度惊吓之下，愣住了的我只能跟他大眼瞪小眼，这个青年跟墓碑上的照片长得像极了，一双眸子黑黝黝的，唇红齿白的，就是笑容显得有些玩世不恭，见我被吓到了，他笑着问我：“小姐，花是你送的吗？”

我磕磕巴巴地回答他：“嗯。你，你不满意吗？那啥，我其实，就是你邻居的女儿……”我胆战心惊地伸手指指周女士的墓碑，色字头上一把刀哇，我怎么就把苦主从坟墓里给惊出来了呢？

“菊花呀，我很喜欢哪——让我抱抱你作为回报吧！”他又笑了，暗色将他的面部轮廓勾了个边，真是挺俊俏的一个青年，但是一想到他是墓碑的主人，我就浑身战栗，他的身子动了动，似乎要从墓碑后面走出来。天色阴暗，树叶被风刮得哗啦啦的，我越看越心惊，见他似乎真的迈了脚要出来，惊得尖叫了一声，将手中的小包直接砸到了他的脸上，尖叫狂奔着往墓园门口跑去，一路跑一路大叫："救命啊，诈尸啦……"

谁特么的要跟"好兄弟"拥抱啊啊啊……

园里的工作人员听见我的叫声被惊得直起了身，远远瞅了一眼墓碑后的青年，汗毛倒立，扔掉了扫帚高举着双臂也跟着我跑了出来。

直到墓园大门被上了锁，我才松了一口气。向年老的工作人员道谢，那个老伯也是一副惊魂未定的样子，直摇手，眼睛却是依然瞅着园内。

天色越发暗了，就着昏暗的光线，我和老伯看到园内的林荫道上，一个白衣青年正一步步向我们走来。

"嗨，你们别跑呀！"他慢悠悠地喊。

"别锁门呀！让我也出——来——呀——"他的手插在口袋里，嘴角勾起一个玩世不恭的淡笑，将声音拖得悠悠扬扬的，在空寂的墓园里回荡。

我一扭头，看见身旁的老伯竟然开始解裤带。

"老伯，你这是干吗？！"

"扯内裤呀，姑娘，这里脏东西都怕红内裤的！"老伯的外裤已经褪了一半了，看我痴呆一样注视着他，整个人都暴躁了："别瞅着我的，我只有一条！"

我默默扭过头。从胸口掏出玉佛举了起来。

"哈哈哈哈，你们这是干吗？我来咯！"青年突然大笑起来，却仍然走得极为缓慢，背着手似乎在看风景一样。等到他走到靠近墓园栅栏的地方，突然整个身子猛地扑在了铁栅栏上，一双黝黑的眼珠咕噜噜地转，突然眼儿一转看向我，我顿时觉得一股凉气从脚底蹿了上来，不由嘶的一声倒抽一口冷气。

"喂，你们还真当我是'好兄弟'来的呀？"他扑在栅栏上还笑嘻嘻的。

"你们误会啦！"他继续慢条斯理地解释给我们听，突然啪嗒一下，摁开手里的电筒，给我们看他的脸："看，是不是误会了？"在诡异的手电筒灯光下，他的脸被照得更加恐怖，看门的老伯跟我两人齐齐嗷的大叫了一声。

“你别过来！看我的内裤！”看门大伯当场就甩掉了长裤，穿着红色内裤像个超人一样在青年面前站得笔直。

“啊？！”他似乎也被惊了一下，四处看了一圈，然后吐了一口气，放下手电筒，对我们解释：“我呢，是那位的孪生兄弟，不是你们想的那样啦！不信你们看我的身份证！”他从口袋里掏出身份证，隔着栅栏递给我们看。

“……”我跟老伯齐齐地松了一口气。

那个老伯声音还打着颤：“我这是第一周来值勤，真是被你吓死了！”他哆哆嗦嗦地打开门锁，将青年放了出来，就着手电筒的光，去看青年的身份证。身份证上印着青年的照片，彼时他还是少年，一双大眼睛像是没有聚焦一般，茫然地看向某处，精致的鼻子，淡粉红的薄唇，真是张精致的脸。

我悄悄地瞄他，夜色里，他回了我一个笑容。

我颤抖着嘴角也想扯出一个微笑，突然，看园子的老伯大叫了一声，将他的身份证甩了出去。我被老伯给吓着了，条件反射地拽着老伯的袖子就跟着他往外跑。

“你你你，就是，他！”老伯一个劲地哆嗦，手指颤抖着指着他，又惊恐交加地指指园内。

青年嘿的一声笑了，有些不好意思一样，弯腰捡起身份证，有点内疚地向我们解释：“真不好意思，你们没有看见墓碑上的字体颜色是鲜红色的吗？那是我自己买的空位呢！先前怕你们害怕，就骗你们说是孪生兄弟，结果还是吓着你们了！”

哎？他这么一说，我倒是想起来了。

“其实吧，那是我给自己买的墓地，今天只是来整理整理墓地上的杂草！”他满不在乎地解释。

我：“……”

我哆哆嗦嗦地问他：“那为什么现在就贴上照片？”哪有在买的活墓上贴自己的照片的，真是个怪人。

他嘻嘻笑了笑，无所谓地回答我：“因为我就快要死啦，不提早贴，我怕帮我办后事的人找不到其他的照片呢！”

“怎么样，俊不俊？”他嬉皮笑脸地看我。

我直接翻了个白眼不想理他。

“神经病！去去去去，下班了！”看园的老伯因为受了惊吓，有些恼羞成怒，直接把我们赶出了园子。

这里离公交站台还有一段距离，我落在他的后面，暗暗偷看他的影子，见他有影子有脚，才终于放下一颗心来。他惬意地抱着手臂在前头慢悠悠地走，突然一回头，朝我贱笑：“你在看什么，是不是瞧我的影子？”

我绷着脸不想回答他。

他并不觉得无趣，朝我嘿嘿笑了笑，有些自嘲地笑道：“或许再过一周的时间，你再见到我，就会发现我没有影子了！”他恶劣地靠过来，甩甩脚，“看，说不定那时候我就浮在半空中了……”

我再也忍受不了这个白痴，瞪了他一眼，甩开腿，直接拦了一辆的士。

他跟在我的后面，居然也钻进了车里，笑嘻嘻地问我：“你是去哪里，捎上我一程吧，将我丢在世贸大厦那里就可以了！”

我口快，条件反射地问他：“这么晚了，你去那里做什么？”

他立刻来了精神，笑嘻嘻地回答我：“那里不是本市最高吗，我就想从那个上面跳下来……啪叽一声落地，哎哟，地上残留一汪血水，肯定特给力！”

开车的司机手一哆嗦，整个扭过身子看我俩，那眼神简直是《苹果日报》记者附体，带着八卦的热情，熠熠生辉。

“停！打住……”刹那间我泪流满面，恨不得自抽一个巴掌，我这是有多闲啊，为什么要多这么一句嘴。作为一个有正义感的女性，我内心那个纠结呀。

车子开到世贸大厦的时候，他果然下车了。顺带潇洒地丢了个飞吻给我。我一狠心将车门猛地甩上了，他要是跳楼了，也不关我什么事对吧？

应该是不关我什么事……的吧……

开车的师傅将车开得相当缓慢，甚至比行人走路还要慢半拍，我坐在的士里，总是觉得不自在，踌躇了一会儿忍不住吩咐司机：“算了，师傅，回头吧，我还是回去劝劝那个跳世贸大厦的吧！”

开车的师傅像是松了一口气一样，从后视镜里瞄了我一眼，语重心长地劝我：“小姑娘，男人是要哄的嘛，别逼男人逼太狠了！回去的时候记得多撒撒娇、卖卖萌。”他做了个曲腕的动作，像只卖萌的卡通喵一样将拳头松松地放在耳朵边，眨着眼睛教我：“像这样，喵——看多萌，我女儿都这么撒娇的，是头蛮牛都给你哄回来了！哎哟，心里暖死了。”

我张开嘴，觉得无从解释，又无力地合上了嘴巴。

世贸大厦关得晚，这个时候依然有进进出出的人，大厦的顶端是观景台，台上有无数座观景望远镜，据说城里的情侣都喜欢晚间来观星。

我坐着观光电梯一口气上了 42 楼。

楼顶上的小灯泡已经打开了，五彩缤纷的，我站定后扫了一圈，果然在天台边见着了之前的那个青年，他正怔怔的不知道在想什么，身子靠在铁栏杆边晃来晃去的，似乎随时都会一头栽下去。

真是多管闲事，我暗自骂了自己一声，但还是小心翼翼地靠了过去。

还没等我走近，青年就像察觉到了什么一样，缓缓偏过脸来，见是我，眼睛一亮，嘴角高高地扬了起来：“哟，你来啦，是不是来送我最后一程？”

他的身体又开始摇摆不定地晃动了，身子往前倾着，像是随时会翻身下去一样。

我吓坏了，一个箭步冲过去，一把抱住他的胳膊，语无伦次地劝他：“你你，别跳楼了，跳楼怪难看的，这么高下去，身体都一段段地滚，要是想作死，不如下次去跳海吧……好歹留个全尸。”

青年咧开嘴巴，眼睛亮亮的，居然觉得我说的很有道理一样，点了点头，颇为赞同地附和：“对，跳海好，又风雅，又环保，真是谢谢你啦！”而且那句“谢谢你啦”说得尤为诚挚。

“我去，我什么要提议跳海？！”我内心又开始纠结了。

难道我要随时活在他即将要跳海的阴影里？

“你放心啦，下次跳海之前我一定跟你道别！”他眉眼弯弯地安慰我。

哎哟喂……谁想要这样的安慰？！

从世贸顶层下来的时候，青年极为无耻地邀请我去吃位于三十二层的法式料理，这里的料理相当昂贵，一顿饭吃下来，相当于我平时三个月的工资。

我从来都没有吃过这么昂贵奢侈的西餐，有些不好意思，同他客套，他一扬眉，笑道："我都要跳海啦，这点钱再不用掉就浪费了！要不咱们再多点一点，你以后烧冥币多烧点给我，那不是就扯平了。"他又呼啦啦点了好多。

……真是个雷厉风行的男人。

被他这么一说，我立刻觉得自己其实是在学雷锋做好事，陪他吃这么昂贵的西餐，的确是件功德无量的事情。

为了表现我帮忙帮到底的决心，点餐的时候，我把平时没有见过的菜都叫了一遍，见他一直坐得端端正正的微笑着看我，觉得受到了鼓舞，继续帮他也补充了不少昂贵的甜点。

至此，一晚上的抑郁一扫而空。

美餐送上来的时候，我尝试着打消他自杀的念头："先生，你为什么要自杀呢？长得这么帅，又年轻！我估计好多人羡慕都来不及呢！"

他一口一个鸽子蛋，吞了三个才抬起头来看我，眼神无辜得像个孩子，十分理直气壮地问我："我不自杀，那墓地提前付掉的钱怎么办，那不是提前白买了好几十年？"

"……"他说的好有道理，我竟然无言以对。

我被堵了一下，喝了几口饮料，才回过神来，找着话题，又绕回去了："先生，自杀是最末流的解决方式，你为什么要想到用自杀解决问题？"

他愣了一下，似乎在沉思什么，好半晌，才开口回答我："叫我宇笙吧，我全名喻宇笙，别总是先生先生的叫！"

我应了一声。

这才反应过来他依然没有回答我的问题。看来他是绕着弯子不想提自己的伤心事了，周女士曾经对我说过，越是嬉皮笑脸的人，或许内心中的伤口越深。

这位喻先生，或许就是周女士所说的这类人。

我默默地享用着这些餐点，不再尝试着去劝他，只是时不时悄悄抬眼同情地看他。

他吃东西极为慢条斯理，动作优雅得很，举手投足都十分得体，展露出他良好的家教。期间，有好几次收到我的目光，他都会抿着嘴朝我微微地笑。笑容温暖，眼眸明亮。那对讨喜的小梨涡要多可爱有多可爱！

这样的男人去跳海，简直是暴殄天物。我一想到这个就心如刀割，忍不住多吞了几块极品肉块。

他咽下最后一口菜，突然想起什么似的，瞪大眼睛望着我："有件事情我要忏悔一下，良缘，你帮我先垫付一下这餐的现金吧，我都忘记这里不刷卡的，只能现金付账！"

"What！你开玩笑吧！"我惊得跳了起来。他一脸严肃地看我，甚至把皮夹打开示意给我看，我瞬间有一种心绞痛就要发作的错觉感——这餐吃的有多奢侈，现在我的心就有多疼。

什么暴殄天物，什么优雅男人，都变成了浮云一样的东西。要命，这种祸害还是跳楼为好，我后悔得直扯头发。

不过心疼归心疼，总不能真的坐在这里大眼瞪小眼吧？于是，善良的我还是用下午刚取出来的现金支付了这昂贵的一餐。不知道是这个青年太幸运还是我太不幸，这笔钱可是我取来打算好好购置物什装饰旧宅的，还没有捂热，就飞走了。

"良缘，你在想什么呢？"从世贸大厦下来的时候，喻宇笙见我呆呆的，忍不住问我。

我愣了好久才回过神，仰着头看世贸大厦的顶，有点欲哭无泪："你说，从上面跳下来，应该干脆得很吧，不会半身瘫痪吧？"

别拦着我，让我自杀吧！这一顿饭花了我将近二分之一的积蓄呀！

"这样不好，良缘，会变成一段段到处滚落的，要不下次我们约好了一起去跳海吧！"

"嘿，就这么定了，幸好我跟你要了电话了！"

"那啥，良缘，以后咱们电话联系？"

我忍无可忍，直接回驳他："咱们以后都别再见了，我可没有预定好自己的墓地！"

喻宇笙抿着嘴含着笑，眼波荡啊荡，许久之后，他居然有些羞涩地问我："要不咱们俩合葬，我让半块墓地给你？"他似乎越琢磨越觉得这个提议不错，拍手大笑："这样好，那这顿饭就算是我请的了！"

"合葬你妹！神经病！"我扭头看了一眼笑得无比真挚的喻宇笙，狠狠瞪了他一眼，这次意志坚定地拦了的士，直接甩上车门就跑了。

爱作死就死远点吧，这年头好人真的不能做。

当我坐在回家的的士上时，才突然想起一个问题，这个神经病怎么会知道我的名字的？

Y 市现在就剩下我一个人了。

早两年跟周女士一起住的房子已经许久没有人住了，我推开门，整个屋子都散发着一股霉味，客厅的沙发上还有她随手丢的睡衣，已经生了斑点，我还记得出事的那天早晨，她就是穿着这件睡衣，在家里到处溜达。

她出事以后，我怕极了一个人的感觉，从殡仪馆回来，直接就去住酒店，然后便是好多年的异地逃避。

可是，现在我回来了，屋子里的孤单，却已经可以忍受了。

我卷起袖子，将屋子里里外外都打扫了一遍，那件生了霉点的睡衣，我拎起来看了又看，还是没有舍得将它洗掉，只是找了一个小小的塑料袋，将它密封了起来。

那上面有周女士的味道，我怕时间久了，会忘记她的味道。

她从来不让我唤她作妈妈，一遍又一遍地强调她是周女士，青春不老，可以和我称姐道妹，我想到这个，就好笑。

整理完屋里所有的东西，我累极了，躺在沙发上一动也不愿意动。

口袋里的手机突然震动起来，我掏出来，刚靠上耳朵，就听见一个陌生的男性声音，正在用梦幻的语气念着歌词："听……海哭的声音……你听到了吗，嗯？"

我拿开手机，对着那个陌生的号码看了又看，觉得十分有可能对方打错了电话，直接挂掉了。

刚揣好手机，手机铃声又作死地大叫：Baby，你爸爸一直说我没用，我就跟了王师傅学洗剪吹……

我一指摁下去，又是那个陌生的男声：“良缘，周良缘是吗？我是上次跟你约好一起异性合租墓地的那个宇笙啊……”

天！是那天那个神经病！

我几乎都快忘记还有这号人了！

“别挂我电话呀，我跟你说，我现在在海边，跟你道别呢，听见没，海风吹得呼呼的，多带劲！”

他似乎把手机给举起来了，那头传来风哨子的声音。

我往窗外一看，外面狂风暴雨的，要说有正常人会在这个天气去海边旅游，打死我也不相信！

“良缘小姐，我这个人讲信用，说好了跳海会跟你知会一声的，我就一定要在跳之前向你道别，我现在就在海边准备跳呢！”他的语气就跟商量“晚上吃什么”一样，特悠闲，我听得整个心都提起来了。

“就这样吧，良缘小姐，记得再去给伯母献花的时候，给咱也来这么一束。么么哒，我等你一起来住哟——”

哎哟，你别这样随意呀，先生，我听他这语气是要结束通话了，吓得浑身一哆嗦，扯着嗓门叫：“你在哪个海边呀，你给我说清楚！”

电话那头不说话了，只听得到呼呼的风哨子声，静默了许久，久到我都快以为对方已经丢了电话跳下去了，突然对方对着话筒也扯着嗓门大叫起来：“艾玛艾玛，风吹着我的伞都飞起来了，这海边的风都是纯爷们呀！”

呼啦呼啦，他那边传来好像衣服卷着塑料制品的声音，停了好半天才继续说：“我在那啥 × 加湾呢。”咔哒一下，对方真搁了电话。

这神经病，那地方可是有名的旅游胜地，沿边都是海边浴场，谁没事会跑那儿去自杀。

最关键是那片旅游点有 ABC 三个地段，我都不知道他在哪个地段跳海，我再拨电话过去，那边整个没有人接了。

雨又大了几分，我抓着雨伞，站在窗口犹豫，脑海里都是青年漂浮在海面上的样子，真是越想越糟心。

一咬牙，我决定豁出去了！

这天气，外面出租车特别难打，我站在风口上拦了好几辆车都是带着人的，终于有辆空座的的士，那师傅还一个劲的不肯带人，说要赶去换班。我整个人急得都冒烟了，伸出带着尖头的雨伞，对着司机师傅肩膀一戳，严肃地说："快带我去 × 加湾，有人在那里要跳海等着我救呢！"

那师傅都傻眼了，愣在那里。

我急了，拉开车门直接坐了进去，同他瞪视："师傅，有一个大好的青年需要你来拯救！他宝贵的生命现在就掌握在你的手里！你得知道，你是一个跟时间赛跑的英雄，快！行动起来！"

他浑身一哆嗦，像是醒过来一样，嗖的一下将车开了出去，开得可真心快，一路我都看着他的手在颤抖。

我揣摩不透这神经病男子的思维，只能坐在车上一个地段一个地段地找，眼见着开过了 B 区，突然我看见那 B 区内一块半人高的石雕上站在一个穿着雨衣张着嘴愉快接着雨水的男人，的士司机显然也瞄到了这不寻常的一幕。

车子嘎一声停下来了。

我伸手准备掏钱，师傅一把将我推了出去，嘴唇都还在哆嗦："不，不，不要了，你快去拯救失足青少年吧，再见！"

他把车开成了导弹，瞬间在狂风暴雨中消失成灰点。

那石雕是半淹没在海水里的，上面刻着大红的 × 加湾三个字，那个穿着雨衣的男人就站在石雕上摇摇晃晃，我一边冲过去一边远远的就挥臂大叫："喻先生，是你吗？！"

他听见我的声音，十分开心地转过身，作伟人状缓慢而又高贵地向我挥手："良缘——你——来——啦——"

话还没有说完，我就看见他身子晃了晃从石头上倒栽葱掉了下去。

一个浪打过来，我心跳到了嗓子眼儿，我就这么眼睁睁地看着他被浪卷走了？！就这么眼睁睁地看着一个大活人就这么在我面前失去了生命？！

绝对不允许！

小白龙谈不上，好歹我小时候也被人称过浪里小白虫——白龙他那不成气候的兄弟！虽然属于进水就翻眼，喘气跟不上手速的那种，但在这生死存亡的时刻，我实在也顾不上了，我甩掉手里的伞，一边跑一边蹬掉脚上的高跟鞋，助跑后一股脑冲进了沸腾的浪花中。

“喻先生，你在哪里？！”我在浪花中翻腾。

由于风力太过于强劲，好几次我都找不到方向，浪花砸得我眼睛都睁不开。这时，我听见在正前方惊慌失措的尖叫声：“周小姐，你怎么冲我前头跳下去了？！这不科学呀，要跳的人应该是我呀？”

我的天，这个声音为什么会这么熟悉？！

我努力在水花中瞪大眼睛，隐约看见石雕朝海的这面吊着一个青年，再仔细看，正是先前想要跳海自杀的那个喻宇笙！

这是什么情况？

我被海浪打得昏昏沉沉，呼啦，眼见着又一个浪花打来，我整个身体被抛了起来，完全被浪花给淹没了。

我又惊又吓，猛吞了几口水，眼睛一黑，最后的念头竟然是：我去，我这是要抢先入住新房的命呀。

有惊慌失措的声音从遥远处传来，既苍凉又绝望：“你们快救人呀，她不是要自杀的那个呀，我才是呀，快来人救命啊……”

恍惚中，我好像看见了周女士，她还是那么年轻。

坐在床边温柔又内疚地看我。

我以为她会同我说点什么，可她就只是带着温柔的微笑看着我，眼里似乎有千言万语，却始终不发一言。

对了，年幼的时候，奶奶曾经对我说过，过世的人在梦中是不会同活着的人说话的，那是为了活着的人好。

她还是这么的爱护我。

我眼泪一下子就要流出来，突然手指一痛，有个惊喜的声音在我耳边炸开来："她醒了！她醒了，护士！"

带着笑的周女士渐渐从我眼前消失。

我一下子清醒了过来，眼睛勉力睁开，窗外的光线刺得我忍不住闭上眼。

"良缘，你醒了！"有个胡子拉碴的人用力握着我的手，激动地看着我。我对焦了好一会儿才看出这是先前积极要求跳楼，后来又积极要求跳海的神经病先生。

"我怎么啦？"我一开口，才觉得嗓子又干又痛。

喻宇笙眼泪汪汪地看我，好半天才哽咽着说："良缘，你差点就先住上咱们爱的小窝了。"

我突然想起之前的事，一下子气不打一处来。伸手就要去抽他，刚伸出一只手来，喻宇笙就飞快地用他另外一只手摁下来了。

"良缘，那啥，你们小区那块的居委会大娘也来了。她想同你好好聊聊！"

什……什么？

我一扭头，床头还真站着一个陌生又慈祥的大娘，正在用爱的眸光笼罩我……她眼里都是同情的怜悯，刺得我头又疼了起来。

"哎，你先跟她聊着，我去下面饭店炖点汤水，晚上热了给良缘喝。"喻宇笙同那位大娘点头打招呼。

那个大娘用一副"我懂，交给我吧"的眼神同他做了一个空中的短暂对视。

然后，我觉得可能我陷入了被脑补的剧情中。

因为这位大娘从坐下来开始，她就一直在我耳边念叨着生命诚可贵，蝼蚁尚且贪生，活着就是希望等种种激发人心的正能量说辞。

估计能力有限，她甚至把年轻那会儿看的《钢铁是怎样炼成的》给我深情并茂地朗诵了一段。

我怯怯地打断她："阿姨，我想你可能误会了！"

大娘一下子打住，狐疑地看我。

"要自杀的是刚刚那位喻先生，我是想去救他的人。"

大娘用一种悲悯的眼神看着我。

她压低声音说："姑娘，你知道吗，那位先生是穿着泳裤下去把你救上来的，你想想看，有哪个自杀的人会穿着泳裤去跳海呢？还有，他真的很爱你，怕救援的警察责备你，一直强调是自己的过错，是自己想要寻死连累了你。"

"但是……"

"他其实是真的在说实话……"

大妈依旧用那种宽容怜悯的眼神看我。

我自己都觉得自己快没有底气了。救人的人被浪扑倒了，自杀的人反倒成了拯救落水者的英雄。

"那他穿泳裤干啥？"大娘反问我。

我一口气憋在那里，顿时不知道怎么解释喻宇笙其实是个神经病这个缘由了。

所以喻宇笙晚上捧着汤上来的时候，我忍不住朝他咆哮了："你自杀穿什么泳裤啊？搞得人人都不相信我是去救你的！"

他的脸居然红了，有点羞涩地垂下头，用一种十分不好意思的语气解释给我听："其实我本来想一边自杀一边再自我救赎挣扎一下，如果能够爬回来我就不自杀了。"

"……"我坐在床上无语地看他。

然后，他抬起脸来，冲我甜甜一笑，嘴角的梨涡十分暖人："下次，咱们不跳海了，怪吓人的。"

"咱们再想别的办法！"

哎？怎么就咱们了？！怎么又扯上我了？我觉得自己的头顿时两个大。

我觉得这个喻宇笙一定是上天派来祸害我的。

本着珍惜生命、远离祸害的理念，我出院第一件事就是把手机号码给换了。

顿时觉得整个世界都清净了。

# PART 2

## 家宴，面试，美味晚餐

喻宇笙安安静静地蹲在那里，眼睛盯着某处，像是入了神一样。

我悄悄地瞄他，此刻的他，脸上都是纯净的笑容，跟个大男孩一样，长长的睫毛微微抖动着，一点都没有平时那种气死人不偿命的玩世不恭感。

周四的时候，小姨听说我回来了，特地办了一桌接风宴，把我多年没有见到的姑姑婶婶、舅舅舅妈都聚在一起，席间觥筹交错，十分热闹。

几年前周女士去世时，我婉言谢绝了亲戚们的好意，一意孤行，到另一个城市去读书工作；如今，我重新回到了这个城市，家里亲戚们一直都有种内疚感，仿佛是因为他们没有好好照顾我而让我一直流落在外地一样，其实当初坚持要走的那个人是我自己。

舅舅问我："良缘呀，这次回来就不走了吧？想找个什么样的工作？"

我想了想，回答他："到时候随便找个吧，先安定下来再说。我主要还是想找个轻松点的文员做着。"我在N市的时候，做的是销售，跟着老大后面，每天拜访客户，回馈分销商的信息，还要定期培训门店的员工，累得跟狗一样，回来就想着远离销售市场这块，做个朝九晚五的办公室文员。

老大经常嘲笑我胸无大志，吃饱饭就满足，其实我的愿望还真是安稳多过于疲于奔命。

舅妈笑嘻嘻地接口："良缘呀，我们公司貌似在招文员呢，你要不要去看看。"

舅妈的公司是五百强公司，在Y市这个小城市也设立了一个点，虽然规模不如大城市那么大，但是瘦死的骆驼比马大，整体看来也比本市的其他企业要来得风光。

我以前的公司跟这个大公司有过业务来往，曾经也十分向往跳槽去更大的公司做个办公室小白领，老大弹着我的头警告我：“周良缘，有我的地方才有你，你就是我的影子懂吗，主人都没有动，你这个影子凭什么荡漾呀?给我收起你那颗躁动的心，好好留在咱们公司干，公司一定会回馈你经验和学识。”

我听了老大的话踏踏实实干了好几年，学到了不少，也经历了不少。

等我真正偷偷从那里离开的时候，心就像缺了一块一般，到现在都生生作痛。

“良缘，那就这么说定了，我去打个招呼，你过来试试呗。”舅妈等着我答复。

我顿了顿，朝她点点头，席间大家都似乎松了一口气，完成了什么心愿一样，情绪都高涨了起来，大舅多喝了两杯，又开始念叨起周女士的好来，眼泪就这么啪嗒啪嗒掉下来。

他这么一哭，喝高了的亲戚们都眼圈红红的。

看到大家都在哭，我心里压抑得很，找借口从席间退了下来，一个人躲在走廊里透气。周女士那么乐观的人，不会喜欢眼泪的。

小姨定的房间算是这家酒楼的高档包间，整层面积挺大，只有四个包间，分唤作梅、兰、竹、菊。

我们在梅字包间吃饭。

此刻我想走远点透气，就站在了竹字间的门边。

竹字间的门半开着。

我听见包间内有杯盏摔破的声音，有人声嘶力竭地怒骂：“小兔崽子，养活你就是为了让你忤逆我吗？”

我好奇地往里偷瞄。

见着暖色的灯光下，坐着十分不协调的三人。

发怒的是位穿着西服的中年人，个头高高的，站在那里脖子粗脸儿红的，他身边坐着的是一位打扮十分时尚的漂亮姑娘，看年纪倒是和坐在桌子对面的青年是一对儿。

咦?

桌子对面的这个青年貌似有些眼熟。

我眯着眼睛仔细看。顿时吓了一跳，这不就是喻宇笙那个神经病吗。

他今天穿着烟灰色开衫毛衣，领口一圈儿绒绒的烟灰色细绒毛。此刻他颓废地瘫坐在椅子上，一副玩世不恭的样子，那灰色细细的绒毛将他的脸衬得清逸又俊朗，比之前看到的几次都显得年轻。

他就用那么满不在乎的样子，轻轻举着筷子敲碟子。叮叮当当地将中年男子的话打断了几次。

中年人身边的年轻女子一直甜甜嗲嗲地伸手扯中年人的袖子，不知道她低声说了什么，中年人强压住了怒气，抓住年轻女子递过来的手，有些踉跄地站了起来，怒气冲冲从包间里走了出来。

喻宇笙满不在乎地一抬眼，眼神同我交汇，似乎愣了愣，突然嘴角弯弯地翘了起来。

我立刻有一种头皮发麻的感觉。

没有等他出来招呼我，我一溜烟地跑回了梅字包厢，将包厢门锁得紧紧的。

再也不想同他有什么交集啦！

等我回来的时候，席间又恢复了之前的欢乐，我看见二舅叼着小花卷在挠耳朵；大舅蹲在地上作乖犬状，舅母拎着肉片喂他吃，他一片一片乖顺地吞下去，有时吃开心了还用头蹭蹭舅母的腿……咱们家就有这毛病，喝醉了就会各种拟人动物态。见着我回来，舅母开心地招呼我："他们都喝高了，你自己找座儿继续吃。"

我应了一声，有些忐忑地看着包厢的门，生怕喻宇笙下一刻就探头进来。

好在一直到桌上的饭菜全部一扫而空，也不见包厢门再次打开，我松了一口气，心情也变得十分舒坦。下楼同舅母舅舅道别时，正喜笑颜开地商量着工作面试的事情，突然眼睛一瞄，见着楼梯暗处有人朝我咧嘴笑。那雪白的牙齿在暗处能反射出一道白光，吓得我浑身一哆嗦。

"喻先生？"我等着舅母上了车，这才试探地小声问。

他也小声回答我："宾果，是我，周小姐。你眼神蛮犀利的嘛！"

我头皮一麻，转身就要走。

他一下子从暗处跳了出来，笑嘻嘻地来拉我："良缘，我知道你不想让家里的亲戚看到我，我都一直在酒店这条必经的楼梯洞里等着你呢。"

我装作没听见他的话，继续埋头向前走。

他仍喋喋不休地跟着："良缘，你看上次你从医院逃走了以后，我找你好长时间，你手机号码又换了，我可伤心了呢。"

闻言，我的胸口已然堵上了一堆石块，加快了步伐向公交车站台走去。

他也跟着我到了公交站台，眉眼弯弯地朝我乐："但是，良缘，咱们就是有缘分，就算是背朝着背反方向走，也能有再次相遇的时候。"

我转身停下来，抱着手臂冷冷地看着他。

"良缘，咱们和好吧，我知道跳海那事我做错了！"他换了一副可怜兮兮的样子，伸出手指来拽我的袖角："给我你的新号码？"

我别过脸去。

眼见着88路车远远地堵在了十字路口的红灯处，我顿时松了一口气。

喻宇笙顺着我的视线看了过去，突然压低声音问我："良缘，你那有房子给我暂住吗？"

我想也不想就拒绝他："当然没有！"

他突然一副痛心疾首的样子，站在站台，将头发理了理，又拍了拍衣服，突然摆出一个助跑的姿势。

我顿时有了一种不好的预感，肢体反应快过脑部运转，一把扯住他："你要干什么？"

他扭过头来，朝我笑道："我没地方住呀，你知道的，我刚跟我爸吵架了呀，他把我给赶出来了，嘿嘿，你别忘了，我上面没有房产，下面可有几十年的房契的！哥哥我也是房一代！"

又来了！

我抚额，心中天人交战，以我对他的了解，这神经病可是真的会跳出去热烈拥抱疾驰的汽车的，虽然我很怕再惹上麻烦，但是让我眼见着他去寻死，我还真过不了自己心里这关。好歹他也是我回来之后认识的第一个小伙伴，虽然个性有点另类的俏皮……

88路车已经缓缓入站。

喻宇笙反而安静下来，用他那双漂亮的桃花眼静静凝视着我。似乎在等我做出决定。

要命！

我叹了一口气。

朝他一颔首："走吧，我那里三室一厅，你得定时付房租。不能在我房子里寻死！"不知道为什么，我对他就是狠不下心。

他的脸上立刻露出一个大大的笑，整个人就像是被笼罩在了午间的阳光里一般，那浑身洋溢着的幸福感让我觉得十分不爽。我忍不住回头朝他翻了个白眼，他也不以为意，朝我笑得更加灿烂。

"先上车！"我扭头拽着包包，却被他一把拉住。

他举起两根手指横斜在眉角处学那美国大兵一样作保证："我答应你，良缘在我身边一天，我就绝不会乱来。"

我拽着他上车，心里一咯噔，这话听着怎么这么像是一个郑重的承诺。

不管怎样，我都觉得我可能是做了一件自己都无法解释的蠢事，周女士，我对不起你，我带回来了一个蛇精病！

这处我和周女士的小屋还是第一次有陌生人造访。

我到了门口反而有些怯懦，生怕周女士不开心我将陌生人带来入住。房间的门口挂着一串风铃，是周女士还在世的时候亲手挂上去的，转瞬过去了好多年，上面已然落满了灰尘，风铃的绳子也老化得摇摇欲坠，很可能一碰绳就断了。

我抬头看这串风铃看了许久，转过身去对喻宇笙说："你试试看伸手去拍铃铛。"

绳子这么不牢固，如果被他拍得坠了下来，我就私心以为是周女士黑脸不开心，就可以挺起胸膛出尔反尔了。

在周女士面前，我永远是个没有担当的小孩子，可以撒娇可以反口。

喻宇笙听见我这么说，眉眼弯弯地朝我笑了笑："想不到良缘这么孩子气，在家门口还放这么个风铃。"他状似随意地用手指推了推风铃，风铃叮叮当当响了半天，又缓缓趋于平缓，最终消失了声音。

整个过程我的心都悬在那里，可惜风铃并没有掉落。

我叹了口气，用钥匙打开了门，回头朝宇笙示意："进来吧。"

他进来的时候，头顶刚好触及风铃，又是好一阵清脆的声音，像是在欢迎他到来一样，喻宇笙立刻又笑了，伸手捏着风铃摇曳的尾坠自言自语："我得给你换根绳子，这样才会更结实呀。"

他走进来，却停在门口的踩脚垫上，本来嬉皮笑脸的表情敛去了，换上了一副少有的严肃表情，甚至古里古怪地站直了身体，见我看他，他朝我微微笑了笑，然后恭恭敬敬地对着空气十分虔诚地鞠了个躬。

"你干吗呢？"我在心里翻了个白眼。

他又恢复了嬉皮笑脸的样子，对我说："我这是入住仪式，跟屋子里所有的生灵打招呼，以后我们都是可以愉快玩耍的小伙伴啦。"

"呵……神经病。"我皮笑肉不笑，领着他去了最小的一个房间。那个房间是我小时候住过的，14 岁以后周女士就帮我搬到了她隔壁那个大点的房间，美其名曰成人礼物。

小房间还保留着之前粉色的氛围。

喻宇笙很好奇地走进来，见着满屋子粉色，不禁莞尔，手扶在门框上四处好奇地看。

这屋子的墙壁上都是我幼时的照片，周女士将那些照片放大，把它们贴在靠着窗的那面墙上，组成了一个心型。

喻宇笙看着直乐，一踏进房间就凑近去一张一张看，眼睛里神采都柔和温暖了许多："这都是你？"

我嗯了一声。

他很真诚地评论："明明小时候挺公主的，怎么长大了偏离这么多？照这个势头长大了怎么也是女神级别的呀！"他揉着下巴困惑地看我。

我白了他一眼，这才发现，原来他什么行李都没有带。

“你就这样住进来，换洗的衣物怎么办？”我问他。

他嗯了一声，十分随意地回答：“随便再买点就是了。”

好大的口气!

此时，喻宇笙已经顺着一墙壁的照片看到转弯处了，他的视线一下子停在了某处，我顺着他的视线看去，也愣住了

这是为数不多的我和周女士的合照。

彼时我正在上初中，周女士披着齐肩的秀发，眼波流转，笑得妩媚又不失端庄，跟她一比，站在她身边的我简直就是个背景之类的存在。

“周阿姨，长得真漂亮。”

我听见喻宇笙轻轻的叹息声。

周一的时候，我收到舅妈的通知，让我去S公司面试。

应聘的职务等于闲职，说起来美其名曰外设文员，实际上我看了一下岗位的工作日程，也不过是每天打卡，发呆，下班的节奏。

我离开家门的时候，喻宇笙还在睡觉，他特别贪睡，住进来两天，就睡了两天，除了饭点，其他时候都好像特别疲惫，沾着床就能打呼噜。

我有次问他：“你是睡佛寺出生的吗，沾着床就睡着了。”

他冲我乐呵呵地笑了笑，回答我：“这里让我安心，这么多年，我还是第一次能睡得这么熟。”

我在房间里给周女士供了遗照，宇笙有时也会去像模像样地给她点上香，每日早晚对着周女士数落我的坏习惯。

他搬进来时间不久，把我的坏习惯都摸得清清楚楚的。

他会在周女士的遗照前告状：“周阿姨，我跟你说，良缘她每天都要到夜间才能睡着，我有时瞅时钟都夜里一两点啦，这样太不好了，特影响小姑娘的皮肤。”

我瞪他一眼。

他又贱兮兮地告状：“周阿姨，我不是说，良缘她一点都不随你，笑起

来一点都不女神，长得特亲民也就算了，她脾气还不温柔，她瞪我的时候，我觉得整个世界都抛弃我了。”

周女士还是温柔地笑着看着我们，我觉得她貌似心情也不错。

不过喻宇笙这嘴巴可真是够欠抽的，一开口，仇恨值拉得满满的。不过，只要他不整天想着寻死，我也就睁只眼闭只眼，随便他折腾了。

说起来也奇怪，我就像前辈子欠了喻宇笙的，照理说他之前那副神经兮兮的寻死觅活的样子，我应该躲得远远的，这会儿他没有住处了，我把他捡回来，竟然一天之内就适应了。

也许喻宇笙天生有暖人的个性，跟他在一起，如果他愿意，他绝对不会让你觉得不舒坦。

我是孤单久了，一直渴求着有人陪伴着，这么多年了，每天一个人回家，不管在哪个城市都是一盏灯孤戚戚的，这次回来，这种感觉更强烈了，这不，连异性同住的事我也愿意干了。我摇摇头，觉得自己收留喻宇笙的决定真是有些匪夷所思。

我出了门，还在车上，手机就开始震动了，我拿出来一瞅，忍不住嘴角上扬。

是喻宇笙的短信，上面写着：快应聘成功回来请我吃饭。

这感觉其实还真不错，最起码家里还有个惦记着你的人。

S公司在Y市的驻地依然豪华，办公大楼贴金的外表，被阳光这么一照，远远的就闪瞎了我的眼，整个大楼洋溢着一种“我是土豪公司，速来工作，这里人傻钱多”的气息。

我刚推开门，舅母就迎了上来。

她在这家公司工作了数十年，算是S公司里元老级别的人物，看见她，保安都要上前礼貌地打个招呼。

舅母一路像母鸡护犊一样送我上楼，到了外设部门，见着负责人，两人握着手，嘀嘀咕咕又私下聊了一会儿。

还不等我面试，那负责人就直接拍板了。

面试也不过就是走个过场，我坐在圆形的小会议厅，看着负责人问我：

“周良缘，你为什么要来应聘咱们S公司！”

她神情放松得很，因为知道结果，所以说话的语气都像是拉家常。

我随口答应她：“我觉得这里到处金光闪闪的，显得高端洋气，有土豪气质！”

“噗！”有人低低地笑了一声，声音十分可亲。我看见圆形小会议厅的另外一个门动了一下，一位腰背有些佝偻的人走进了展板背后，轻轻地坐了下来。

负责人貌似立刻紧张起来，连问题都高水准了：“作为准备了许久的应试者，你是怎么看待S公司的企业文化？”

啊？这问题略显技术含量呀。

我抬头看了她一眼，又偷偷瞄了一眼展板背后只露出一双棉质布底单鞋的那个人，有些踌躇地回答：“S公司的企业文化不就是……吞吞吞吗？”这要解释一下，S公司的发迹主要以吞并各处同类小企业为主，其中有很多都是叫得上名的竞争企业，在短短几年之内，公司的产业扩充了不少。

展板背后的人又轻轻地笑了一声。

而后，我听见轻微一声吱椅子离地的声音，那个半途进来旁听的人，如同最初一般，又静悄悄地闪了出去。

负责人像是松了一口气，对我露出个真诚的笑容：“良缘呀，随时欢迎你来入岗！看来咱们老主任很喜欢你呀！”

“老主任？”我好奇地重复了一下她的称呼。

负责人拍拍我的肩膀，笑道：“是呀，她是我们这里脾气最好的领导了，刚刚就是让她过来看你合适不合适的。”

“这就算定了，她挺开心的样子！”

啊，居然一次就过了！虽然知道这个职位来源于舅母的人际关系，但是我还是十分开心。

因为有了一份工作，顿时觉得天都比往常晴朗许多，走到清仓拍卖的摊位前，我突然想起喻宇笙两手空空来到我家长住，没有一件换洗衣服可不行。

可是你让我买名牌，我又没有那个经济实力。

卖衣服的摊主口若悬河地大喊："老板娘用了旧船票，坐上了破船跟着歪果仁跑了，留下老板清仓大甩卖呀，每一件衣服都是国际品牌的范儿。"

我拎起一件看，质量尚可，关键是这衣服色儿还都不一样，让老板帮我翻颜色，足足找出了7种不同的颜色。

摊主可开心了，跟我推荐："姑娘，少见的彩虹色系呀，一天一件，做抹布都心情愉悦呀，你看看，这搭配！"他一把捞起七件衣服，搁置在自己的肩头向我展示，像披上了层彩虹，的确显得十分有国际范儿，我瞅着开心便一口气打包了7件。正开心着呢，突然手机响了。

电话那头乱哄哄的，我听见有妹子尖叫："就是他，他就是小偷，还用我电话在通话呢！"

我听见喻宇笙小声而又急速地说："快来救我，新市区那里88路站台。"

那站离我的距离很近，转个弯就到了。

我撒开腿就跑，一转弯，就看见88路站台那里围着一圈人，旁边还有个交警同志在维持秩序。

而喻宇笙就这么被压在车站的广告牌上。

我愣了，拨开人群问他："你又去跳车自杀了？"

他嬉皮笑脸地回答我："还没有来得及动那念头！"

周围的人都倒抽了一口冷气，看他的眼神越发像是看神经病。旁边有个长发的女生指着喻宇笙，叽叽喳喳地解释给我听："他上车偷了我的手机，下车的时候还向我挑衅！看他长得这么好看，亏我上车还多看了他几眼，居然是个小偷！"

"谢谢你对我的样貌表示认同！"都这个时候了，他居然还没忘记向人家致谢。

糟糕，这病情又加深了吗，药不能停呀，宇笙青年！我看他的眼神估计也包含了痛心疾首，他愣了一下，转过脸去认真地问那位还在歇斯底里控诉他罪行的姑娘："不过，这位大姐，你摸摸自己的口袋，你手机还在不在呀？"

那女生被大姐这称呼给砸懵了，愣了好半天才伸手进口袋，手刚伸进去，整个人就跟石化了一般，动作都僵直了。

而后我听见她小声道歉："对不住，那个，交警同志你松开他吧，我的手机还在！"

交警同志脸色微红，讪讪地把手从宇笙脖子上拿下来，有些恼羞成怒地问："这位大姐你怎么回事啊，东西没丢就不要大呼报警，这幸亏我在附近执勤，要是真报警了，你这就是浪费警力，浪费时间懂吗？"

那姑娘接连被唤了两次大姐，委屈地哭了起来，一边哭一边抱怨："我上车的时候发了个短信，就看着他一直朝我笑，下车的时候，我看着他拿着跟我一样的手机朝我挥手微笑，我看着那个手机跟我一样的挂坠一样的机型，我以为他是偷了手机在挑衅我呢……"

我扭头咬牙切齿地去看喻宇笙，他露出个无辜的笑容，耸耸肩对我解释："我看着大家手机都一样，挂坠都那么像，以为是同好呢，我就跟她打了个招呼！"他举起手机微笑着示意对面那姑娘。

那姑娘的脸立刻红了，拨开人群，逃得飞快。

他继续跟我说当时的情形："谁知道她扑过来就尖叫：'救命，有人偷了我的手机！臭不要脸的，偷了我的东西，居然还敢跟我显摆！'"他声音捏起来，尖细尖细地叫，十分喜感。

"……"我完全无言以对。

"你生气了？"回去的路上我一直沉默着，他像个做错事的小朋友一样，一直探头看我，还不停伸手来扯我的袖子，"良缘，我就是想去接你来着。"

"我真没想惹事儿，我都没有想再去自杀给你看了！"他乖乖地看着我，大眼睛乌溜溜的简直无辜极了。

我抚额，想起之前几次被他弄得十分头疼的情形，这么两相一权衡，顿时也就释怀了，于是，我用一种欣慰的口气回答他："不错不错，这次不怪你。"还有半句我吞下了，只要不是寻死觅活的事，那都好说。

他的脸一下子就阳光灿烂了，用黑亮黑亮的眸子看我，嘴角的小梨涡深深现了出来，他一把夺过我手里的包和衣服，咬着下唇朝我乐："真好，还有表扬我的时候呢，良缘，你不骂我我都不习惯了。”

我白了他一眼。

这是在什么环境下成长起来的青年呀，怎么就有一种根深蒂固的被虐情结呢?

我们一路就这么走下去。

阳光很好，晒在身上暖洋洋的，都已经很久没有像这样沐浴在阳光里了。我心情一愉悦，话就会很多。

比方说，我现在就在问喻宇笙：“你爱吃些什么，以后搭伙过日子也需要烧点菜什么的。提前说了，我手艺不好，不好吃的话你还别嫌弃。”

喻宇笙立刻就脸红了，羞答答地回答我：“以后都我烧给你吃吧，其实吧，做菜我最拿手了，你爱吃什么？”

哎，这话倒变成问我的了。

他看我不相信他，也不再辩解，笑眯眯地指路边的花朵要我看。要说他是一个绝望的青年，时时刻刻流露出来的都是负面情绪，可是他又能随时发掘出生活里最美的一面。

他给我看花朵，用手机放大给我看，问我花心是不是有七彩，我这才发现花心上沾了一小点水珠，恰巧折射着花瓣，五颜六色的很美丽。

他又说：“你看，咱们蹲低一点，从水珠中间看周围。”

我蹲下来，从他那个角度看，花朵果真就跟上了五彩色一样，还真挺好看，这还是我第一次以这个视角看世界。

喻宇笙安安静静地蹲在那里，眼睛盯着某处，像是入了神一样。

我悄悄地瞄他，此刻的他，脸上都是纯净的笑容，跟个大男孩一样，长长的睫毛微微抖动着，一点都没有平时那种气死人不偿命的玩世不恭感。

“让你看风景，你偷看我做什么？”他目不斜视貌似没有偏转目光来看我，睫毛眨巴了两下，嘴角却梨涡深深地取笑我偷看他。

“哼哼，这么看我，是要爱上我呀！”他大言不惭。

我板着脸收回视线，站起身，继续往家走。阳光晒得真舒服呀，我跟他两个人就算一声不吭的一前一后走着，也觉得舒坦愉悦。

如果他能一直这么让人省心该多好。

我走到家门口的时候，差点以为自己走错门了：门板上破旧的对联被换了一对新的，门上周女士喜欢的那个风铃，换了新绳结，绳结的颜色粗细都跟原来那根差不多，看得出很用心，早年掉了的铃铛，还被配了一个差不多大小的，图案都不差。

“你做的？”我问喻宇笙。

他提着刚从楼下买来的菜，歪着头微微弯着一双眼睛朝我微微笑，像是一个等着人夸奖的孩子一样看着我。

嘿嘿，我才不会夸奖他。

我假装视而不见，推开门，地板被擦得锃亮，我绷着的脸差点破功，眼睛一瞄，见着他又得意洋洋的样子，决定依旧不夸奖他。

他终于沉不住气了：“我把窗户地板都擦了呢。你看，脏窗帘我都洗了现在还晒在阳台上呢。”我跟着他走到后阳台，果然林林总总地挂满了东西。

有一样东西特别眼熟。

被挤在阳台的角落，淡紫的颜色刺伤了我的眼。我一下子就愣住了，喻宇笙一定是个细致敏锐的人，他立刻发现我的情绪不对，紧张地顺着我的视线看去。

见我一直沉默地盯着那件睡衣，他结结巴巴地解释：“我见这件衣服单独丢在封闭袋里，都有霉斑了，就取出来帮你洗了。”

那是周女士留给我最后的味道。

我不想责备任何人，只是眼泪就这么顺着眼眶漫了出来。

“对不起！良缘。”他并不知道发生了什么，但还是在第一时间向我道歉。

“那是我妈妈出事前穿过的。”不知为什么，我选择了向他解释，一边用手擦掉滑出的眼泪，一边挤出一个笑容：“没关系的，周女士那么爱干净，估计早就想要搓干净它了。”

喻宇笙呆呆地站在那里，神色懊悔至极，许久之后，他伸出一只手，轻轻地放在了我的头上，然后很轻地揉了揉。

“对不起，良缘，我似乎总给你添麻烦呢。”他的声音从来没有这么低落过，即便是嚷着要去自杀，都没有这么沮丧。

我抽抽鼻子，转开话题，问他："说好的美味晚餐呢？"

他得了令，眸子一下子亮了起来，举起手里的菜一转身就往厨房里跑："良缘，马上就好，你先等着。"

我见着他冲进厨房间，熟练地将一个摩托车头盔给扣在了头上，又穿好预先准备的雨衣，举着菜刀对着鱼大眼瞪小眼。

我顿时有一种不祥的预感。

我见他仿佛是下了很大决心，将一直抓在手上的毛巾丢在了鱼的身上，而后跳起来用刀背去敲鱼头。

鱼儿滑溜溜地窜了出去，刀背敲在了大理石的厨具上，发出哐当一声。

声音很大，他自己都被吓了一跳，转过脸看我。他朝我讪笑，我朝他讪笑，在这之前我看他那超乎常人的自信，还真心以为他会做菜。

我走过去拎起鱼，鱼的尾巴还在左右甩，脏水甩了我一脸。宇笙十分内疚的样子，靠过来用袖子来给我擦脸，我就站在那里，他擦了好半天，才想起自己估计是做不了这道菜了。

于是，他讪讪然递上了刀。

做饭的活，最后还是落在了我的身上，我剔着鱼鳞，突然想起以前公司聚会，老大为我们洗手做菜的样子。

那简直是不能比，老大做菜的时候干净利落，看他烧菜简直是一种享受，哪像我跟宇笙这样，两人进厨房都是一副手忙脚乱的模样。

说起来，老大原来有这么多优点，工作上雷厉风行，生活上又是一把好手，对人还温暖体贴，简直是传说中的暖男，只可惜……他再好也不是我的。我想的出神，忍不住重重叹了一口气，甩甩头集中注意力开始对付手上的鱼。

炸鱼的时候，我用锅盖顶着脸，宇笙站在厨房外面一直带着愧疚的表情。

我做了三个菜，他就一直在那站着，等我所有菜都盛好，我感觉他的头已经垂到胸前了。他支支吾吾地说："我觉得这前半辈子，我就是不停在高估自己。我以为自己能解决的事情，最后都是一团糟。我妈妈说得对，我一直都是好高骛远，眼高手低的。"

那模样像个在认错的大孩子。

我冲他乐，伸手一拍他胳膊，让他别这么自怨自艾了："算了吧，术业有专攻，或许你更擅长吃。"

"说得对！"他立刻就换了一副欢天喜地的表情，我这才注意，他背在身后的手上，一手抓着碗儿，一手拿着筷子。

敢情前面的忏悔和自责是在为吃做铺垫呢？！

他果然更擅长吃，筷子落盘的频率比发报机还迅速，有好几次我夹着的都是他的筷子，他一抬头，嘴角粘着饭粒，一脸无辜的样子，我立刻就妥协了。

我吃了一小碗，他吃了五小碗。

洗碗的时候，他羞涩地告诉我："良缘，我都不好意思多吃，生怕菜不够你吃。"

够了呀，兄弟，这话不该是只吃了半碗饭的我说的吗？！

我决定尽早去公司报道，第二日一早就整装出发。

临走的时候，喻宇笙也起床了，他正在很尽力地拖地板。等我刷好牙的时候，桌上已经放好他提早买来的豆浆、包子和油条。

"良缘，加油！"他笑嘻嘻地握拳。

我想起来他之前的种种劣迹，有点不放心地问他："你一个人在家，不会再整出什么事儿吧？"

他拍着胸脯向我保证："放心，我会在家乖乖的。"

不得不说，他那张清俊又诚恳的脸给他说的话加分不少，让我有了一种错觉，他真的是会乖乖的在家。

但是……

他能乖乖的才怪！

等我为自己轻信了他的话而后悔时，已经迟了，上班第一天的考勤，它注定是个悲剧！

# PART 3

## 坠楼，三次告白，冒牌总监的首秀

他像是松了口气一样：“原来无牵无挂才是无敌，现在的我，居然会怕死了。良缘，我有恐高症，我其实一直都好怕！”他朝我虚弱地笑了笑，突然双手一松，整个人直直地就这么坠了下去。

今天早晨八点三十的时候我恰巧踩点报到，这公司的环境我满意极了，地毯的颜色都是我喜好的烟灰色，我跟在那位慈眉善目的办公室主任后面喜滋滋地领了工作服和工作用具，熟悉了部分流程，在主任的引导下同办公室里每个小伙伴们都用微笑打了招呼。

大家都回我以灿烂而友善的笑容。

我的办公桌上还放着可爱的小盆栽，栽着我最喜欢的多肉植物。阳光从办公室的窗外倾洒进来，让多肉们都笼罩上了一层淡淡的光华。

我觉得一切都美妙极了！

甚至觉得空气都是那么清新，世界也变得可爱起来。结果到了九点的时候，我就收到了惊悚的救急电话。

我听见电话那头的警察同志焦急的声音："你好！周良缘女士，你认识喻宇笙先生吗？"

"哎，我认识！请问发生什么事了？"坏事了，我直觉那货又整出什么幺蛾子了，我觉得我的心都提在了嗓子眼。

"周女士，喻先生现在吊在你们那栋楼的最顶楼窗台上呢，你听他一直在吼你的名字，可就是不愿意接受我们的帮助！"

我仔细分辨，电话那头的确有喻宇笙撕心裂肺的叫声："良缘，不是我的错……良缘，咱没有主动自杀！你们先告诉周良缘，我没有轻生的念头，我才愿意跟你们对话！"

我的头轰的一下就大了，结结巴巴地解释给对方听：“是不是喻先生再一次有了不靠谱的过激行为了？警察先生，我得告诉你，他有自杀嗜好，这是病，他一直在接受治疗，药没停过，你们可千万别放弃救治他，我这就赶回来！”

我摁掉了电话，转头就向那位好心的办公室主任请了个假。

办公室主任和蔼地问我：“家里有事了呀？”

我泪流满面地回答：“哎，亲戚家的神经病孩子闹着要跳楼，我得回去协助警方给他爱的教育！”

办公室主任肃然起敬，用一种看英雄的眼神瞅了我半天，最后郑重地叮嘱我：“好好协助警方，安抚好病人！工作这里有我呢，别担心，快回去吧！”

我感动得就差流眼泪了！

这一路正是上班高峰，车堵得实在厉害，我被堵在的士里，焦躁不安地扭来扭去，的士司机被我的举动弄得十分好奇，悄悄偷看后视镜，视线在后视镜里同我一对视，我看到他的身体立刻一震，瞬间脸都白了！

这位师傅正是上次颤抖着手不愿意收费的那位好心人。

“师傅！能抄近路吗？”我舔了下嘴唇，十分焦急地隔着司机座的铁栅栏拍着，这次没有带伞，怎么也不能用伞尖儿戳进那些小窟窿里催促他。

那师傅用沙哑紧张的声音问我：“又，又是拯救失足青年？”

他又紧张又期待的样子逗乐我了，虽然我现在够焦急的，也不妨碍我向他解释：“这次是跳楼，现在人在小区最高层的阳台上吊着呢！”

他就跟过了电一样，浑身一哆嗦，眼神都变得锐利起来。

“走，我知道一条路！”他把车掉头，钻进了旁边的一条小巷子去，一扭头开得飞快，我瞅着他拐进了另外一个街道，沿街的树都呼呼地往后跑。

“师父！这里真没有什么车堵着哎，这条路好！”我惊喜地发现这路上朝着我家奔的那方向还真没有车。

后视镜里的师傅一脸坚毅，用一种即将成为烈士的壮烈表情朝我微笑：“我挑了逆行道在飞奔呢！”

我一时语塞，无法表达自己的感激之情。

车在小区门口嘎一下停住，带起好一阵烟尘。

“快去！别给钱了！记得拯救失足青少年！”这次他总算说完整了一句话，我哪里还有时间跟他谦让。朝他座儿丢了双倍的车费，拔腿就往小区奔。

我家住在小高层上，那楼一共十三层，这会儿起风了，不知道喻宇笙同志吊在上头有何感想？

我一路冲过去，还没有到我家楼下就远远看见那里又是警车又是气垫，围观群众兴趣高涨地叽叽喳喳，还有一位状态十分亢奋的妇女同志在大声喊话：“这位先生，求你了，你接受帮助先下来吧，我保证我以后不会尝试轻生啦！”

这是唱哪出呢？

我冲过去就要往里面赶，有大爷大娘直接拦住我：“看热闹的都在外面，不要刺激上面的小伙子！”

我指着自己的脸大叫：“就是我……我就是他要求对话的周良缘，我就是周！良！缘！”得了，在这里住了二十几年，一朝出名，从此以后，过往行人必定无人不识周良缘。

人群顿时静默下来，看热闹的各位自发地让出一条道来。我走进去，果然看到喻宇笙那个神经病双手抓着阳台凸起的地方，在风中打飘着呢。

有人递给我一个喇叭。

我举起来大吼：“喻宇笙，你不是答应过住进来不惹事的吗？！”

吊在上面的他听见我的声音，一下子来了精神，闭着眼睛十分委屈地朝我大叫：“我没有，我最近活得阳光灿烂，今天我这是舍己救人来着。”

哎？

我看身边的警察同志，警察同志用一种难以言喻的便秘表情解释给我听：“是这样的，周良缘女士，今天早晨，这位女士在您房间的隔壁屋打算跳楼轻生，结果跳楼跳了一半，自己卡在铁栅栏那里呼救，喻先生估计是第一个听见呼救声想去救这位女士，从你们家阳台翻过去的时候，脚滑了一下……”

然后就成这样了？

“咱们来了以后，自杀的那位女士我们几分钟就救回来了，倒是喻先生他一直挂在那里，既不让人靠近，又不愿意跳在咱们铺的气垫床上，中途还一度拒绝沟通，非得让你赶回来！”警察同志说得十分缓慢，我感觉他整个人都充斥着爆发前的焦躁烦闷气息。

“我，我来！”我举起喇叭，继续朝着喻宇笙大叫，“宇笙哪，你闭着眼睛跳下来呗，下面有救急措施。”

喻宇笙吊在那里不吭声。

我丢下喇叭，噔噔噔往里面跑，坐了电梯，家门被撬开了，里面都是人，但是大家都止于阳台前。

我靠过去的时候，吊着的喻宇笙立刻有了反应，他大叫：“都不许过来！”

我回答他：“宇笙，是我，良缘。”

他一下子就安静了。

我走近，看见他吊着，手指处都是斑驳的血渍，也不知道是哪里划破了，本来闭着的眼睛一下子睁开又迅速合上了。

“你怕什么？上次那么高的世贸大楼你不也想着自杀吗？这会儿害怕了？”我嘲讽他，顺带示意后面救援的人靠近。

他闭着眼睛，一直不吭声，长睫毛抖呀抖，终于缓缓地又打开了：“良缘，终于能看着你了！我以为掉下去之前都看不见你了！”

他像是松了口气一样：“原来无牵无挂才是无敌，现在的我，居然会怕死了。良缘，我有恐高症，我其实一直都好怕！”他朝我虚弱地笑了笑，突然双手一松，整个人直直地就这么坠了下去。

我吓得魂都飞了，眼睛一黑，比他更利落地倒下了。喧哗止于混沌，我觉得自己需要安静地躺上好一会儿了。

我又惊又怒，连夜就发起了烧。

这次倒是没有去医院。

吃了药半夜睡得迷迷糊糊的时候，床猛地一沉，我正在困劲上，勉强将眼睛眯出一条缝，原来是喻宇笙。

他用手拍着床边，叫：“周良缘，吓了回来觉觉哦，回来咯，回来咯！”

声音又小又轻，像是怕吓着我一样。Y市有这样的风俗，据说受惊吓以后，由自己最亲近的人喊上七声，被惊走的魂魄就会自己顺着声儿跑回来。

我小的时候，有次淘气起来被别家的大人训斥，惊住了声，周女士冲去同人家吵了一个下午的架，晚上回来在我床前认认真真地喊，还逼着我小声地应和：回来了，回来了。

喻宇笙就这么叫着，足足叫满七声，而后一声不吭地坐在我床边看着我，我虽然闭着眼睛，但是直觉他这么肉麻兮兮地盯着自己，还是觉得很不自在，就在我想睁开眼睛，同他招呼时，他突然叹了一口气，用手摸了摸我的头，替我将被子轻轻拍严实，又蹑手蹑脚地走了出去。

于是，我迷迷糊糊地又睡去，第二天早晨见着他的时候，几乎以为昨天夜里是一场梦而已。

“良缘，你醒了？”他过来，伸手摸我的头，一触及我的额头，就喜笑颜开，“哎，我家的老宝贝说的话真有效呀，果然退烧了。”

我朝他瞪眼睛：“说什么呢？”

他神神秘秘地朝我笑了笑，指指桌子，上面是他煎好的荷包蛋和榨好的果汁，荷包蛋算不上好看，但至少能吃。

倒是他面前的碟子里盛着几片黑不溜秋的东西。

他看我瞅向他的碟子，有点不好意思，用手将碟子慢慢移到自己身后：“良缘，你先吃吧，吃完了好去上班。”

我嗯了一声，也不再同他客套了，我吃得很快，他眼睛一眨不眨地盯着我看，见我吃完了荷包蛋，像是松了一口气，十分开心的样子：“良缘，我报了烹饪班，以后天天给你做吃的！”

哎？这个人都不用找份工作来养活自己吗？我忍不住想要提醒他学会自食其力，但一看到他开心又充满活力的笑容，我的心一下就软了。

算了吧，要是月末他付不起房租，顶多就当养了一条宠物大狗呗。

“你……这次别再搞刺激的了，我刚工作，你要是再来一两次，我怕我很快就回家里跟你大眼瞪小眼了！”我抚额再三同他叮嘱。

他乖乖地直点头。

然后，他很认真地告诉我：“良缘，你就算不工作，我也能养着你，就算你回来同我大眼瞪小眼，我也乐意的。”他慢慢从口袋里掏出一张信用卡副卡，塞给我：“你想买什么就买点什么呗，女孩子要过得尽量滋润点。”

哈？这话说得跟土豪一样，我顿时乐了，掂了掂手里的副卡，想起他之前同我说自己所有的钱都去买坟墓了，估计这卡能刷的额度也不高，就没有放在心上，顺手将卡揣进了包包里。

“嗯好，卡我收下了，记得乖乖的！”我想了想还是没有忍住，又放柔声音问他：“你是不是找份工作比较好，充实的生活会让你燃起生活的斗志！”

他貌似被我的话点亮了人生一样，顿时眸子都黑亮了许多：“对！挣钱！工作！充实的生活！”

我鼓励他振作！

他继续接口：“然后给公墓续更久的年份！”

卧槽，他对公墓的爱真是超越一切呀！

我胆战心惊地度过了一个上午，手机就放在桌边，确定喻宇笙再也没有整出什么幺蛾子，我才松了口气。

和蔼的老办公室主任对我实在不错，并没有给我太多的事情，原本是她一片好心，却让我觉得无聊又局促。

我把公司之前的企业文化和内刊都翻出来看了。

之前一年公司举办的活动挺多，有拓展训练，有快走团体，有赏花品蟹，最让人心动的还是公司业绩前五十名的海外活动。

我看得津津有味，揭过一页旅游特刊时，眼睛一瞄，心脏如同过电一样，被电得顿了顿，因为我看见那蹲在烤鱼点为公司员工烤鱼的青年同我原来的顶头上司太像了。

这个世界上会有如此相似的两个人吗?

我又看了看照片拍摄的日期，是在我遇到老大之前拍的，看图片上的青年笑得温柔，一贯待人诚恳的样子，让我突然觉得这张脸又熟悉又陌生起来。

难道我有脸盲症？看谁都一样？不对呀，我人生前二十几年就没有发作过呀，我快将报刊举到鼻尖上了。

有人在我身后噗嗤笑了一声："小周，你在做什么？"

我记不清对方的全名，但是也知道是跟我一个办公室的小文员，我结结巴巴地指着期刊上的那张图，用一种夸张的语气赞叹："这，这谁呀，长得真好看！"

那小姑娘听了我的话，眼睛往期刊上一瞅，哦了一声，恍然大悟的样子，压低声音对我说："这是咱们华东地区的区域经理呀，不过已经辞职了一段时间了。"

哎？

"他叫什么？"我口干舌燥，自己都不知道在期盼着什么。

小姑娘一拍我的肩膀，笑得十分色眯眯："你也喜欢这种类型的呀，可惜咱们部门都没有见着他呢，名字我记不清了，只记得英文名叫大卫。"

估计是个长得像的人而已。我想起老大来，浑身都不自在，我的不自在是有理由的，因为老大曾毫不留情地拒绝过我，不止是一次。

我一共被老大拒绝过三次。

第一次的时候，我记得是在认识第一年的愚人节，我说："老大，我喜欢你。"老大的表情十分古怪，然后哈的一声笑开来，伸手拍我的头，左右四顾了一番，有些犹豫地对我说："周良缘，我从来不过愚人节。"

我瞠目结舌地跟他对视，然后灰溜溜地溜走了。

第二次的时候，是在客户离席之后，我趁着酒兴对他说："老大，我喜欢你。"老人举起三根指头叠在一起问我："周良缘，这是几根指头？"从我的角度看来就像伸了一根指头一样，于是我不假思索，直接告诉他："一！"老大的脸色立刻变得很郁闷，同样拍了我的头，训我："去去去，周良缘，你这是喝醉了。"他那双好看的眸子，流露出的是无限的无奈。我立刻萎了，装作是真的喝醉了一样，靠着沙发睡得人事不知。

第三次的时候，也就是辞职的前一天，我们部门接了大单子，算起来本季度全公司绩效第一，老大一个激动，铁公鸡也舍得拔毛了，居然自掏腰包请大家去卡拉 OK 畅怀。就乘着所有同事集体尿遁的时候，我再次鼓足勇气跟老大说："老大，我喜欢你。"

他的表情很是奇怪，像是被雷劈中一样，小心翼翼地瞄了瞄门外，欲言又止地看看我，片刻以后，他一声不吭地拉开门就跑了。

咻！

就这样从我眼皮底下跑了。

叶重台，你不是个男人！没有拒绝也没有答复，这让我怎么甘心？

我昏头昏脑地从卡拉 OK 包厢里出来，躲在门外的同事都尴尬不已，齐齐地干笑。

"周良缘，走走走，一起回去继续唱歌呀！"有同事来拉我的胳膊。

哎哟丢脸，原来上厕所的同事们都没有去，都等在门口看我的笑话。我彻底被刺伤自尊了，第一次勇猛起来，从包包里抠出一封早已准备好的辞职信，直接塞给了我们人事部的小沈。

"那个，我走了！"这是我在日新公司说的最后一句话。

"哎哎，良缘，你不等老大回来吗？或许老大只是尿急了？你就等等吧。"小沈在我身后追着问。

我忍住飙泪的冲动，在卡拉 OK 城捂脸狂奔，还等他回来做什么，继续用尴尬的眼神对视吗，我再也不要见到他了。被同样一个男人拒绝三次，就算是厚颜如我，也忍不住羞惭。

从那天以后，我换了手机，换了城市……

往事不堪回首，即便是心宽的我，想起这段往事，也依然禁不住脸红。

其实每一个暗恋的人都知道，你对他存了心，一切就会变得不一样起来，你暗恋了他，他对你好一丝丝，哪怕只是对你笑了一笑，你都会忍不住去揣测，这是不是真的喜欢上我了。

微笑和温柔，这是给我暗示的信号吗？

他对我和对别人不一样嘛。你看，他看我的眼神都是缠绵悱恻的，他同我说话的语气都是温和放柔的，你看，我做错事，他只不过含笑将手里的文件拍在我的头上，骂我一句笨猪而已。

不争取一把，怎么能甘心呢？

所以，我去争取了，却败得一塌涂地。

现在冷静地想来，每一次同事犯了错，老大都会温和地指出来，虽然绝不姑息，但是也从来没有让人感觉到任何的不舒服，大家业绩做的好，老大也会自掏腰包带我们吃喝。

他其实对谁都是一样的好。

只不过当初身在迷局，一叶障目，他笑，便是对我一个人笑，他宽容，便觉得是我一个人的幸福。

唉……

滴滴两声短信提示音将我从不快的回忆里惊醒，上面写着：晚上回家吃鱼肉还是鸡肉？短信后面还加了一个可爱的扭屁股熊造型。

我乐了，回复他：戴上你的全副武装进行，别点着了咱们的厨房。

过了几分钟，他才回复：得令！司令大人！我买了好几本烹饪书，在学习着呢，你加油工作，晚上回来咱们庆祝一下。

我回复他：什么事值得庆祝呀？

他兴高采烈地迅速回复了我：我为司令买过菜，我为司令睦邻跳过楼，我为司令立过功，我要司令奖赏我！

我不禁好笑。

说不定家里已经一片狼藉了，我叹了口气，看向手里的杂志，又多看了两眼那上面和煦微笑着的青年，缓缓地将那页盖了过去。

照片里的人是不是老大对我来说已经不重要了。

我现在已经重新开始了，看，我适应的多好，我在500强的公司做文员！我重新打开一份内刊，又从头细细地揣摩起来。

“周良缘，吕子建，今天下午两点开例行会议，你们两个新人也来吧！”办公室主任敲敲我的桌子，小声叮嘱我们，“记得带会议记录本，开完会，新人的会议记录本都要上交的，跟你们转正有极大的关系，注意认真记录。”

我瞅了瞅钟，已经快一点半了，准备好会议记录本，走进公司的洗手间，将自己的长发又重新梳理了一番。

想着下午估计要精疲力尽地记录，又在桌上趴了好一会儿，等到两点铃声大作，才跟着大部队晃悠悠地去会议厅。

会议厅的椅子都是红绒面的，一共十五张，我数了数人头，不要说全部人员，就连咱们办公室的人都坐不下。

这得站着一部分人呀。

我跟小吕两人都往后面挪，贴墙角站着。

资格老点的中层领导都挑了远点的椅子坐下，突然会议室门一下子被推开了，我见着好几位西装革履的中年人簇拥着一位年轻人走了进来。

“小周小吕，再往后点，别傻站着！”我见着咱们办公室主任一个劲地扯着我们后退，正奇怪着。

她又跟我们解释：“今天开会怎么经理们都来了，场面太大，咱们部门的人 Hold 不住，都在墙角做背景呗。”

我乐呵呵地笑了一声，眼睛不经意一瞄那坐在正座位置的年轻人，整个人都石化了。

谁把喻宇笙那个神经病给推上去了？等等，这个时间他不该待在家里学着烹饪做饭吗，怎么会出现在这里呢？

见我用不可思议的眼神瞅他，坐在正位的喻宇笙飞快地朝我飞了个媚眼。

我听见有人叫他：叶经理。

旁边的办公室主任尽职地向我和吕子建介绍：“今天说是华东区的新经理来开会，总公司有几位姓叶的，咱们也不知道是哪位叶经理，走马上任第一周，咱们这里还没有他的资料，哎哟，这孩子原来长得这么年轻好看。”她居然带着一种洋洋得意的自豪语气。难道是因为公司荣誉感太强？

我看看喻宇笙，有一种不祥的预感。

我低声问旁边的办公室主任：“你确定他是咱们新上任的那位叶经理，我看着怎么这么随意，你看他还穿着地摊 T 呢？”

我怎么好意思告诉她，这就是上次要跳楼的那个蛇精病青少年？

办公室主任意味深长地叹了口气，眼神里的意思满满都是你太年轻，资历太浅："小周呀，你不知道呀，越是上层，他们举止就越是与众不同呀，别说穿 T，就算他穿着沙滩裤，夹趾拖鞋，都是正常的，你忘记咱们公司的理念了吗？"

哎哟，我想起来了，这公司崇尚的是自由，理念是在阳光沙滩一般的环境里创造最大利益。

所以有规定说即便是戴着墨镜，穿着夹趾拖，只要他的业绩能排入前十，他在办公室冲浪都可以。

我噤声了，并且找了个没有灯光的阴暗角落待着了，我总是觉得哪里不对。

后来的后勤阿姨开始搬临时折叠板凳，我见着她忙前忙后，也放下手里的会议记录开始帮她排列板凳。

"走，一起来！"坐在正座的喻宇笙眼睛一扫，也卷着袖子过来帮我们放置折叠凳，他如此动作，后面的中层领导也都卷袖子来帮忙了。

有位同志发力过猛，找不着可以放置的折叠板凳，直接恶狠狠地从我手里夺了一张，放置好了以后，笑得跟完成了一大笔订单一样。

"开始吗？"我看着我们公司的负责经理笑容满面地引着宇笙入座，他也不客气，还是坐在刚刚的位置，又笑嘻嘻地扫了一圈下面的人。

"大家好，想必大家一直很好奇，我是什么样的人？"他笑嘻嘻地拍着麦克风，　啦一声电流音让大家都头皮一麻。

喻宇笙笑容更深几分："其实我想告诉你们，我是一个极为悲观的人……"

我们公司的经理抢着解释："对，我知道叶经理业绩不超规定的百分之一百五，绝对不罢手，绝对不会开心。"下面是一片掌声。

经理大人用指挥一般的动作做了个有力的抓握动作，掌声恰到好处地停止了。

喻宇笙斜睨他一眼，笑嘻嘻地接着说："我还是一个被众人称为神经质的人……"

那位经理又耍小聪明了，跟着解释："是的，我常听说，叶经理在原来公司时，有一月不归家，吃睡在公司的习惯，虽然大家都评论您是有神经质的完美精神，但是那都是褒义的！”

喻宇笙眉头一挑，笑出声音来，伸手拍了拍我们公司的经理，点头：“如果我不是叶经理，你还会这么帮我解释打圆场吗？”

他神色一整，看似很严肃的样子：“其实我一点都不感激你，你把我说话的思路都给打乱了！”

我简直不忍心听下去，一定是公司经理听着他神叨叨的发言第六感觉得不对劲了，要不都是市场出身的，怎么会随便打断别人的话。

果然经理大人的脸上都是抽搐的笑意，他做出一个请的动作，再也不开口说话了。

喻宇笙心满意足地点了点头，他故作深沉地敲了敲桌子，那样子还真把在座的各位给镇住了，大家都竖着耳朵等待他说话。

“我来，只是跟大家熟悉一下，顺带谈一谈我来到这里的感想。”他微笑着举起手。

下面掌声雷动，我把自己朝着暗处又隐藏了几分。

“众所周知，我们公司是出了名的宽松和严谨并存，宽松是指我们的工作环境，严谨是指我们的工作作风，但是我看到的是……宽松在了工作作风，严谨在了工作环境，你看看你们，各个西装革履，打领带穿得这么正经，你们怎么给下属一个宽松的环境？”

他站起来，得意地展示了他七彩 T 恤中的天蓝色这件，他皮肤白，眼睛亮，笑起来春光明媚的，穿着这颜色的 T 恤不但不让人觉得轻浮，反而让人觉得十分舒心。

下面的中层干部瞬间理解了他话中的含义，有人直接脱了西服，扯了领带，解开三粒纽扣，做休闲狂放状！

喻宇笙鼓掌，指着那位同志称赞：“Good Job，这位同志就表现得很好，就是要这样，我们是来用实力奋斗的，不是用衣着来奋斗的。”

他又状似轻松地翻了翻营销策划案，看了几页，沉默不语，搞得人人都一副紧张的样子，等着他发言。

据说，这是下一季度的推广方案，新产品上市，但是上面给的资源有限，所以案子做的比较拮据了点。

大家都提着心，生怕领导同志不满意。

我已经不能用无奈来形容我的心情了，宇笙小伙伴，快回去吃药呀，这不是你折腾的地方，我们这是开正规会议，别玩了！

如果开完会，发现正主儿不是他，这该多可怕，我越想越恐怖，不禁用文件夹盖住了脸想要哀号。

“案子不错，谁写的？”他用食指叩叩文件，有一位胖嘟嘟的大叔额角流着汗举起了手。

他微笑着点了点头，那位大叔一喜，咧开嘴巴朝他乐，突然喻宇笙的脸一沉，轻拍了桌子：“请问，这一季的新产品拓展方案，同上一季的相比除了名称不一样外，其他的有任何区别吗？”

哎？他说的倒是头头是道呀！

我放下文件夹，他正巧一转脸，看见我看他，嘴角扯了一丝笑意，像是向我打招呼，我浑身一震，又把文件夹盖住了脸。

这个时候，还是装作不认识他比较好。

果然，他接下来把在座的所有大大小小的负责人都挑刺训了一遍，所有人都心惊胆寒的，觉得这个新上任的区域经理未免太严格。

口若悬河地说了好久，他突然停了下来，朝我的方向看了过来，我的汗毛刹那间都竖了起来，天！要！亡！我！蛇精病青年终于想起我了！

“那位……小妹妹，你过来给我倒杯水！”他笑眯眯地招呼我。

小妹妹！

我眼睛一瞪，在大家的注视中战战兢兢地上去给他倒了一杯水。

小伙伴，你别玩了，我用眼神暗示他。

他挑挑眉，精神抖擞地回我一个乐在其中的表情。

我……

“看到没有！这位小妹妹倒水的姿势，沉着的表情，无一不显示出她良好的工作作风和宠辱不惊的良好个性！”他朝我微笑。

我脚一软，差点栽了下去。

终于被他祸害上了！我觉得所有人看我的眼神都不正常了。

我眼观鼻，鼻观心，面色不改地缩回墙角，本来焦点在我身上的同事们见我一声不吭的，目光转了一圈又回到喻宇笙那里。

有人推开门蹑手蹑脚地进来，在公司的刘经理耳边不知道说了什么，我看见他极为失态地站了起来，椅子哗啦一下划出好大的声响。

他貌似在极力克制着自己，继续同那位耳语了几句。

很快有公司保安走了进来，雄赳赳气昂昂地站在桌边，喻宇笙哈哈哈笑了两声，讪讪地摸了摸自己的头，同大家潇洒地挥了挥手：“好了，今天会议就到这里为止呀。都散了吧，没有什么可以看的了！”

保安做了个请的动作，他似乎还是没有忍住，扭头同经理提议：“记得呀，那策划方案要彻底重做。”

我见着经理的脸都扭曲发青了，就像下一刻就要扑上去将他撕碎一般。

喻宇笙满不在乎地耸了耸肩，手插在口袋里笑嘻嘻地走了出去，我一头冷汗，决定化作一粒暗夜里的灰尘，敌不动我不动，全公司都在动，我也不会动一毛，要给人知道了这位蛇精病青年跟我认识，并且合住一间房，我觉得连我舅妈都不用再继续工作了。

经理沉默地坐了半晌，所有人都丈二和尚摸不着头脑，也跟着沉默地坐着。

过了好久，刘经理终于无力地举了举手：“大家散了吧，明天这个时间，还要重新开一次会议。”

偏偏有不怕死的人站起来大声提问：“今天的会议记录还要吗？是从头到尾记录对话的那种记录哦？”

我捂着脸，从指缝间同情地看吕子建，他站在桌边，以一种初毕业懵懂大学生的姿态，虚心提出问题，满脸闪烁着自信的光芒。我觉得如果一定要给他的肢体语言扣上个说明，那只能是：快夸奖我敬业，快夸奖我！我一直在认真记录哟！

青年，你这是自寻死路！

我埋头迅速闪到办公室主任老太太的身后，她貌似很不开心，对于吕子建这种越位提问的方式很不满，嘴里嘟哝着："不能事后来问我吗，非得出头的椽子一样。"

我咽了口口水，乖顺地把她手里的资料夹都接了过来，她看了我一眼，朝我露出了个满意的笑容。

刘经理果然一下子炸毛了："这种问题你需要来问我，我帮你写好一份送给你当示范好不好！"

他冲过来，看吕子建的胸牌，貌似还很认真地读了一遍名字，吕子建察觉到不对劲，脸都绿了。

我同情地看他，刚打算悄悄跟着老太太撤退，刘经理视线啪的一下，如同雷达一下同我对视了。

"你认识刚刚那位先生？他很欣赏你嘛！"他阴森森地问我。

我把头摇得跟拨浪鼓一样。

办公室主任听到对话，又折回来，这次她不沉默了，慢悠悠地压低声音，以我们三人都听得到的声音说："刘经理，今天来的这个不是叶经理吧？咱们都陪着什么人娱乐了一下午呀？

轰，刘经理恼羞成怒，脸都涨红了。

"都回去工作！"办公室主任老太据说资历老，刘经理还真不敢说她什么，只是恶狠狠地朝我的胸牌瞪了一眼，咬牙切齿地嘲讽："周良缘，吕子建，外设办公室出来的实习员都是人才嘛！"

老太太乐呵呵地接口："对呀，你也这么认为呀，刘经理，我特喜欢这两个！"

她说完也不看刘经理的表情，一手扯一个，老母鸡护犊一样，将我跟吕子建给扯回办公室了。

我忐忑不安地捏着手机，趁着大家都不注意的时候躲在公司走廊里打了个电话给喻宇笙，他接得倒是飞快，还带着欢乐的小颤音："哟！良缘，你想我了呀！"

"那啥，你这会儿在哪儿呢？精神病院吗？"我忍不住刻薄他。

他噗一下笑开了，声音十分愉悦："没有，他们派了辆车把我送回来了，还让我有空去应聘呢。”

哈？我把手机抽离耳朵，甩了甩，又捂在耳朵上，再次向他确认：“你说什么？让你来应聘？”

“喻宇笙，我不管你吃什么药，反正你不能停，这里可不是让你开玩笑的地方！”我有点恼了，这里牵涉着我家人的饭碗，我自己砸了饭碗没问题，我小舅母那可是奋斗了多少年才在这里坐稳了，我不能让这么个不相干的蛇精病青年给弄砸了。

他满口答应，然后问我：“良缘，你就这么看不上我吗？”

“嗯。我怎么可能放心你？！”我脱口而出，电话那头一片寂静，许久之后，他在电话里轻轻笑了笑。

“良缘，我跟你保证过，只要在你身边一天，我就不会乱来。”

然后，我听见电话轻轻被放下的声音。

一天的好心情就此终结。

# PART 4

## 真的总监，自恋狂，热闹的午餐

我站在壁角处，看着那个身形高挑的黑影从黑暗的门道走了进来，一点点露出他的真容，细碎的橘色灯光打在来人俊逸的脸庞上，我瞪大了眼，连手上的动作都停止了，我突然就想逃走了。

下班回家的时候，我特地绕路买了上次他吃得挺香的烤鸭，总觉得下午那会儿的口无遮拦可能伤害到了他，不免有点内疚。

一推门，门上的风铃被碰得叮叮当当的响。

“良缘，你回来了？”喻宇笙不知道从家里哪个角落跑出来，身上还穿着围裙，我往里面一瞅，一桌子的菜。

“下午没事做，我就照着书上一道一道地琢磨，做了大概有五六次，桌子上这些算是看起来比较过得去的。”他眼睛亮亮的像是带着期盼。

我走过去，他示意我尝尝，我挑了道看起来比较亮眼的西芹百合，这做得还真是漂亮，上面亮晶晶的，跟烹饪图片展示的也没有多大区别了。

菜刚一入口，我就忍不住有一种想要砸死他的冲动了。

这都什么呀。

“这油都不要钱吗？”这亮晶晶的还真都是油。

他抓头冲我乐：“这次咱们努力做到了色彩美，下次做到闻着香，再下次就离成功不远啦，咱们就让舌头也能享受到了！”

得了，桌上那些亮晶晶，在灯下闪烁着光芒的菜，我再也不敢碰一筷子了。

我吃烤鸭，喻宇笙舍不得他的菜，拼着命吃。半夜的时候，他起夜最起码十次，油吃多了，滑肠。

“良缘，救命呀！”凌晨五点的时候，他开始有节奏地敲我的门，一边敲一边挠：“我要拉肚子拉过去啦！”

我一开门，他就以一种面条人的造型直接软软趴在我肩膀上了，我刚想推开他，就见着他抽着鼻子抽抽搭搭地伤心开了："良缘，我好疲倦嘛。"

"良缘，我想我过世的妈了，如果这个时候，她还在世，该多担心我！"他抽着鼻子。

这么一说，我也给心酸上了，我拍拍他的肩膀，安慰他："没事，吃点治疗拉肚子的药就好。我给你找，吃下去就好了。"

他死命拽着我不放，头埋在我的脖颈这里，闷闷的："要是药片我可不吃呀，粘着舌头苦苦的。"

哎？还蹬鼻子上脸了。

我啪一巴掌拍开他，找出药片，捏着他的鼻子就给他塞下去了。

整个过程，他出奇的乖顺，眸子一动不动地瞅着我。

"良缘，你凶起来真像我妈。"他沉默了好久，最终挤出了这句。

"儿子，滚回你的房间，去睡觉！"我把余下的药包都拍他手心里了，"记得，药不能停！"

这才住进来第几天，我都已经夜不能寐了。

早晨出门的时候，我逼着喻宇笙向我保证上班时间不骚扰我，不会去上班的地儿骚扰到我和我家人，上班的时候收不到他诡异的短信。

他一脸无奈，但是还是乖顺地点了点头。

"良缘，一路顺风！"我下了楼往公交站台走的时候，他呼啦一下拉开晒台的铝合金窗户，挥着纸巾同我道别。

我忍不住对他吼："身子给我缩回去！"

呼啦呼啦，全小区的人都打开窗户来瞅我了，自从上次跳楼事件以后，我俨然就是小区里的名人，谁见着我都会说：瞅着了吗，那就是上次那个跳楼的人的朋友，对嘛，我估计其实这姑娘也是有点不正常的。

大家见着是我，又集体将视线移向顶楼的宇笙，眼神热烈，恨不得在平静无浪的生活里再添一朵小浪花，让宇笙再来表演一次真人版险中求胜。

好在宇笙还是挺自觉，见惊动了大家，麻利地将窗户合上了。

唉，我抚额，快步向公交站跑去。

这是我上班第三天，却有了已经熬了三年的感觉。

进门的时候，老太太找我和吕子建一起聊天："良缘，子建，你们昨天开会呢，表现得挺不错的，尤其是良缘，稳稳重重的，挺不错。说实在的，咱们这个部门吧，其实就是个鸡肋，不需要那么显眼，也不需要自作主张地跑去谄媚谁，凡事多跟我商量，没有坏处的。"

"新人嘛，要记得出头的椽子先烂这个道理。"老太太意味深长地看了一眼吕子建，让我们去备着下午要开会的资料。

吕子建讪讪的，背地里有点不服气的感觉。

出门的时候，他用胳膊捅我："良缘，你不觉得办公室那老太就怕咱们太优秀爬到她头上吗？"

我张大了嘴巴，想说什么反驳他，又找不到恰当的语句。

这反被他认作是赞同了他的想法，更加愤慨地对我说："良缘，我们好歹都是正规大学毕业的优秀学生吧，调到这种外设部门就算了，难道不让我们在领导面前有点吸引他们目光的动作，让领导们对我们印象深刻吗？"

我合上嘴巴，决定沉默。

其实我刚毕业那会儿跟他的想法也差不多，在老大那里碰了几次壁以后，彻底虚怀若谷了，你觉得你优秀的时候，其实已经陷入了浅薄的境地，因为你永远不会再将别人的优点纳入你的眼里了，你就觉得自己优秀，自己干的委屈。

恶性循环之后，工作情绪就会糟糕起来。

就跟老大说的一样：工作只是生活的一部分，工作得那么辛苦，怎么对得起努力生活的自己。

吕子建吧，就相当于当初那个不知天高地厚的我，总要有一些挫折和历练，他才会明白，在一个循序渐进的企业里，你做得再优秀也不过只是机器上的一颗螺丝钉，没有了你，还有其他人可以替上。

"良缘，我看你是不明白我说的。"他遗憾地看看我，一耸肩，坐进了自己的办公桌。

我也耸耸肩，开始着手准备下午开会的资料。

到了下午，还是在昨天那个办公室里，刘经理一行人又跟打了鸡血一样兴奋，他今天穿着淡褐色的长袖T恤，比昨天打扮得轻松惬意多了，我特地注意了一下，会议室的正座上放着一盆花，怒放的花朵中间插着一块红色的纸牌，我眯着眼睛瞅，上面写着：欢迎叶经理！

而刘经理右手边多出来一个妹子，也是昨天开会没有见到的。

妹子长得十分甜美，一笑一颦都是甜丝丝的余味，我听见办公室主任老太太嘀咕了一句："这不是咱们公司的职工呀。"

那妹子没有穿公司统一配发的制服，她穿着淡粉的紧身连衣裙，裙子不长，到膝盖上头，头发就简单地梳了个小马尾，脚下居然蹬的是球鞋。她笑起来又喜欢眯着眼睛，显得整个人很稚气，就从外表上来，我觉得她应该在上学。

"应该是实习人员吧？长得真漂亮！"吕子建跟着评价。

我们办公室的人依然没有正式的座位，并且连临时加座都没有了，我和吕子建扛了一条板凳，搁在角落里挤在一堆，反正别的部门也不会关注到我们，我跟老太太都自得其乐，只有吕子建挺不开心的。

两点一过，所有嘈杂的声音都停了下来，刘经理示意大家都站起来，会议室的门慢慢地被推开了，刘经理跟个指挥一样，兴奋地带头鼓掌，示意我们跟上。

"欢迎咱们公司最年轻的区域经理，叶经理！"

我站在壁角处，看着那个身形高挑的黑影从黑暗的门道走了进来，一点点露出他的真容，细碎的橘色灯光打在来人俊逸的脸庞上，我瞪大了眼，连手上的动作都停止了，我突然就想逃走了。

叶经理。

原来就是叶重台。

"我，我可以不参加会议吗？"我压低声音问身边的老太太。

她回我一个质疑的眼神，问我："你不舒服？"估计是我的脸色的确不佳，她目光一下子就充满了怜悯，"是哪里不舒服吗？"

我嗯了一声，用文件夹盖住脸，有一种立刻土遁的冲动："我心脏跳得不太对劲。”

老太太伸手摸我手腕，吓了一跳，她暗地里一拍我的手：“你怎么不早说呀，快去休息吧，心脏怎么跳得这么快，别从正门出去，看见那个小门了吗？”她压低声音指给我看，在会议室展台后面有个小黑影，我连忙点头。

“从那里慢慢移出去。”她伸手来扯我的文件夹，我拼命地捂在自己下巴上。

“我带回去复习下资料。”

所有人都已经坐了下来，会议室拉了窗幔，只有会议桌前开着白色和橘色相间的小灯，叶重台就在正座坐了下来。

还是同以前一样的沉稳温和，未开口先温和地笑了笑：“我跟部分同事已经是老朋友了，离开一年半，看到依然有老友相迎，十分开心。”

“还有我呢。也不知道向我笑一笑。我今早刚赶来Y市，就是追着你来的嘛。”我听见他左手边早些时候坐着的学生模样的妹子压低声音在撒娇，叶重台看了她一眼，果然朝她微微笑了笑，原来是相熟的人吗？

妹子巧笑倩兮，灯光下嘟着嘴都是娇俏可爱的，我突然想起我每次同叶老大表白，都是直愣愣的大舌头状，要么就是喝大了，要么就是局促尴尬着，哪有这么甜美。

难怪当初老大连拒绝都懒得给我。

我捂着脸，一步一步挪向小门，大家的注意力都在老大的身上，我移动得又缓慢，等我手够着门把手的时候，背后都已经沁出了一层汗。

咔哒，我轻轻一扭动门锁，身子正准备悄悄地往门缝里窜。

“站在边口的同事把灯都开了吧，下面我会发一些自己复印好的资料给各位，也是这次新产品营销的一些理念，我用通俗的语言概括了下，还结合同类产品市场销售情况的类比数据，方便大家理解！”叶重台的视线从会议桌前移过来，同用着文件夹遮脸的我对视。

我愣了好一会儿，才发现原来小门旁边有所有电灯的开关，他指的站在门口的同事正是我。

“开灯呀，小周！别傻站着！”办公室老太太压低声音提醒我。

虽然我有一千个不情愿，依然缓缓放开了紧握着的门把的手，摁开了所有灯的开关。会议室里光亮一片，我还是用被文件夹盖住了一半的脸同坐在会议桌上的叶重台对视。

他的眸子黑沉沉的，像是有穿透性一般，死死地盯在我的脸上，许久之后，他面无表情地转过眸子开始有条不紊地将资料发下去，就像是没有看到我一般，镇定地开会。

我几乎以为他没有认出我来。

“小周，你不回去休息了？”老太太不放心我，见我埋着头在记录会议内容，有点心痛：“你别怕呀，这种会议咱们部门也就是来学习观摩的，跟自身涉及不大，要不我让小吕把资料带回去给你抄也可以呀？”

我拍拍老太太的手，示意自己已经恢复，心跳良好，她手摁在我的手腕上，数了将近一分钟的脉搏，这才放了心。

叶老大说了些什么，我完全没有入耳，我甚至连抬头的勇气都没有，一直沙沙沙地在记录本上记录。

“好，今天就到这里。”会议已经接近尾声。

我看见刘经理他们都站起来，我也跟着站起来，人群之中，叶重台那双带着笑意的眼神一旦触及我，便笑意顿失，变得冷淡而疏远。

我的心猛地一缩，赶紧垂下了头，看着吕子建和老太太偷偷已经从小门退场了，我也跟在他们后面慢慢退了出来。

“卧槽，那妹子的手，怎么可以在桌子底下摸叶经理的大腿呀！”一出门，吕子建就痛心疾首地捶胸，“你说，怎么漂亮妹子都瞎了眼一样，找那样的？一点都不亮眼！”

我痴痴呆呆地想像着摸大腿那个场景，整个人都陷入了不可自拔的痛心状态中，吕子建火了，一推我：“良缘，我是说了什么触动你的话吗，你看你怎么就犯傻了？”

我傻巴巴地回答他：“我觉得叶经理长得超帅！”

“我收回刚刚的话！”吕子建火气冲天地一瞪我，“不仅漂亮妹子眼睛瞎了，不漂亮的也一样！”

老太太从后面上来，朝他呵呵笑："对对对，叶经理长得也就是气质好一点，个头高挑了点，举止优雅了点，不过世间的美丑都是比较出来的，比方说，跟长得跟闹着玩的一比，叶经理真是个帅气小伙子！"

她乐呵呵地看着吕子建，吕子建这个人平时脑子不灵光，但是脑补超一流，顿时就被老太太气得脸色发红，哼了一声甩开步子走我们前头了。

"良缘，快跟上呀，回办公室好好休息去！"老太太貌似特喜欢打击吕子建，每次见他弄得不愉快，她就要笑呵呵地乐上好久。

我悄悄偏转过脸，看走廊另一端被人群簇拥的叶重台，朦朦胧胧的只感觉到了他投视过来的眸光，我怕极了之前那冷淡疏远的感觉，连对视都没有勇气，一缩脖子，紧跟着老太太闪进了办公室。

有时候我们会矫情地想，如果没有捅破那层窗纸，是不是就可以一直暗恋或者暧昧下去。

是不是就可以一直自欺欺人。

那样，最起码还能每日见着心爱的人毫无芥蒂地微笑，能够和他搭上一两句无关紧要的话。

可惜这个世界上从来没有一直悬而未决的事物，大多数到最后会以你难以接受的情形收场，所以，我从来不后悔我去向老大表白，我只是后悔，自己每次示爱都是用这么令人难堪的方式。

喻宇笙来接我下班的时候，我依然垂头丧气的。

因为心情不美丽，我垂着头盯着路面走，连周边的风景都懒得看，更不要提路边站着的喻宇笙了。

"良缘，看这里！"他响亮地打了个响指。我条件反射地抬头看去，才发现原来宇笙小伙伴已经在这里等候多时了。

他今天穿着淡烟灰色的长袖 T 恤，配了条简单的水洗白的牛仔裤，脸上绽放着热情洋溢的笑容，显得两只小梨涡甜腻腻的，站在我们公司门口倒是吸引了不少小姑娘的视线。

"怎么了，不开心？"他过来伸手接我的包包，一边用手点我的额角。

我别扭地躲开去，闷声往前走。

“良缘，是不是公司有人欺负你了？”他试探着问我。

我依然不吭声，懒得回答他。

“他们还真敢欺负新人？！”他表情严肃起来，眸子带着令人骇然的隐怒。

“才不是，只是看着同事都是精神抖擞的精英样，我觉得自己一事无成，显得又渺小又卑微！”我随口找了个借口，依然嘟着嘴。

宇笙一下子愣住了，然后噗的一下轻笑出声。

他靠过来，朝我一挑眉，伸手自自然然地挽住了我的胳膊弯：“你看看，我是不是特别英俊潇洒，俊逸非凡?

我斜睨他一眼，还真自恋!

“四五十块钱的衣服穿在我身上都跟名品货一样！”他毫不吝啬地夸耀着自己。

不过的确如此，即便是地摊货，穿在他身上丝毫不显得廉价，反而被他穿出几分休闲的优雅。

他亲昵地挽着我胳膊摇了摇：“哎，这样看上去，会不会显得你比较有‘内涵’？”

我回他一个疑惑的表情。

他朝我微微一笑：“一个这样出色的我，挽着一个如此平凡的你，这么不合逻辑的搭配，会不会让人觉得你是一个超级有钱的土豪二代，只是不擅长穿衣打扮而已。”

“……”我直接一巴掌拍下了他的手。

“哎，你终于笑了！”他指着我的脸穷开心，我瞪大眼睛忍俊不禁，笑着又伸脚去踹他,一抬眼,眼角余光溜到公司门口有个一直默默注视我的身影。

整个人都僵直了。

我控制不住去看那个身影，有一种冲动，想要过去同叶重台问个好，久别重逢的问好。我的脚刚要踏出那一步，突然喻宇笙嘿的一跳，飞速地阻隔在了我和那个身影中间，他笑得阳光灿烂，并且伸手一把拍住了我的脸，像个神经病一样大叫："周良缘，回神来！看我的嘴型！我……钟……意……你！"

从宇笙的胳膊弯里，我瞄到的那个身影终于瞬地转身大步朝着另一头走去。

顿时，我整个人又愤怒又酸楚，想也不想就将充满怨恨的眼光瞄向那个依然用力拍挤着我包子脸的男人。

他依然不知，还在十分畅快地大笑："是不是觉得特别有面子！你害羞了，哦哈哈哈哈！哎呀……"

他笑到一半，被我用手捏住了嘴巴："给我放手并且闭嘴！"

一瞬间，自暴自弃的情绪席卷了我全身，我的眼鼻都是酸涩的，眼睛里都快涌上泪花了。

喻宇笙这个傻货突然伸手盖住了我的眼睛，用一种哄小朋友的语气哄我："乖，良缘不哭，还有我在呢。"

他用温柔的动作宽慰我，而后轻轻牵起我的手，牵着我走过马路，走过站台，然后给我买了一支棒棒糖！

我木木地接了过来，无意识地咬了一口，棒棒糖甜丝丝的 ，让我压抑的心情总算好了一点，倒是喻宇笙貌似陷入了低落状态中，他一边神叨叨地自言自语，一边偷偷伸手摸我的头。我朝他呲牙，他笑了笑把手又缩回去了

其实今天有一刹那，我想从公司里逃出来，和叶重台的生活再无交集。

退与留这个问题让我心事重重。

一夜无眠，我抱着被子在黑暗里自我宽慰，觉得自己如果只待在办公室，好好本分工作，和叶老大的交集也就只是这几天的事儿，据说他是华东区的区域经理，过几天还要回省级城市的。咱们既然选择了江湖陌路，我估摸着他也不会再主动到我这里来找不快。

既然想开了，我又开心起来，快天亮的时候睡得可沉了，要不是喻笙把我房门敲得咚咚响，我估计就要迟到了。

“良缘，我想来想去，我做了个重大的决定……”喻宇笙围着围裙给我做早餐，话说了一半，和我一对视，两人都笑出声。

“你这黑眼圈还真个性。”他抢我前头取笑我。

嘁！我回他一个白眼，他那圈也不比我好，我叼着块他用面包机烤好的吐司出门，却完全忘记了他之前说的那个决定到底是个什么样的决定。

公司办公室的老太太一如既往地养生，见着我，朝我手里塞了个鸡蛋：“看你脸色苍白的，补补身嘛。”

她是真心对我好，我看得出来，有点手足无措，我这个人就这点出息，对我不好的人吧，我会客客套套地应付，对我真心好的，我倒不知道怎么样去面对。

“你别不自在，我外孙儿也跟你差不多大，哪像你这么懂事，这些年呀，他都到处混吃混喝呢！我看着你，想起他，就想好好地护着你呢。”老太太突然叹了一口气，那看我的眼神多了点别的意味，“良缘，其实我外孙人不错，下次介绍你们认识？”

这鬼鬼祟祟来试探我的表情，真出奇的熟悉呀。

究竟像谁？！

一时半会儿我还真想不出。

我一愣神，她又恢复了以往乐呵呵的表情，伸手拍拍我的肩膀：“良缘，你放心，这公司的职务呢，我想做到什么时候就能做到什么时候，退休不退休对我来说意义也不大的，有我在一天，我就会好好照顾着你。”

她偷偷瞄我又自己嘀嘀咕咕：“说起来，还真的是让人不放心，小样子看起来就怪可怜的……”

我只能朝她傻笑。

老太太的确偏心我，估计从昨天我不自在的神色里看出了些什么，今天凡是要各部门传送文件的各种琐事，她都交给吕子建了。吕子建本就急切地想在各中高层面前展露自己优秀的一面，跑得虎虎生风的，一时间办公室所有人都找到了自己最舒坦的工作方式。

就比如我，乐得缩在角落敲敲打打文档。

十点半一过，我就瞅着时间，打算踩点下去吃午饭，新公司伙食不错，食堂搞得跟美食街一样，各种口味想点就点，来这里三天，我每顿饭的饭量都是以前的好几倍。

突然桌角的电话铃将我的无限畅想给震碎了，我刚到几天，照理说是没有可能有人直接拨分机来我这里的，我抬头瞅瞅左右，老太太戴着老花眼镜从她那张桌子上抬起头来，伸出手来示意我去接。

我接起电话。

电话里一片沉默，许久之后，我听见叶重台低沉又不失温柔的声音从电话里传来："良缘，待会中午等等我，带你去吃顿好的。"

我的眼泪一下子就涌出来了。有多久没有听见老大这么对我说话了呢？对于我来说，大概有一个世纪那么久远了吧。

"良缘？"他微微提高了声音。

我哽咽着嗯了一声。

"犯傻气！"他叹了一口气。

其实我也不知道为什么会这么委屈，被他以这么熟悉的语气这么一说，眼泪就这么不受控制地啪嗒啪嗒掉了下来。抽抽搭搭好半天，又觉得貌似老太太的视线一直在我这里，我不由得浑身不自在，赶紧抬头，发现她早就移开了视线，正在嗯嗯啊啊的不知道在跟谁打电话。

刚挂上电话，我就神经兮兮地开始到处翻镜子。

我甚至去窗口站着，就为了不动声色地查看自己头发乱不乱。十一点半的时候，老太太提高嗓门叫我："周良缘，有人找你！"

我有点惊慌失措地一转身，哈？

"良缘，咱们去吃饭吧！"

我觉得自己的眼睛出问题了，办公室门口站着的是穿着随便的喻宇笙，笑得跟一朵花一样，两只小梨涡深深显露出来，让他显得微微有点稚气。

"你……怎么来了！"我还记得上次开会那次乌龙事件，紧张兮兮地扯着他的袖子就往外面拉，他路过老太太的时候，朝她做了个眨眼的动作。

老太太乐呵呵的，回他一个眨眼。

“良缘，你得恭喜我，我以后跟你就是同事了！”他给我看他的工作牌，果然白底黑字写着——保安：喻宇笙。

他乐呵呵地夸奖自己：“他们上次就非得让我来，我应聘的时候，非得让我做文职工作，我寻思着自己长得高大威猛，坐在那里没法体现自己的潇洒俊逸，就自荐做了保安。”

哦，上帝！

我最关心的是到底是哪个脱线的，把他给放进来了，我是不介意在家养一个着无家可归,生无可恋的青年,但是前提是我得把自己的口粮给保证了呀。

“你不能这样！”我严肃地尝试着同他沟通。

“为什么？”他一摊手，表情特无辜。

我都快要给他鞠躬了，哭笑不得：“我这工作才刚做呢，你混进来如果三天两头给我整个幺蛾子，我还能过吗？”

他压低眼帘，凑过来，压低声音对我说：“良缘，我得保护着你，我总觉得这里有让你不开心的事儿，三个臭皮匠顶个诸葛亮，你一个人黔驴技穷的时候，最起码还能想着这栋大厦里面有个可以并肩作战的小伙伴呢！”

为什么我一点都不觉得感动，只觉得后背凉飕飕的。

“咳咳，良缘，这是来找你的吗？”喻宇笙突然站直了身子，朝我身后面带微笑地挥了挥手。

我转过头，看到了面无表情的叶重台。

三人在公司走廊上就这么对视着……

最后，还是喻宇笙打破了僵局，我听见他的肚子响了好大一声，他十分尴尬地问：“要不，咱们先搓一顿再深情凝视？”

叶重台微微偏过脸去，貌似轻轻叹了一口气，又转过来对我说：“走吧，这里有处牛排做得不错。”

“愣什么神，跟上来呀！”他走了几步看我傻乎乎的，像之前无数次一样，示意我跟上。

然后，我看见喻宇笙露出个大大的笑脸，抖着两只胳膊，像只迷途小鸡一样，用他无比洪亮的声音亲切无比地回答了一声：“好哒！”然后，紧跟了上去。

叶老大的身子猛然一震，顿了顿，大步流星地走了出去。

餐厅选在和公司餐厅同一层的二楼，装修得很是富贵喜气，说是西餐厅，却不伦不类地在门口贴了张福娃的招财图。

喻宇笙倒是挺喜欢这里的样子，走过去又跑过来细细看那幅福娃图，一边扯着我的头发让我也看："看看看，良缘，这是你小时候的样子呀！"

我定睛一看，那福娃嘴角一对小酒窝，笑得憨态可掬，跟我小时候的照片的确有七八分相似。

叶重台安静地站在五步之遥，听见喻宇笙这么说，他也去看那幅福娃娃图，一双黑沉沉的眸子里，带了丝丝柔意。连嘴角都慢慢扬了起来，带了点熟悉的微笑。

"好啦，吃饭啦！"喻宇笙倒是一点不拘谨，手插在口袋里就反客为主了，他挑了个窗口的位置坐下，伸手招呼我们："来来来，这里有飘窗，空气清新！"

叶重台也没有说话，默默跟着走了过去，站在桌前稍稍一犹豫，见我挑了喻宇笙那边坐下，他也就从善如流地在我对面坐了下来。

他一贯都当我是小妹妹一样的存在吧。

以往点餐都是老大帮我点一些毫无刺激性的饮料和甜食多多的食品，这次他刚招来服务生，想要开口，被喻宇笙抢在他前头报了一溜的菜名和红酒。

那熟悉度比山东快板还来得顺溜。

"红酒，就来瓶82年的拉菲吧！"他优雅地卷起袖子，貌似很随意的样子。

服务生一走开，他就嘻一下笑开："还真有82年的拉菲，早就看电影TVB的阔少点这个，要是有根雪茄夹在手里点，这样这样……"他夹起一根筷子，作吸烟状，深吸一口，压低声音，对我笑："小姐，来份82年的拉菲。"

"哈哈哈，像不像，像不像嘛！"他大笑着问我。

我悄悄瞄叶老大的表情，我感觉他一贯温文尔雅的笑已经完全消失了，剩下的是额间一跳一跳的青筋。

果然，叶老大重新扯出个笑，问我："良缘，这位是？"

"我哥哥！"

“她弟弟！”

卧槽，神经病跟我异口不同声呀，小伙伴这个玩笑开得有点大呀！我朝着喻宇笙翻白眼，他回我一个“难道我不是比你长得年轻？”的表情。在我的瞪视下，他貌似吞下一口气般，作妥协表情。

叶老大的微笑僵在了脸上，挑眉看我。

“我弟弟！”

“她哥哥！”

我们俩又同时改口，彼此还互相瞪了一眼。

“唉……相遇太晚，关系太乱！容我理一理！”喻宇笙长叹一口气，装作看风景一般，扭过头去。

一时间尴尬异常。

好在菜上得很快，包括那瓶传说中的红酒，喻宇笙眉开眼笑地替我倒了一杯，自己也倒上一杯，喝了一口，用一种夸张的表情赞叹：“好！”

“好在哪里？”叶重台面色沉沉地问他，眉眼间看出了些不愉快。

喻宇笙嬉皮笑脸的：“好……酸！”

不知道是触及了叶老大的哪根筋，他冷冷哼了一声，埋头开始切自己盘中的牛排，连我都不再看一眼了。

久别重逢，本来想要好好叙旧恢复点之前同事间的友爱之情，这下让我感觉更加糟糕了。

我总想找点什么话题打破这种僵局，但好几次抬头看叶重台，都只看到他垂下的眼帘。这种姿态似乎拒人千里之外一般，我想起我那三次无疾而终的告白，终于下定决心也跟着沉默。

喻宇笙吃得倒是十分欢乐，不停地用刀叉敲打玻璃杯。

有次瞄到我的盘中有刻意拨开的配料萝卜条，他笑眯眯的也不避嫌，直接拨了过去。

叶重台抬起头，看他的动作，嘴动了动，还是没有说什么。

他就这么默默地看着我，然后丢下了刀叉。

刚要说些什么，我听见喻宇笙哎了一声，将大半个身子探出飘窗，我吓得冷汗直冒，想起他的爱好来，想也不想直接也扑到了飘窗口一把抓住他的手，他将投视在楼下的视线收回来，同我的视线一触及，哈的一声笑出来，又伸手指指楼下。

楼下是对小情侣在吵架，他看得津津有味。

我见他不是心血来潮要去自杀就懒得再管他，缩回身来。

叶重台慢悠悠地将小碟子里的水果递了过来，我很自然地接了过去，这是以前养成的习惯，我贪吃水果，每次都偷偷摸摸地偷袭一起吃饭的同事，大家闹着藏起来不给我，只有叶老大会默默地将自己的饭后水果和甜点递给我。

“良缘，其实……”他露出个笑容，用一贯温柔的语气不紧不慢地说，“我想，我们应该好好谈一谈。”

我坐端正了，心里突然就存了一丝的侥幸，想要听听他怎么说。

“那次在卡拉 OK ……”他刚开了个头，就听见楼下有人在高声谩骂，那声音完全盖过了他的。

“楼上的，我谢谢你大爷的！”楼下的人声音带着戾气，“你报个名字给我听听！”

喻宇笙不知道什么时候手上捏了个红酒杯，用一种极其真诚的语气回答下面的人：“兄弟，叫我雷锋，不用谢！”

“楼上的你有种不要跑，你给我等着！”下面的人恶狠狠的，像是就要冲上来，我瞅着不对劲，窗口的某个青年表情开始变得有点不自然。

他慢慢地缩回了身子，见我跟叶重台都在看他，露出个讪讪的笑容：“估计不会真找上来吧？”

这又是惹了什么事？

我抚额问他：“又发生了什么事呀，喻大爷？”

他抓抓头，冲我们傻笑：“刚他跟他女友在下面谈判，那女人发狠说，要是能和好，除非天上下红雨！”

他得意洋洋地摇摇手里的杯子。

“哥们只能帮他到这里了！”哟，他还得意上了。

我恨不得上去抽他一巴掌。

有人早我一步冲过来了，呼的一拳就隔着我冲他过去了。喻宇笙站起来把我拉了一把，直接跌坐在凳子上了。

他的本意我是知道的，怕我被那拳头给打着，可是在外人的眼里，未免落了下乘，那动作就跟拉了我去挡一样。

从来没有发过火的叶重台居然也骂了一句脏话："他妈的。"

两只拳头一前一后，都打中了他。

等到我反应过来想要阻止时，喻宇笙的两眼圈都已经黑成了熊猫眼。

他哭笑不得地问："大家打得可爽？"

# PART 5

## 男神VS男神经病

我不知道他悲观的根源来自何处，只能板起脸来严肃地跟他说："活着，是对自己和亲人最大的回馈。只有活着，才会有希望，才会有转机。"

他微笑着叹了一口气，对我说："良缘，我懂，但，你不懂。"

曾经想过无数次久别重逢后，我会和叶老大有多少话要说，又有多少个日夜里，心存小小的侥幸，期盼叶老大能对我解释那次为什么落荒而逃。

结果，真的到了这一刻，我的全部注意力居然都被这个神经病青年给吸引去了。

楼层的保安集体跑来拦架，倒不是叶老大和那位冲上来寻衅的青年有更多过激的行为，他们拦的是喻宇笙先生。

那挑衅的青年自从打了喻宇笙一拳以后蹲在地上就开始揪着头发放声大哭。那声音悲痛得吓跑了我们周围一半的食客，服务生们站在远远的地方，交头接耳地讨论该怎么办。

宇笙拍着他的肩膀问他："你说人生最重要的事情是什么？"

对方抽泣着说："是找媳妇。我女友跑了我不想活了，不如死了算了。"他跃跃欲试地看向飘窗，我顿时觉得头皮发麻。

宇笙又安慰他："别瞅了，那地儿不适合你，我用我专业的经验告诉你跳下去是死不了的，来，告诉我，你找媳妇是为了什么呢？"

对方依然哭泣着，回答他："为了让老妈别再唠叨了，省得她一直担心我找不到老婆！你不知道逢年过节的，她有多唠叨，整天念着让我找个妞儿定下来。我这个女友，都哄了大半年了，还以为今年能够消停点，结果又掰了！"

喻宇笙也蹲下来安慰他："打个比方，如果你妈死了，你还会这么悲伤，还想找媳妇吗？那是不是就解脱了？就可以一辈子光棍了？我问你，你说你这个逻辑有道理吗？你被妹子抛弃了，关你妈妈什么事？”

那青年停止了抽泣，用怨恨的眼光看他，恶狠狠地咬牙：“有这么比喻的吗，我还想揍你一拳。”

喻宇笙乐呵呵地啪一巴掌抽上自己的脸，问他：“过瘾吗，我帮你抽，来，咱们继续这个话题。”

“你说，反过来说，你虽然现在媳妇儿掰了，但是念叨你的老妈还活着，是不是很幸福？”他问那低声抽泣的青年。

我翻了个白眼，觉得这两事毫无逻辑牵连，偏偏喻宇笙说得振振有词的样子，一副你赚了的表情。

那青年停止了哭泣迷茫地看着他。

然后，我看见喻宇笙突然就红了眼眶，居然也开始哽咽上了：“你说你多幸福，我想要个唠叨的老娘都没有。”

他喝完了手里剩下的酒，一边哽咽，一边扯着那青年问：“你还要寻死觅活的吗，我这种人又没有老妈管着又没有妹子陪着，比你更需要去寻死！”

“今日事今日毕，说到要做到！”他自言自语。

哐当，他突然站起来，就如同勇士一般甩掉了手里的酒瓶，把袖子一卷，一个箭步冲向了窗台，撑着外飘窗直接坐在了窗沿上。两只脚在窗台外甩呀甩，随时都要跳下去的样子。

这下不仅我吓呆了，就连刚刚伤心欲绝的青年和不知道状况的叶老大都惊呆了。虽然这是二层楼，但写字楼、商场的一层楼可比居民楼高多了，这都有居民楼四五层的高度了。

叶老大破天荒地用一副愣愣的表情问我：“他这是要寻死？刚不是吃得挺开心的吗？红酒一整瓶都在他肚子里呢。”

我一瞅喻宇笙，他面颊桃红，眼神迷离，抓着自己衣角坐在那里，十分幽怨的样子，身子还随风摇呀摇。难道一瓶红酒就放倒他了？

我：“……应该是发病了吧？”

其实这是他的爱好吧，借着酒疯过段时间就闹上一闹？！

这楼的保安将这里围得水泄不通的，这种熟悉又让我头疼的场面，很显然让叶老大和那位上来寻衅的青年感到很新奇。

“还是让我来吧！”我觉得是自己出场的时间了。

想到之前拯救他的种种事迹，我顿时有了一种强烈的责任心——这种时候，务必请让我走在最前线，一巴掌呼醒他。

我走过去，卷起袖子一巴掌拍在他的头上，他摇摇欲坠，晃了好几下才稳住，这又惹得后面挑衅的青年一阵惊呼。

喻宇笙扭过头来，同我对视，他的脸红彤彤的，眼神却出奇的乖顺，迷蒙中带点委屈的样子，泪汪汪地看我。

“你还认得我吗？”我挑眉问他。

“嗯，你是良缘，周良缘！”他点点头，眼泪又要涌上来。

我看他这么委屈的样子，伸手摸摸他的头问：“你还记得你承诺我什么了吗？”

他像是在回忆什么，好久之后，扁起嘴巴，含着泪花嘟哝：“我答应你，在你身边一天都不会给你惹事儿。”

我怒了，问他：“那你现在在做什么？”

他像个孩子一样，愣神了半天，乖乖地又撑着窗户爬下来了，对我傻兮兮地笑，大家都吁出一口气。

我却是叹了一口气，伸出手来拍拍他的肩膀。这个时候，我哪有心情同表情已经石化的叶老大再说些什么？整个午餐时间，真是过得跌宕起伏。

“良缘，我欠你太多了！”送喻宇笙回休息室的时候，他闷闷地突然来了这么一句。

我啊了一声，回头看他。

他酒醒得很快，眼睛已经恢复了以往的明亮：“良缘，有时候我想，是不是因为老天想让我来补偿你，所以才会让我苟延残喘地活下来？”

我不知道他悲观的根源来自何处，只能板起脸来严肃地跟他说：“活着，是对自己和亲人最大的回馈。只有活着，才会有希望，才会有转机。”

他微笑着叹了一口气，对我说：“良缘，我懂，但，你不懂。”

我回来以后，办公室的老太太凑过来问我：“看起来找你的那小伙子不错，和他午餐吃得怎么样？”

我将中午的事情复述了一遍给老太太听，老太太听得直皱眉头，一直愤愤地抱怨：“这死孩子，这欠抽的坏孩子，他怎么就这么没有出息。怎么能这么胡闹？这熊孩子！”我看见有水汽在她眼底闪现，弄得她比我还义愤。

我倒是要反过来安慰她：“他那是心里有事，不开心才会那样的，我才见到他的时候，他更悲观呢，那时他正在墓地在给自己的坟上拔草呢。”

老太太像是被惊到了一样，伸手一把抓住我的手，好半天才喘过气来：“哎哟，良缘，这孩子挺可怜的，你别可放弃他呀，有空得好好劝劝他呀。”

真是个有善心的老太太，我微笑着拍拍她的手。

她见我没有任何表示，有点心事重重地朝我笑笑，安慰我：“良缘，你也是好孩子，以后都会好的！”她说这话的时候，眼圈都红了，我第一次发现这位老太太如此可爱和善良。

直至下班，那位可爱的老太太都沉浸在低落的情绪里，并且我看到她有好几次拿出抽纸擦脸。

喻宇笙跑来接我的时候，她用一种痛心疾首的眼神狠狠瞪了他一眼。

破天荒的，喻宇笙居然垂头不敢直视了。

“走吧！先回家吧！”我见他窘迫的样子，一推他，他乖乖地跟在我后面，路过老太太的时候，他飞快地抬起头来，朝着老太太有些歉意地笑了笑。

出了公司大门，我还是没有忍住，问他：“你认识咱们办公室的主任？”

他愣了一下，而后有些顾左右而言它地回复我：“像是认识的样子吗？”

哼，不诚实。

我别过脸，不理他，走得飞快。他快步跟上来，接过我手里的包，一路无言。

喻宇笙自知理亏，回到家里乖乖地收拾屋子，他倒是一有空就学着怎么做菜，经过两三天测试，虽然菜做得不堪入目，但好歹能品出个菜味儿了。

等我们吃完晚饭，一人一个抱枕坐在那里看电视剧的时候，他突然问我：“良缘，你喜欢那个新来的叶经理？”

我嗯了一声，还没有反应过来。

他又说："那个人看起来，有点深沉呀，貌似不太适合你。"

我斜眼看他，他一脸正经的样子，学叶重台的样子给我看，他渐渐冷下脸来，眼睛放空，露出一个皮笑肉不笑的表情，像是与你在对视，可是眼中却永远没有你的样子。叶老大的确有时是这个表情，可是他做起来却是冷峻又傲娇的，乍一看喻宇笙这个表情，我心都揪了一下。

并不是说他学的有多像，而是在这样暗橘色的灯光下，他这样的表情，让我突然觉得他对什么都满不在乎，包括他的生命，他活着，却像是冷眼旁观别人的人生一般。

"你别这么笑，难看！"我噎了一下，结结巴巴地提议。

喻宇笙像是在一瞬间就恢复了活力一般，立刻露出个大大的笑容给我，跳过来帮我捶背："是不是特邪魅狂狷？特炫酷特狂傲？看着特心动？"

"……"这都什么跟什么？

我回他一个大白眼，转身就甩了房门对他。他也不恼，在门外大叫："良缘，明天早晨咱们就可以一起上班啦！我做你的 Morning Call！"

不管出于什么心理，神奇的是，他并没有叫上我一起上班。第二天早晨，等我拉开房门的时候，我发现自己已经迟到了。

我一边暴走一边打电话给他："喻宇笙，说好的叫我起床的呢？"

他那边乱糟糟的一团，只听见他扯着嗓门在叫："你不是一早抛下我就去公司了吗，我把你的门捶了又捶，一点反应都没有。"

得了，是我睡死了。

就像是跟我作对一样，今天公交车来得也特别慢，我等了半个小时，也不见公交车来，正伸手想要拦辆的士，一辆亮黑的小轿车悄声无息地绕了个圈逆行滑来我身边，拉下来车窗。

"良缘，怎么还没有去公司？"车里驾驶座上坐着西装革履的叶老大，他一贯大家长的态度，训我就跟训女儿一样。

我缩了缩头。

他又训我："贪睡不多放个闹钟？"他一边说一边示意我上车。

我拉开车门这才发现，副驾上静悄悄地坐着那天开会见着的小妹子，她今日穿着一身翠绿，头发盘成了花苞头，在花苞卷儿旁边还别了一块大得夸张的人造水晶饰品。

倒不显得俗气，反而更显得青春靓丽。

见我上来以后，她的嘴都嘟了起来，发难一样，伸手捶了两下叶重台的大腿面。

“别闹，先送她去公司，反正顺道的。”他安抚那个妹子，语气倒是出奇温柔。我的心呀，说不出什么滋味，既有些酸楚，又有些破罐子破摔。

那妹子在后视镜里瞪了我一眼，别开脸去看车窗外的风景，偶尔偷偷打量我。

我看着有趣，也不知道哪根筋搭错了，当她再一次偷瞄我的时候，我突然做了个神经兮兮的动作，将手指比了个手枪，啪的对着镜子作势开了一枪。

她的脸色一下子就变了，转过头来，恶狠狠地看我。

“下车！”她命令我。

“得令！”嘎，车一下子停在了路边，我乐呵呵地提着包跳了下去。

正巧是在公司的正门。

关上车门的时候，我听见那妹子发嗔：“以后都不让她上咱们的车！”

叶重台微微偏转过车，斜眼看我，突然嘴角弯了弯。这是熟悉的笑容，每次见着好笑的事情，又不方便揭露时，他就会偷偷朝我这么笑。

我愣了一会儿，看他又朝我挥挥手，摇上车窗，突然就觉得这样的叶老大，不再是以前那个同我一起通宵达旦奋斗事业的叶老大了。

车开走以后，我又愣神了好一会儿，一扭头，差点吓得失声尖叫。

喻宇笙就站在我旁边，一脸的高深莫测，见我发现他了，以一种特诡异的语气同我耳语：“瞧见了吗，这就是男人，还没有把你追上手，就忙着去泡更加青春靓丽的小妹子了。”

这是说反了吧？

我翻白眼：“你可以把那前半句话倒过来说，之前是我追着他。”

“不是吧？”喻宇笙哈的一声笑出来，将我上下打量，抱着臂幽幽地评论我："良缘，你说你的审美，怎么就走上了不归路呢？啧啧啧！"

估计见我板着脸，他又立刻向我保证："不过你放心，明天我就去给那妹子唱歌送花去，一周时间，保证手到擒来，帮你扫空追求男神道路上的一切障碍！"

"你给我闭嘴！喻宇笙，我警告你，不许乱来！"我想起他一贯的处事风格，觉得他极有可能真的跑去追求人家小妹子，又重重地警告他，"你要是乱来，就从我那里搬出去吧，以后是死是活也不关我事！"

他吃了个瘪，耸了耸肩。

我以为他将我的警告当回事了，稍微松了一口气。结果下班的时候，他又神经兮兮地给我来了通电话。

"良缘，有两个消息，一个好消息，一个坏消息！"

我直觉浑身一哆嗦，捏着手机："我怎么觉得两个都是坏消息来着，要不你先把你觉得好的那个叙述给我听吧！"

喻宇笙在电话那头可开心了，"哈哈哈"神经质地笑了三声："哥的魅力向来凡人无法阻挡，你知道吗，我把那小妹子给约上了，今天在庭院深深吃饭！"

我头嗡的一下就大了，还有比这更让我觉得糟糕的消息吗？

"那你再说说坏消息吧！"我撑着尽量不让自己发怒，用平静的语气来诱导他。

喻宇笙在那头遗憾地说："可惜给让叶重台知道了，他非得跟着去呢，要不你也来，咱们四个人来场四人约会？这个提议好哇，就这么定了！我上来接你去。"他自说自话，啪就挂了电话。

哎？这神经病，我都没有来得及发怒呢！

三分钟之内，我就看着他像一阵风一样出现在了我的面前，身上还穿着公司发的保安制服。

说起来我们公司的保安制服做的挺帅气的，是笔挺的收身小西服，喻宇笙本来腿就挺长，那小西服一衬托，整个人显得高挑精瘦，倒有点贫穷贵公子的味道。

他见着我，像条急需要表扬的哈士奇一样，傻呵呵地笑：“良缘，好的开始就是成功的一半哪，咱们就这么出发吧？”

我冷脸看他。

他过来扯我的手臂：“快啦，我定了6点的座，不入座要取消预订的，那地儿人可多了。”

我别扭地挣扎了两下，他咦了一声，像是很惊讶的样子：“你别有心理负担呀，那妹子是折服在我的个人魅力下才答应去吃饭的，真跟你没有关系，你不用觉得对不起叶重台。”

我张开口刚要说什么，他突然柔情款款地伸手来挡我的嘴：“你只要记住我所做出的牺牲就可以了！”

“我没……”我说了两个字，他又用力把我的嘴给捏住了。

“良缘，别解释！嘘！”他更加放柔声音，含情脉脉地看我，眼神中有着一种自我感动的悲怆。

这是三流青春偶像剧看多了的缘故吗，这个动作，这个气氛！但是！我丝毫没有觉得有任何感动！因为我的口水都要被他捏出来了。

“良缘，你只需要吃就可以了，其他的就……交给我吧！让背负着重任的我，去奋斗吧！”他像是被点燃了人生一样，眼睛就亮了起来。

我看着他如同打了兴奋剂一样的表情，背上的汗毛都倒竖了起来，直觉立刻告诉我今晚会是个不寻常的夜晚。

我们并没有直接去庭院深深。

喻宇笙中途拦了一辆的士，指了路一路弯弯扭扭到了一处高档住所，我听见他打电话给别人：“对，没其他的事，就有点小事找你帮忙，你下来等着我。”

过了一会儿，有个穿着名牌T恤的小青年跑来，见着喻宇笙，就是一拳，问他：“你又复活了？这段时间去哪里了呀！”

喻宇笙很不耐烦的样子，扯着他的皮带，手就伸进他裤兜了。

那个青年吓得大叫：“哎哟，你到哪学的这招！哥们我对男人没兴趣！”

喻宇笙白他一眼，懒得说话一样，从他口袋里掏出个物件，对他挥挥手，很不耐烦地说："行了，任务物品到手，你可以消失了！"

那个小青年嬉笑着要夺过那东西，被宇笙一闪身躲了过去。

"干吗呢，你拿走了，我晚上怎么开车出去？"对方埋怨他。

喻宇笙没好气地指了指路边随便停着的一辆跑车，对方嗤了一声，刚想说什么，突然看见站在他背后的我，哟了一声，指着我向他眨眼睛。

我忍不住举手想打个招呼，喻宇笙一把把我手给拍下了："别跟他说话，这家伙是个禽兽，专门祸害小姑娘的。"

那个青年瞪大了眼睛，想要分辩，喻宇笙指着我严肃地对他说："看到没有，这是我最大的债主，独家占有，专属喻氏，以后见着，你得绕着走。她不是你喜好的那类，懂了吗！

说完，他也不管对方的反应，一把把我搂着往前面拥，这还是他第一次跟我有这么亲密的动作，我的脸一下子就热了。

出了小区，他把我给松开了，轻轻道了一声对不起。

气氛居然也给弄得尴尬了起来。我咳嗽了一声，问他跟那个青年拿了什么东西，他笑嘻嘻地一伸手，给我看。

原来是把车钥匙，如果我没有认错，那应该是宝马所有的。

"泡妞怎么能没有香车？"他笑嘻嘻的。

"你要开着车过去？"我问他。

他用一种看白痴的眼神鄙视我："我哪会开车呀！"

于是我们去的时候还是拦了的士。

庭院深深是本市有名的私家菜馆，难预订指数曾经在时尚频道排名第一，我也不知道喻宇笙用了什么关系，居然给定了一间幽雅的小包厢，那包厢还是独立的，就在人造小湖之上。

泉水潺潺，古筝幽幽，人造喷泉喷出的水雾将整个碎石路弄得湿漉漉的，从包间的窗户往里看，包间内的桌上点着檀香，即便是站在屋外，都能闻得见屋子里淡淡的檀香味。

叶重台和那个妹子早已经到了，正坐在桌边品茗，我和喻宇笙隔着窗子就能看见他俩，喻宇笙突然就跟变了个人似的，把衣服领口的纽扣都给解开了，头发一甩，抖着腿就进去了。

见着两人，他二话不说，啪叽一下，把手里的车钥匙给甩在了桌上。

“哟，来得蛮早！我就喜欢雷厉风行的女性！”他甩着头发，仰着下巴，邪魅地对着妹子眨眼睛。

妹子满脸鄙视。

我向叶重台和那妹子点头打了个招呼，照着路上说的那样，坐下之后，我决定再也不说一句话。

喻宇笙也撸了撸头发坐下了，大家陷入了诡异的沉默中。

突然不知道谁的手机响了，音乐还是特动感的韩国 DJ 风，喻宇笙拿起电话一个劲地“喂，喂喂”，过了半晌，他反应过来，自己先乐上了：“我忘了短信和电话设了一样的音乐，原来是短信。”

这个蛇精病!

“噗嗤！”那坐在叶重台身边的小妹子突然笑出来了，笑眯眯地夸奖喻宇笙：“你还挺有意思的。“

喻宇笙朝她挑挑眉头，嘴角含着笑朝她竖了个大拇指，估计是赞叹对方识货的意思，然后伸手提起水壶，替妹子把身前的茶杯给斟满了。小妹子估计也是心思单纯，眼中的鄙视之色立刻减少了几分，还羞涩礼貌地道了声谢。

宇笙顺势眨了眨他那双会放电的眼，小妹子的脸居然有些微红了。好在她喝了一口水，将不自在掩饰了过去。

妹子还是太小，对于宇笙这样的蛇精病，真的不能只看外表。

菜陆续上来，有好几道菜做得都跟山水画似的，我看着就想动筷子，可惜桌上谁都矜持着呢，作为酱油党兼背景墙，我只能干咽口水。

那小妹子没有吃菜，倒是先掏了个手机咔嚓咔嚓对着菜拍了好几张照片，小心翼翼地似乎在打着字。

拍最后一道菜的时候，喻宇笙突然扑过来在她镜头前露出个傻乎乎的笑脸。

小妹子吓了一跳，手一颤，咔嚓一声，喻宇笙一副自来熟的样子，探过去看照片，眼睛一亮，赞叹：“这技术，手机拍得比单反还传神呢，你这是发微博呗？给我ID，我回家就转发到我微博去！”

小妹子不疑有他，伸手给他看自己ID，叶重台在她旁边微微皱了皱眉，但是依然什么都没有说。

“看到了，这名字可真典雅，一看就知道为人有内涵，得！回家就关注你！”喻宇笙咬着筷子，还要说什么，叶重台重重咳嗽了一声。

他倒是没有提这个话题，而是指着其中一盘冷菜问：“这天了还有苍蝇？”

哟，我们刚刚还真没有发现，这盘如玉雕的萝卜山上面停着一只死苍蝇，不仔细看还真看不着。

“这得赔偿啊！”小妹子探身大叫，“服务员！”

这里是距离服务，也就是说包厢里是没有服务员的，通常服务员会站在屋外一百米的地方。

这间包厢还是流水潺潺的，哗啦啦的声音盖过了妹子声音，我听着着急，直接气运丹田大叫一声：“来人哪！”

这下站在一百米外发呆的服务员彻底被惊醒了，拿着点单的IPAD匆匆赶过来。

喻宇笙一拍头哎哟了一声：“你们别这么急着叫呀！”

他赶在服务员赶来之前，自言自语地把桌上已经上了的菜都盘算了一遍，然后拎着苍蝇直接丢在一旁炒腰花上了。

“哎，这是干吗？”小妹子吃惊地问他。

他用一副深沉的表情看她，压低声音告诉她：“这盘比较贵，苍蝇怎么也得死得其所，有点自尊！”

“……”太猥琐了，我和叶重台双双别过脸去，同时决定装作不知道这事。

那小妹子显然还没有回味过来，愣愣地揣摩死得其所的含义。

直到菜都换了一盘上来了，她才反应过来，我本来以为她会再次鄙视一下喻宇笙的屌丝行径，谁知道她眨着亮亮的大眼睛一拍喻宇笙，夸赞道：“对嘛，还是你有头脑，真棒！”

至此，两人彻底相看甚欢，在整个吃饭过程中自动屏蔽了我和叶重台，从电影聊到人生，从人生聊到超市价格。

完全想不到两人的爱好竟然如此投契，对待电影里男主女主的看法也如此雷同，简直是灵魂的伙伴，现实的俞伯牙与钟子期!

如果一定要用一个词来形容，我估计得说，这情况叫相见恨晚了。

只不过这妹子将注意力从叶老大身上拨转开来的速度也实在忒迅速了，我同情地看了一眼叶重台，却发现他像个没事人一样，面带微笑地剥着河虾。

剥完一只，他抬起眼，看了看我，又看了看正在兴奋地讨论着动漫情节的小妹子，缓缓地，将那只虾仁放在了妹子的碗里。

入口即化的甜点顿时有点发涩，我埋下头，匆匆吞了几口甜点，等到再抬起头来时，一切都已经无所谓了。

“暴殄天物呀！啧啧啧！”喻宇笙突然停下了聊天，咂吧了下嘴巴。

“河虾就要自己吃，别人剥好的连卤汁都没有了，有什么好吃的！”喻宇笙一直在同那个小妹子聊天，此时却偏转过头来，朝我飞快地眨了眨眼，笑嘻嘻地端起盘子连汁带虾拨给我一大半。

“对啦，你要不要来点没有剥壳的！”他看着盘子里还留了些，直接全部扣那妹子碗里了。

至此，叶老大被彻底无视了。

好在叶老大一向是淡定体质，宇笙取走他面前的碟子他也不生气，只是慢悠悠地吃着其他的菜，偶尔抬头和我视线相对，也是平静无波的。

就像是陌生人的眼神一样。

“好啦，到现在连你的名字都不知道呢！”喻宇笙又继续同那个小妹子聊天，小梨窝闪啊闪，眼睛又纯净又无辜地注视着对方，很是无害的样子。

那妹子刚想开口，就被喻宇笙阻止了，他伸出一只手掌，掌心朝上，朝着妹子眨眨眼：“咱们做个游戏，我闭着眼睛，你在我手心里写写看你的名字，看我猜得出猜不出？”

妹子嗯了一声，显然很感兴趣。

她伸出一只白嫩纤细的指头，轻轻地在宇笙掌心里点呀点，我咬着筷子，不知道为什么，心里觉得很不是滋味。

我也不知道喻宇笙是不是真心想同这个妹子熟悉起来，想起早晨他对我说的那些话，我的心里隐隐有些不安。

那妹子写到收尾的地方手指一勾，嘴角含笑着要缩回手，却被喻宇笙一把握住，笑着回答她："我知道了！"

妹子很可爱地瞪大了眼睛，随即反应过来自己的手被喻宇笙握着，脸红了个透。

我看见叶重台的眼帘垂了下来，死死地盯着喻宇笙握着妹子的手。

"你叫郝欢沁，对吧，名字真喜气，跟良缘倒是一对儿喜气宝贝！"喻宇笙就势松开了妹子的手，恰到好处地道了个歉："对不起，猜中了太开心了，你不会介意吧？"

欢沁还红着脸，一边点头一边结结巴巴地回答宇笙："没，没关系。"

我看着喻宇笙一脸真诚的样子，无名怒火心中起，一口气连吞了两大碗饭，甚至朝着叶重台死命地使眼色。

我想表达的意思大概是这样的：叶老大，快上，看住你的妞呀！

而叶重台的表情大概是……瞪眼，瞪眼，瞪眼。

我见他一副漠不关心的样子，不禁心中怒火更甚，这一切的一切，不都是因为这个态度不明朗的男人吗？

他凭什么跟我瞪眼？

我比他更加用力地瞪眼。

他大概没有想到我会以眼还眼，吃惊地挑了挑眉，却将眼睛瞪得更大，我们就这么互相瞪着，直到……我眼睛发酸流出了眼泪。

这眼泪还真是一滴一滴流得飞快，顺着我的脸庞打湿了我的前襟。

"等等，你为什么凶我家的小良缘！"喻宇笙立刻抛下了相谈甚欢的小欢沁，直接站了起来，往我身边一站，伸手出来往我头顶一放："良缘，你哭什么？是因为他瞪你吗？你怎么哭起来都没有声音的呀，要不是哥哥我视力 2.5，还不知道你在嘤嘤嘤！"

他又恶狠狠地斜睨了叶老大一眼，呸了一口，卷了袖子："不可忍！今天我要新仇旧恨一起算！”

小伙伴拳下留人呀！等我反应过来，还没有来得及解释，伸出的手略迟了一步，就看见喻宇笙的衣角划过我的手指，整个人如同一头恶狼般向叶重台扑了上去，高举拳头，重重砸了下去，两拳挥得又快又猛。

他还真记仇，专挑叶老大的两只眼睛捣。

叶老大早些年可是练过的，我亲眼见过他曾经把两个大汉挥得如米袋一般甩了出去，心下立刻叫糟。

果然在惊愕过后，叶老大反应了过来，轻轻松松地就反手抓住喻宇笙的手，轻描淡写一翻手就别了过去，我听见咔哒一声，再一看，喻宇笙的右胳膊软软地垂了下来，他居然很硬气，明明胳膊都脱臼了，脸色苍白的，居然连哼都没有哼一声。

“快别打了！他不会打架！”我第一个反应过来，冲过去掰叶老大的手。

他动了怒气，眼睛充满戾气地看我，问我：“他冲来打我的时候，你怎么不去掰他的手，这会儿倒想起来劝架了？他不会打架就可以先动手？”

欢沁也回过神了，带着哭腔就冲过来了，她还没有来得及号啕大哭，我就瞅着喻宇笙的脸更加白了几分，喉咙里发出咯咯咯的声音，两只平日带笑的眼睛，此时眼珠儿一个劲地往上翻。

“你干吗？！”叶重台吓了一跳，手一松就放开他了，喻宇笙顺着他的手就势瘫软了下来，在地上手脚憋成了一个奇怪的形状，抽搐着。

叶重台果断地从桌子上拿过来一根调羹，塞在了宇笙的嘴里：“快打120，看样子是羊癫疯发作了！”

哎？我吓坏了，胆战心惊地拨了电话。

120车来的时候，喻宇笙拼命地从担架上挺起身子，颤抖着手指着桌子。

医护人员揣摩了几次他的心意都不明白他到底要说什么。

我瞅见了他抽搐的空隙偷偷用手挠头的动作，顿时心如明镜，冷冷地替他回答：“他那意思是，一桌子菜记得要付钱，剩下的打包给我带回家！“

“呼……”他长长舒了一口气，抽搐着发抖的手顿时软软地掉了下来，一副死也瞑目的样子。小欢沁哭得稀里哗啦的，看得出这次吃饭，她对喻宇笙的印象还不错。

欢沁好几次低低地责备叶老大："重台，你为什么要下这么重的手呀，你看他就是瘦弱兮兮的，捶你十拳都跟给你挠痒痒一样，你干吗一出手就要他的命呀。"

叶重台脸都绿了，指着自己一对儿熊猫眼问小欢沁："他这是挠痒痒，能给我挠出这么出彩的痒儿？"

他气得一甩手就要走，小欢沁立刻拽住了他，一双大眼睛水汪汪的。

"宇笙都那样了，你帮他把饭钱和药费都垫了吧！良缘应该没有带什么钱在身上？"

哎哟，可真是个贴心的姑娘，叶重台眼睛一扫向我，我立刻点头如同捣蒜，并且配合地张开钱包，给他看里面的钢镚。

他彻底怒了，从口袋里掏出一张卡，拍在桌上，头也不回地走了出去。

我怎么就忘记他也是一直自我惯了的人，这么对他，他心里一定不畅快极了。

欢沁看我愣愣的，拍拍我："良缘，没事，卡的密码我都知道，咱们还可以替宇笙打包点鸡汤，带去医院给他补补身。"

"……"我看着她笑得跟天使一样纯净，顿时觉得喻宇笙的魅力真是无人能敌。

"可怜的小宇笙，他一定痛苦地躺在床上伤心呢！"善良的小妹子脑补有些强大，我又想起之前他挠头利索的劲头，忍不住在心底叹了一口气。

最后，我还是执拗不过欢沁，领着她打包了一份老母鸡汤去医院看喻宇笙。

# PART 6

## 住院，恶作剧，约会

他用他那双漂亮的桃花眼看我，灯光下眸子流光溢彩，又明亮又灵气，突然他就笑开了，露出一双小梨涡：“我怎么会不信任你，我只是，只是觉得在你面前羞于启齿。这样的我，实在有点卑鄙呢。”

喻宇笙住在全市最好的医院里。

见着欢沁和我进了病房，他立马用被子把脸挡了一大半，露出一双大眼睛，眼神整得那个纯净呀，就跟受了委屈的孩子一样。

欢沁盛了一碗鸡汤端到他面前，他还是不愿意将被子放下来。

欢沁有些急，问他："你还是不舒服吗？

我现在是看出来了，这妹子其实单纯得很，喜怒哀乐都放在脸上，而且特别有同情心，对了，还有一掷千金的习惯——我刚跟她打包鸡汤时，人家老板半片鸡的鸡汤收八十五，她一甩手就给了人家一百多，零钱都是我收回来的。

我想，只有成长过程中一直被关爱着，并且家境优渥的家庭才能养出这样一个女孩子吧。

喻宇笙嘟囔："我刚发病的样子，你们都见着了，是不是很难看！我觉得真羞，几乎没脸见你们了。"他说话间，居然眼睛还真涌起了细碎的小水雾，把欢沁看得一愣一愣。

我嘁了一声表示不屑，给他一个大白眼。

欢沁特不开心地回视我，那眼神充满了强烈的谴责，我被她瞪得有点发毛，虽然知道宇笙在假装虚弱，但是依然垂下了头

"不怕的，我感冒的时候，眼圈都是黑的呢！"欢沁放柔声音，替他盛了一小碗鸡汤，给他递了过去。

喻宇笙感动地夸她："欢沁，你真是个好女孩，又体贴又懂得让别人不伤自尊，难怪叶重台那么优秀的人也总是跟着你跑。

欢沁面色扭捏了一下，居然十分大方地承认："是我追着叶重台跑啦，不过我们认识了好多好多年了,从小就在一起,也不知道是兄妹感情还是喜欢，反正家里的人都觉得我们是一对了，现在也就谈不上谁追着谁了。"

喻宇笙一边小口喝汤，一边用眼睛瞄我，那眼神分明说：看，有你竞争的了。

我听见欢沁这么说，说不出心里什么滋味，既酸涩，又觉得自己的鲁莽终究让自己上了人生最重要一课，多多少少还是有点成长的感悟。

喻宇笙话锋一转，问我："良缘，我刚找着工作，花费太大又不成，这里又离家比较远，来来往往的不方便你明天上班，要不咱们不住这个院啦？"

欢沁表示不解，她插话进来："有什么比治疗更重要的事情呀，要是你觉着良缘不方便照顾你，那就不必担心了，我给她定了门口大酒店的标间，好得很，不会影响她工作的。至于宇笙，医生说再观察一天呗，我跟重台帮你请个假好了！"

喻宇笙由衷地感激："欢沁，你可真是个天使！

欢沁又羞涩又自得地笑了，那眼睛还说不清道不明地向我睨了一眼，颇有点同我比较得了优胜的感觉。

我只能回她一个微笑。

我家的热水器早就坏了，这段时间他都是用着澡盆擦身呢，等欢沁一走，他就开心了。对我说："良缘，星级的酒店，可以无限搓澡，看卫星电视，还有免费的自助早餐！"他已经陷入狂热的幻想中。

我："……"

我以为他就开开玩笑，结果他还真的一掀被子跟来了。

酒店就在医院门口，步行十分钟就到了。房间收拾得很干净，还有薄荷糖放在台上，喻宇笙过去一口气吃了五粒。看我看他，伸出手来，吐出一粒，问我："要不要？"

我朝他翻白眼，他又愉快地把那颗给吞下去了。然后他就开始无休止地问服务生小姐要各种东西，比如拖鞋啦，咖啡茶包啦……。

我见他折腾得开心，问他："宇笙，你这么骗小欢沁，心里愧疚吗？"

他正在捣鼓着煮咖啡的壶，手一顿，停住了，静默了一会儿问我："良缘，你是不是真的很喜欢叶重台？我见你每次看到他，那眼神都像是恶狗看到了五花肉的感觉！哀怨又凶猛！"

"放！屁！"我终于破功，骂了一句脏话。

我无法回答他这个问题，对于叶老大，我对他更多的是敬畏和崇拜，虽然表白过三次，且均以失败告终，但是我也从来没有怨过他，只是觉得自己不懂得怎么样处理好这种事情，让彼此都产生了尴尬。

"你要是真喜欢叶重台，我也没有什么好愧疚的呀，而且我没有想过骗欢沁，她笑起来……"他停顿了下，然后嘟嘟囔囔地继续搞手头的咖啡壶。

但是我还是听到了他含在口中哼哼唧唧说的那句，他说："她笑起来，挺像你。"

我有一瞬头脑空白。

喻宇笙又接着自言自语，这次语气轻松了点，带着点欢乐："像小欢沁这样笑容甜美，个性纯良，又长得漂亮的女孩子……为了她，我能打十个叶重台！"

"等等！"我恢复了思维模式，阻止他："她长得漂亮，跟你打十个叶重台有什么关系？"

他抬起眼来看我，又恶狠狠地补充："加上你，可以打二十个叶重台！"

我决定放弃跟他沟通。蛇精病的思维方式果然霸道，与一般人就是不一样。

我坐在床头闲闲地看电视，喻宇笙已经泡上了速溶咖啡，一切显得静谧又美好，床头的电话铃突然响了，我接起来，听见里面甜腻腻的声音："请问，需要为您服务吗？"

这是 Y 市的酒店风格，客人入住以后，便会有这样的妹子打来骚扰电话，起名字一般叫做 ×× 公主或者 ×× 主任。

真是有种贵族与高干相结合的快感。

喻宇笙看我提着电话不吭声，顺手一把接了过来，喂了一声，对方估计又重复了一遍，他乐呵呵地说：太好了！我正需要你！“

我冷下脸，骂他丧尸!

对方甜腻腻地回复：“那你说嘛，需要什么服务？”

他回我一个疑问的眼神，又接着说：“我需要路口的串串烧，要韭菜，要烤面筋，要烤肉，要烤玉米，要……”

他还没有说完，对方啪叽一下把电话给挂了。

“星级酒店，果然与众不同，居然这么贴心连随叫随到的服务都有！”他赞叹。

蛇精病!

我抱着枕头，背对着他，开始专心看我的电视剧。

“周良缘，今天你睡外面点的床，我睡靠窗口的！”喻宇笙在第四次洗了澡以后出来时，突然眯着眼睛凝视住了窗外的某一点，而后，他俯下身趴在我身后的床上命令我。

我嗯了一声表示不解，眼睛却没有离开电视。

他慢悠悠地脱掉上衣，裸着上身，走到窗口深呼吸，如此数次，突然嘶声力竭地对着对楼的某一户人家大叫：“满意你们看到的吗？喜不喜欢！说！你们喜欢吗？很好，男人，你成功引起我的注意了！对，就是你，别缩回头，我都看到你们了！”

噗……我一扭头，看他如痴如醉地高举双臂，像个伟人一样，同对面窗口的某处缓慢挥手，我立刻跳下床，哗啦拉上窗帘。

“喻宇笙，别在公共场所丢这个脸。”我有点恼火。

他嬉皮笑脸地朝我挑挑眉，一边伸手摁下了突然响起的手机，我见他一边走一边低声地嗤笑：“你不是喜欢观察我吗，我就站在窗口给你看个够呀？”

“对嘛，我就是脑袋不好，跟你不挺像的吗？”

不知道在跟谁说话。

他拐进了卫生间，声音突然带了点愤怒：“我告诉你，你观察我就观察我，别扯上别的人，她是谁关你什么事，我劝你少管我的事情，信不信你再逼我，我立刻就从这楼上跳下去！”

声音突然就打住了，足足有三分钟是静默的，突然一下闷响，惊得我从床边站了起来，那声音像是有东西被喻宇笙用力摔在地上了。

我悄悄移过去瞄，刚一探头，就同他眼睛对视上了。

他朝我露出个得意洋洋的笑：“演技如何，骗住你了？一个打错电话的而已，被我搞得像不像爱恨情仇电视剧的高潮部分？”

我看了眼地上四分五裂的手机，又看看他眸子里依然存在的绝望，并没有说什么，而是蹲下身，把地上摔碎的手机给捡起来了。

那手机绝对是不能用了，我把 SIM 卡从中间抽了出来，用纸巾吸了水，递给他，他咬了咬唇，从我手里接了过去。

“宇笙，我不会多问你的事，但是，我一直当你是我回来后老天馈赠给我的礼物，虽然有很多惊喜或者惊吓，但是意外地让我觉得回到 Y 市不是那么孤单。”我尝试着去拉他的手，他的手其实很漂亮，修长白皙，指尖充满了灵气一般，仿佛是艺术家的手，我去拉他，他并没有反抗，将他的手指抓于手心，我才发现，原来他一直在发抖。

“宇笙，我们是小伙伴，风雨中的小伙伴呀。”我安抚他。

他突然轻轻地笑了，虽然有点疲倦，但是确实是一个真心实意的笑容。

“我想说，如果有问题，我不一定能够帮你解决，但是我可以听你倾诉！”我顿了顿，又补充，“如果你足够信任我的话。”

他用他那双漂亮的桃花眼看我，灯光下眸子流光溢彩，又明亮又灵气，突然他就笑开了，露出一双小梨涡：“我怎么会不信任你，我只是，只是觉得在你面前羞于启齿。这样的我，实在有点卑鄙呢。”

他伸出长臂把我抱了抱，轻轻地，像是搂着孩子一样，用一种坚决的语气向我宣誓：“不过，良缘，我发誓，只要有我在，不会让任何人再伤害到你的。至于良缘你，只需要开开心心，像个二十几岁无忧无虑的同龄女孩子一样过日子就可以了。”

他还是没有同我说任何关于自己的事情。

他选择了一个人去背负。

这一觉我睡得十分不安稳。

梦里仿佛一直有人在叹气，可惜我特别累，连睁开眼睛的力气都用不上，天亮的时候，喻宇笙一把拉开窗帘，刺眼的阳光从窗外投射进来，我一把抓住被角将自己的眼睛盖上了。

“良缘，别睡了，都要迟到了！”喻宇笙已经挤好了牙膏，用洗漱杯兜了水，往还在愣神的我手里塞，“快去洗漱，我们吃完早餐一起去上班！”

他早已经着装完整，坐在我床边抖着腿在看酒店的早餐券。

等到我洗漱完毕的时候，他已经研究好作战方针。一边走过酒店的自助台，一边严肃地告诉我：“咱们吃面包，花卷，蛋糕，鸡蛋，外带寿司，排骨汤吃排骨别喝汤，红枣银耳挑干的溜缝，千万别喝稀饭，别吃那些不中用又撑着肚子的！”

逛了一圈，我看他给我取了满满一盘子东西，顿时头都大了。

“都要吃掉吗？”我问他。

他深呼吸一口，神情严肃地对我点头：“开始吧！我们还有十五分钟吃饭的时间！”

他还真不打顿，东西一口一个，滋溜滋溜地吸溜银耳，我刚一停嘴他就给我看时间，在谜一样紧张的节奏中，我吃下了比平时多三倍的食物。

等我退了房扶着腰出来，这才想起来，就算是上班时间逼近了，我也没必要一口气塞下这么多东西啊？

酒店到咱们一起工作的地方也就只有一站路的路程，我跟喻宇笙两人走两步停这么一段时间，等到公司门口，已经迟到五分钟了。

喻宇笙是新入职的保安，他倒是满不在乎的，嬉皮笑脸地过去和同事打了个招呼，又跟着我往电梯那里跑。

“我送你上三楼呗，顺带去换制服。”他笑嘻嘻的，早餐吃得很满意，所以整个人心情也不错。

因为过了上班打卡高峰，等电梯的同事并不多。

电梯在某层停了好一会儿才下来，我和宇笙跨进去，刚想闭合门，一只漂亮的大手拍了过来，将闭合了一半的门又给推开了，我和宇笙一抬头看见来人，都愣了一下。

居然是昨天气呼呼离席的叶重台。

“哟，叶经理早！”喻宇笙第一个反应过来，张口问他：“去哪层呀？”

叶重台绷着一张脸，勉强答一句：“26楼。”站定以后，再也不愿意同他说话一般，偏转过脸去。

“叶老大，昨天……对不起了。”我犹犹豫豫，开了个头。

他嗯了一声，面色稍霁，压低声音回答我：“没事的。”

电梯到3楼的时候，他已经能够对我露出一个熟悉的淡淡微笑了，我同他道了别，刚跨出电梯，喻宇笙又跳进去了。

他把电梯3层以上的楼层都按了一遍，笑嘻嘻地朝着叶老大眨眼：“帮你都按了，请叫我活雷锋！”

不等叶老大发难，他立刻就跳了出来，缩着脖子，满脸坏笑地朝我挥挥手，一路小跑往卫生间跑去。

电梯门缓缓闭合，我瞅着电梯里的叶老大脸都气青了。这一路上去，关关合合，真是难为他了，最让人难以忍受的是，隔壁的电梯临时检修，他还不能换一间。

“周良缘，他其实是在为你出气吧？”电梯门完全闭合上的时候，我听见叶老大冷冷的声音，带着强烈的不满情绪，心里不由得一凉。

他连我都怨上了吗？

我愣了一会儿，又自我释怀，其实继上次花痴形象之后，我还能留给他什么好的印象？怨与不怨其实都已经无所谓了吧。

我自怨自艾地低落了一会儿，等到办公室主任老太太过来叫我的时候，我又恢复了一贯的精神抖擞。

“良缘，这次公司新员工拓展训练，我把你和小吕都报上啦，说是拓展训练，估计还有个异地旅游项目，你就跟着过去玩玩呗。”老太太乐呵呵的，把公司下达的文件给我看。

我接过文件，一条条仔细浏览，大概这项活动是为了弘扬公司企业文化，训练团队凝聚力的，训练场所是在Y市市郊的某处，大概是五天六夜的行程，加上后期两天的周边异地游，正好一周时间。

我估算了一下，离开公司一周时间，恰巧回来的时候，来巡视Y市分公司的叶老大也该回到总部了，到时候，我跟他桥归桥，路归路，真的一辈子也不会再有相遇的时候了。

因为我知道像我这样的公司小透明，既不可能升职到总部开会，也不可能再次和叶老大共同参与一个运作项目。

倒是吕子建也乐意去拓展训练让我颇为意外，我以为他要找借口拒绝掉呢。

吕子建最近在追公司的一位中层助理，对方研究生毕业，勤奋严谨，长小吕好几岁，每次看到他都不苟言笑，哪怕是开怀大笑中，都会瞬间闭上嘴面对小吕。

屡追屡败，屡败屡追，小吕倒是有一股韧劲，一直都没放弃，就是整个人蔫巴了许多。

就在昨天，那位中层小助理突然宽宏大量地让他去帮着组织了一场小会议，回来时吕子建整个人都春风得意了，看谁都跟下属一样。

就在这关头上，他能抛下刚有转机的小助理?

“吕子建，你也过去参加拓展训练吗?”我捅捅他的胳膊，他正伏在我座位上，一根一根地抽着我的手指饼干在吃呢，被我一戳，他白了我一眼。

“为什么我不能去呀?我可是公司未来的中流砥柱!”他带着一种得意洋洋的成功人士的语气。

我示意他看正在往咱们办公室瞄的那位小白领，他呵笑了一声，耸耸肩，压低声音对我说：“正因为现在这个情形，我才更需要外出离开一段时间，郝助理她刚拒绝了我。”

“啊?”这情况可是出乎我意料呀。

吕子建咂巴着嘴巴，并不是特别伤心的样子，笑嘻嘻对我摇了摇头又走开了。下班的时候，我见着他哼着小曲，骑着电瓶车横穿过街，同一位长发的妹子嬉笑打闹了一番，十分甜蜜地载着她一路歪歪扭扭地绝尘而去。

我哎了一声，被这个情景惊到了，喻宇笙立刻转过头来看我，我把吕子建这事跟他提了提，他嘲讽地轻笑了一声。

"良缘，你还是太单纯了，我大概明白你们那个吕子建的心思。"他撇撇嘴。

哎?

"他这是迂回战术呢，你想要是善良一点单纯一点的女生拒绝了他，会不会内疚，感情上弥补不了他，其他物质方面肯定会有所帮助，你们办公室的吕子建哪，后台一定不硬，只能靠着自己去奋斗，别看人家只是个中层助理，能帮着他的机会多着呢。"他分析得头头是道。

我越听越心惊，我怎么就看不透这中间的弯弯绕绕呢。

喻宇笙看着我的表情，哈哈哈笑出来，伸出手来摸了摸我的头，又很兄长般地拍了拍我："良缘还是单纯着好，世界上有那么多工于心计的，你以为都过得开开心心，其实不如你这样的，单纯又有自己的想法，挺好的。"

哟，这么高的评价。

咱们俩走在昏暗的路灯下，喻宇笙腿长，一步往往是我的三步远，他又偏好走在黑暗里，等到他转弯走进小巷子的时候，已经把我甩了好几步远，不过，他同一个小妹子撞上了。

妹子一抬头，定睛朝他一看，脸上绯红着条件反射地赞叹："哇，好帅。"

喻宇笙挑挑眉头，嘴角慢慢地扬了起来，露出一个恶作剧的笑容，我心里就知道要坏，果然他恶劣地坏笑着压低声音问："小姐，你能看得见我?你真的能看得见我吗?真——是——太——好——啦——"声音又飘又轻，他身处于暗淡的路灯下，英俊的脸庞被渲染上阴沉沉的阴影，倒也有几分阴森，我突然想起第一次遇见他的情形，心中恼怒，昂着头从他旁边经过，决定用我的不屑来鄙视他这幼稚的举动。

但是我忘记了旁边还有个无辜的小妹子。

小妹子回过神来，又回头看了我一眼，估计我见怪不怪并且淡定无视喻宇笙的表情证明了什么，她顿时吓得花容失色，一路尖叫着跑了出去。

我白他一眼，吓唬女士可不是什么好的行为。

“有意思吗？”我鄙视他。

他笑嘻嘻地伸手一揉我的头发，回答我：“没意思，没有良缘第一次的反应有意思,我瞅着良缘那次还想跟值班的老伯一起找红内裤丢出来辟邪呢。”

我狠狠地踹了他一脚，他笑嘻嘻地闪身避过，眼儿一瞄，不知道看到了什么，笑容在脸上凝固了，而后他便跟我自动拉开了距离。

他抬高声音突然做得意洋洋状向我炫耀：“良缘，你知道吗，欢沁快下班的时候约我明天出去逛街呢，说是要跟我一起去看最新的那部电影，你来吗？”

我被这没头没脑的话给弄迷糊了：“你跟她单独约会，拉上我做什么？”

他吃吃地笑：“是呀，你心里就只有叶重台呗，我把欢沁约出去了，你就可以把你的重台约出来吃饭嘛。”他朝我眉飞色舞地抖动眉毛，我看着心烦。

他这是做红娘做上瘾了？他就这么关心我泡不泡得上叶重台？

我该赞扬他是年度好伙伴吗？

“呵呵，我明天一早就去约叶重台去！多谢你给我创造机会呀！”我干笑着，心中不知怎么陡升一股无名怒气，越说越气，噌噌噌埋头就走到了他的前头，路过他的时候，还特地在他脚尖上跺了一脚。

他哎地叫着缩了脚回去，脸上带了点苦笑，却再也没有吭声。奇迹般的，我们居然陷入了冷战的地步，吃饭洗碗包括饭后看电视，都是一副相视无言的状态，一直到临睡前，他都再也没有说过一句话。

我正要推上房门的时候，他一巴掌拍了过来，学着偶像剧里的男主角那样，斜倚着身子将房门给抵住了。

“良缘，你还是别一个人去约叶重台了，我为我的嘴欠道个歉！”他埋着头，一副做错事的样子，特纠结地劝我，“我还是不放心你跟他一起约会，你要是哭了，谁帮你做掩饰呀，你要是不开心了，也没有谁在旁边给你说笑话……”

他还想说，我砰一声就把门给甩上了。

我还没有那么娇弱，没有他的时候，我不开心过，也一个人哭过，这么多年都一个人过来了，也没有见我心里变态到半夜用弹弓去射破街边的路灯。

我好着呢，只不过偶尔文艺青年附身而已。

我一回头，看见墙上那张和周女士的合照，她笑得阳光灿烂，一脸妩媚，如秋波一般的眸子含笑斜睨着看我。

周女士在世的时候说过："你哭，你难过，只不过是因为你不甘心为什么偏偏是你得不到,等到你得到手了,未必会觉得一直心心念念的就是最好的，反过来想一想，那些眼泪和伤心值得吗？女人得对自己负责，你就算哭到山崩地裂,最后伤的也只是你的眼,疼的也只是自己的心,别人怎么会感同身受？除非你一边哭一边挠着对方，并且把对方切实地挠出血来。"

这是泼皮的注解呀，但是周女士就这么一路走过来了，好几次我都以为她要哭了，结果她一扭头，笑得又妩媚又撩人的，让人觉得刚刚泫然欲泣只不过是她淘气扮出来的，都说女人是水做的，可是一直到她过世，我都没有见过她哭过几回。

"周女士，咱也不会给你丢脸的。"我伸手擦了擦她脸上的浮灰。

想起明天又将是新的一天，立刻又抖擞起精神，在灯下将要交上去的拓展训练资料细细填写了一份，顺带将明天上班要用的东西过了一遍，做完这一切，长吐出一口浊气，心情舒坦三分，刚要睡觉，手机响了两声，我摁下去查看，居然是叶重台发来的短信。

内容是：

良缘，你知道喻宁笙他们明天约会的事情吗？

其实你肯定是知道的吧？你真是成长了不少，心智比我认识你的时候提升了不少呀，现在做事一套一套的嘛。

这么说吧，良缘，你要是想要报复我，朝着我来成吗，跟欢沁没有任何关系，她单纯着呢。

呵！我气极反乐，居然笑出声来了。

我一个字一个字地回复他：叶重台，我为什么要花费我宝贵的心力去报复你？我还没有那么心胸狭隘！

整句话打完了，我又软了气势，又一个字一个字地将这条短信给删除了，最终发过去的是：这事我也是刚知道，我会尽量去劝着宇笙不胡闹的。

信息很快回复了过来，上面硬邦邦地写着：这次不用了，看个电影不会出什么大事。倒是你，如果明天下班有空的话，请务必和我一起吃个饭，我想，我们有必要好好聊一聊了。有的事情，我希望当面向你解释清楚。

我按下一个“好”，发送了过去。心中却像是吃了一百只苍蝇一样觉得恶心，正要关机，滴滴又是两声，我咬着牙齿点开。

原来是舅舅的信息。

信息写着：良缘，明天下班来聚宝阁吃饭，关于你妈妈车祸的事情，我们找到了一些奇怪的证据。

我的心立刻狂跳起来。

又想起那个夏天，在警局里，那个肇事司机绝望的眼神，她反反复复地同我道歉，反反复复地流泪，只是道歉和流泪，什么都不去争辩。即便是我哭着去抓破她的手，她也只是流着泪向我道歉：“对不起，我是罪人，我也是一个孩子的母亲，我能理解你恨我的心情，我知道自己错了。”

后来，便传来了她自杀的消息。

舅舅当时听到消息十分失态地畅快地笑，同我一遍又一遍重复：“良缘，你看到了吗，这就是报应，活该一命偿一命。”

这么多年来，我有时在想，这场车祸，毁掉的或许不只是我的家庭，那个肇事司机，也该有一个同我差不多年龄的孩子，也该有一个完美的家庭吧。

不论哪一边，都应该是沉痛并且绝望的。

逝去的人应该得到安息，而活着的人，却应该更好地生活。不管明天的证据是什么，我想我都必须要让自己先镇定下来，然后才能去分析和决断。

这么多年来，我合上眼都会安慰自己：“没事的，周良缘，你一个人也可以做到最好。周女士这是考验着你，让你学会独立呢。”

是吧，周女士，你看，这么多年，我活得健康又快乐，如果你还在我的身边的话，请你快快离开这个家，早日找一户新家去投生吧。

我越来越怕梦到她，我怕自己的眷恋不由自主地流露出来，会让周女士舍不得离开我，孤零零地在这世上徘徊。

“晚安，周女士，我过得很好很快乐！”这是我每天睡觉之前都要同她说的话。

我将拓展训练的申请表送上去的时候，办公室的老太太正在训吕子建：“我说你怎么又往上面跑呀，那里面人你都认识吗，一个都不认识瞎问什么，咱们公司的工资都是保密制，你乱问是要被辞退的！还有，没事别跑去逗人家办公室的小姑娘，又没有正经恋爱的心，干吗去逗人家。”

也只有老太太能够这么苦口婆心地劝他了。

但是他却不领情，满脸不开心，这几天他打扮得格外颓废，领带都挑了有毛边的，头发跟个稻草堆一样，我甚至怀疑他眼圈上画了黑眼影，走路都是垂头丧气的。

“我说吕子建，你眼影涂偏啦，滑在鼻梁这里有一点。”我指给他。他吓了一跳，背过身去，真的用手反复擦起了鼻梁。

办公室的老太太干咳了两声，眼神往外飘呀飘的，我跟吕子建一抬头，看见那个郝助理满脸内疚地站在门口正在往里面瞄呢。

“郝助理，有什么事吗？”老太太乐呵呵地问。

郝助理脸红了红，随口应付：“没什么事，路过而已。”

她又踌躇了半刻，隔空喊吕子建的名字：“吕子建，你出来一下吧。”声音还挺正直的，办公室里的八卦小姑娘立刻燃起了八卦之魂，就差跟着吕子建出门听墙角了。

老太太冷着脸哼了一声，将她满腔热情给浇灭了。

“好好做自己的事情，你们看人家良缘眼皮都没有抬，做人就要这么四平八稳！”老太太是老派的人，喜欢眼观鼻、鼻观心的好伙计，但是你这样给我拉上这么多仇恨的眼光，这样妥当吗？

全办公室有一半的人看我的眼神都是不屑的。

她又感慨：“我那小外孙要有你一半老道，我就不用这么担心他了。不过，这样才互补嘛，对不对！”

老人家上了年纪就喜欢碎碎念，她不但喜欢碎碎念，还喜欢给我拉郎配。

中午我们这办公设备坏了一台，她二话不说打电话给保安室，把喻宇笙给拉上来了。

我就说了，这办公设备出问题，你把保安拉来干吗。

“就这台，咱们良缘手头边的那个，你给我赶快修一遍，修好了良缘请你吃饭。”老太太表现得又热情又很有主见。

但是等等，我为什么要为公家的东西买单请他吃饭。

我看了一眼喻宇笙，他正皱着眉头朝老太太瞪眼：“人家刚工作，节省着过日子，出去吃什么饭？”

老太太这下彻底乐了，拍着他的胳膊直点头：“嗯嗯嗯，长大了，会为人着想了，那修好了你请人家良缘吃一顿饭，都是年轻人，要学会多交朋友。”

喻宇笙又皱眉头表示不耐烦，老太太乐呵呵地转过身，摆手：“我不说话了，我不说话了，你给良缘好好修东西。”

哎？这坏掉的设备可不是我的，是隔壁小姑娘的，这下我又要帮着小姑娘道谢吗？

“你晚上真的跟欢沁去看电影？”趁着他靠近修东西，我又跟他确认。

他手顿了一下，貌似思考了一下，又嬉皮笑脸地小声对我说：“我买了三张票呀，你来不来嘛，你来了更好呀，我左拥右抱，享齐人之福。”

“不去，我约了叶重台了！”我自己都控制不了自己的声音，又冷淡又古怪。

喻宇笙的手一下子都停住了，用难以置信的眼神看我：“你真的约了他？别赌气了嘛，大不了晚上咱们不看电影了，去娱乐城丢沙包去？”

我懒得理他了，转过身去整理自己桌上的东西。

其实我之前就发了信息回绝了叶重台，下班之后要到聚宝阁同舅舅汇合，可是我跟喻宇笙说话时，就是不由自主地幼稚了起来。

“算了，你开心就好！祝你们晚餐吃得开心！”宇笙走的时候，有点倦倦的，很不开心的样子。

“嗯！”我连头都没有抬。

他走过去的时候，办公室老太太惊叫了一声，一把抓住他的手："宇笙呀，你手破了这么大的口子，怎么都不吭声呀。"

她回头看我，我看见他手心口真的划了好长的一道血口，正在汩汩往外流血，他就像破的不是自己手一样，任由着血顺着手指往下滴，满脸的不在乎。

只是老太太痛心疾首的声音貌似让他有些内疚，他嘴唇动了动，还是接过老太太递过来的白色手帕巾摁在了手心上。

"良缘！"老太太转过头来看我，我看她一副心脏病要发作的样子，赶紧走过去，帮宇笙一把摁住伤口。

再三让她放心："我带着他去医务室，没有事情的。"

她感激地捂着胸口，泪汪汪地向我点头。

我推了一把喻宇笙，他踉跄了一下，被我拽着出了门。

"你自己割的吗？你这是自残博取别人的同情吗？"我恶狠狠地瞪他，自残的人最让人觉得可恶，尤其是他这样的，让我觉得不管我怎么努力，都扭转不了他的悲观态度了。

他漂亮的眼睛一动不动地凝视着我，任由我拖着进了电梯，然后我听他像个小孩子一样哼哼："我没有，设备边的小缺口划的。"

我的心一下子就软了。

口气放柔问他："疼吗？"

他露出个让人心痛的笑容，有点倦倦地摇头："比这个更深更长的伤口我都有过，那才真的是自残。不过，良缘，自残从来都不是博取同情的手段，心痛你同情你的只有真正爱着你的人，我不会让爱着我的人难过的，明明知道对方爱着你关心着你，还用对方最在意的方式伤害她，我没有那么不懂事。"说完这句话以后，他又开始沉默了。

"喻宇笙，你答应过我，在我这里，是不会自残或者轻生的？"我忍不住又跟他确认。

他像是得了什么好处一般，眼睛亮起来，朝我笑得傻呵呵的："嗯，良缘信我，我就能遵守我的诺言。"

他的眸子太亮充满着太多的信任感，让我有一瞬的恍惚。

他手上的伤口很大，皮都被割得翻过来，医生给他小心地处理，我看着怵怵的，别过脸去，喻宇笙自己倒一副满不在乎的样子，整个过程，我没有见他哼一声。

“你这只手不要沾水，不要负重！”医生叮嘱他的时候，他也一一答应了。

# PART 7

## 新的证据，大排档，醉酒之后

要是说远吧，他还无微不至地关怀着你，就连你生理期都算得比你准，到了那天，怕你痛经，直接体贴地放你一天假。

要说近，两人独处的机会却被他抹杀得一干二净。

到了下班的时候，我见着欢沁一蹦一跳地来找他，满手的购物袋，他就像个没事人一样随手就拎了过去，两只手都满满的，一只手都有五六只购物袋。

那手还伤着呢。

我立刻就怒了，这跟自残有什么两样！

我没有忘记之前给自己下的暗示：见着他们碰头去逛街，就当做看不见一样。但我还是忍不住了，直接跳了出去。

“都给我站住！”我自己都能感觉我语带煞气。

欢沁被我吼得愣住了，好半天才反应过来：“良缘呀，你还没有跟叶哥哥出门吃饭吗？”

哟，这个时候，她就把叶重台推给我了吗？！

我还真不稀罕了。我一把就把喻宇笙手里的纸袋给夺过来了，凶巴巴地问她：“我为什么要跟你家叶哥哥吃饭！”

她被我吼得一愣一愣的。

喻宇笙有点吃惊的样子，乖乖地站在一边。

“你看着他的手，还伤着呢，你怎么就让他负重帮你提东西了？啊，这还是豆浆机，得多重呀！”我越说越气。

小欢沁的眼睛一下子就湿润了，估计之前也没有看宇笙的手，这下内疚地再三道歉：“对不起呀，对不起呀，我不知道你手这样了，等等，难道叶重台又弄伤了你？！妈蛋！”她重重一跺脚，卷袖子发狠，“我去找他去！”

哎，怎么就跟叶重台扯上边了呢？

“给我回来！这跟你叶哥哥没有关系！”我有点头疼，这妹子怎么说风就是雨的，“你跟他出去的时候，注意点他的伤口就成。”

她哎了一声，乖乖巧巧地回来了，非常认真地说：“我向你保证，会让你表哥妥妥滴回来！对不对啦，喻宇笙！”

表哥？你跟她这么说了？我眯着眼睛看他，他眯着眼睛看我。这次倒是默契了，他直接朝我挥手：“表妹，放心吧，欢沁聪明着呢，又会体贴人。”

“对，你就放心地去吧！良缘！”欢沁欢乐地接口。

我顿时觉得自己成了年度好酱油党，站在那里完全又碍事又碍眼。

“我，走了！车来了！”我一指门外的不知道什么车，搞得像是有人急着载我游园一样，人已经撒开腿急急奔了出去。

得了，我还是识趣点吧，人家男的高瘦清俊，女的天真靓丽，站一起比演偶像剧还养眼，我这个做“表妹”的还杵在那里做什么？

“对了，良缘！等等！”喻宇笙从后面追上来，朝我一伸手：“借点钱呗，这个月发了工资还给你，我总不能让女人付钱嘛。”

他又挑挑眉头：“其实还钱这种话题真伤感情，我已经给了你我所有的财产，就在那张副卡里，你可以刷刷看哦，说不定有惊喜！”

对嘛，接下来还会跟我说，我把我的阴宅也分给你一半哦，这是阶级友情无法比拟的哦。

别以为相处这么久，我还摸不清这个蛇精病的思维。

我狠狠地瞪他一眼，拉开皮包点了几张红色大头往他手里一拍。还没有来得及说什么，他就又啪嗒啪嗒跑开了。

真是一刻说话的时间都不留给我了，有异性没有人性的小伙伴。

我转过身推玻璃门的时候，又瞅着吕子建了，他正和郝助理在一起不知道说什么，估计见着我抽钱给喻宇笙了，吕子建一个劲地啧啧摇头。

郝助理却是主动向我笑了笑，貌似不经意地问我：“请问，刚刚跟你借钱的小伙子，是你什么人？”

我看她一眼，这种问题未免太过于隐私了吧，就算对外我和喻宇笙声称是表兄妹，但是我为什么要解释给你一个陌生人听？

郝助理有点羞涩地又笑了笑，小声地解释："欢沁那孩子是我姑妈家的，我还没有见过她跟叶重台以外的男生在一起单独相处过。有点不放心，看你似乎认识那个男生，才冒昧问一声的。"

我看看郝助理又去瞅瞅欢沁，简直没有什么可比性，如果说欢沁像一株娇滴滴的温室之花，那么这位郝助理只能用乏味的路边草来比拟了，要说两人是表姐妹，还真是需要超级广阔的联想能力。

"那是我表哥，在这里做保安呢。"我不打算多说什么，但是一听见保安两个字，郝助理的表情立刻变得很微妙，有一种又窃喜又担心的矛盾感。

"哦，这样呀，长得怪帅气的，可惜了！"她感叹。

真是古古怪怪的女人，只有吕子建这样的人才能跟她产生共鸣吧。

这么接连耽搁，我到聚宝阁的时候已经比约定的时间晚了半小时，我一推开包厢的门就被吓了一跳，大家都坐得端端正正的，谁也不像平日那么闹腾。

大舅向我招手："良缘呀，你过来了，坐在我旁边。"

气氛很凝重，在我座位的桌前放着一个牛皮的信封，他示意我打开看一看。

我打开牛皮信封，里面是一叠照片，有的模糊，有的清晰，都显示为一个戴着墨镜的年轻女人开着一辆轿车。中间有几张，她还叼了苹果心不在焉地吃着。

"这是什么？"我故作冷静地问大舅。

大舅反过来问我："这辆车你眼熟吗？"

当然眼熟，我一直极力忍着心中的寒意，就是因为那车盖上贴着顽皮的白熊贴纸是如此眼熟，眼熟到让我忍不住浑身颤抖。

"这是我一个朋友一直保存着的，当初出了事以后，警方说那段路的监控出了问题，并没有摄下任何影像，而这就是当时拍下来的。"

是了，当时警方处理这件事情可谓是迅速又简洁，该赔偿的赔了，该训诫的训了，可用到的证据却是那么少。

“原来他们隐藏了一些我们所不知道的事情，看看照片下的时间。”大舅指向照片的时候，手指也在发抖。

是了，那个时间，正是周女士遇难的时间。

也就是说这个时间段开着这辆车的人，并不是那个自杀的女人，该惩罚的肇事司机依然逍遥法外。

“良缘，现在要是调查，也很难调查出什么了，不过，舅舅找了人在查那家顶罪的肇事司机的家庭，过不了多久，那人会给我们相关的资料，我想会有些收获的。到时候，就算是没有证据证明对方是肇事者，咱们也该让她知道什么是每日惴惴不安！”

我累极了，缓缓将手里的照片放了下来，头痛欲裂。

原来这么多年，我们怪着的只是一个不知为了什么利益或者为了保护什么人而勇敢盲目站出来顶罪的家庭妇女，真正的肇事者却一直依然活得潇洒恣意。

即便是一向鸵鸟的我，也从心底感觉到了愤怒。

这顿晚饭吃得形同嚼蜡。

餐后大舅要送我回去，我拒绝了他的好意，一个人迎着晚风，顺着路埂来回溜达，想起喻宇笙此刻正在同欢沁看电影聊天，那个家里黑洞洞的，又孤寂又寒冷，我就不愿意回去。

我连一个分担心事的人都不曾有。

我将手机掏出来，在寂寥的暗橘色路灯下，我划着手机屏，一个人名一个人名地数过去，每个人貌似都有了自己的归宿，或甜蜜地蜷缩在和爱人共建的小窝里，或在异地为着自己的事业拼搏着，到头来，我连一个能够这么晚赶出来站在我身边，给我一个臂膀的朋友都没有。

手指最终停在了“叶重台”上。

我哆嗦着摁下号码。

他那头很快接了电话。

我问他："老大，你能陪我一会儿吗？"

只是一会儿。

我什么都不要，只是单纯地想要一个人陪在我身边，让我觉得不是那么孤单。

"好，你在哪里，我去接你。"出乎意料，老大回答得异常干脆。我报了个地名，不出十分钟，我便见着他那辆小奥迪慢慢滑了过来。

"良缘，上车吧。"他摇开车窗，探出一只手来朝我挥了挥。车灯将街道上一片暗淡的黑影驱散开来，让我觉得有了几分暖意，我抱着我的包，坐上了叶重台的车。

"你怎么了，一副要哭的样子。"叶老大一边开着车，一边将椅背上的风衣丢给了我，"早晚温差大，穿上吧。"他还是同以往一样，观察细致入微。

"咱们喝点什么去吧。"他偏转脸征询我的意见。

我一拍手，豪气万丈地振臂："好！喝酒，咱们不醉无归！

我见着叶老大的嘴角抽了一抽。

我喝酒是有前科的，每次喝完酒不是哭得一塌糊涂，就是抱着别人大唱《结婚进行曲》，一颗恨嫁的心从此表露无遗。

我看叶老大貌似有点担心的样子，主动提议："咱们去喝点低度酒好了！"

叶老大嗯了一声，车稳稳地向着市中心驶去。我靠在后座上，悄悄将手机掏出来看，上面不要说来电，连信息都没有一条。

我一怒之下，随手按了关机。

叶老大在后视镜里看我，嘴角轻撇取笑我："是担心你那位表哥，还是想要那位表哥担心你？"

嘲讽的口气很浓，有种戳我心口的感觉。

我感受到了莫名的恶意，收好手机后，我索性转过脸去看车窗外。窗外千家万户的灯汇成了城市的一道风景线，每一盏灯下都有一个温馨美好的家庭。

我曾经也有这样一盏灯。

“良缘，你以前不开心，就该骂我了，就算不骂我，也该毒舌刻薄我几句，怎么现在一声不吭的。”车转过弯的时候，叶老大还是没有忍住，开口问我。

我愣了一愣，问他：“我为什么要骂你。我的确在担心喻宇笙，也期望他给我回复个信息，问问我眼下心情好吗，身在何处，这不是对家人的简单要求吗？你说的全中呀，很赞。”

叶重台反而沉默了。

他摸出一支烟，夹在手指间一扬手，征询我的意见，我随意地摆了摆手，他畅快地点起了烟，悠悠抽了一口：“小良缘，咱们有好久没有单独一起吃小吃了吧？”

我出神地想了想，是有好久了，从我第二次向他表白以后，他就若有若无地跟我保持了一种让我很心酸的距离。

要是说远吧，他还无微不至地关怀着你，就连你生理期都算得比你准，到了那天，怕你痛经，直接体贴地放你一天假。

要说近，两人独处的机会却被他抹杀得一干二净。有一次算准了他一个人留下值班，到了那天我提着饭盒过去时，他直接叫了同层楼值班的保安大叔一起来吃盒饭。

我笑了笑，有点自嘲。

是呀，叶老大那么有阅历的人，比我要大上五六岁，想事情和处理事情的方式当然跟我不同了，我想着的是破釜沉舟一般的决心，他想到的是圆滑的八面玲珑。

“良缘，去哪里吃一顿？”叶老大漫不经心地问我。

我条件反射地回答他：“找一处灯亮点，人多点的地方吧。”

最终，选了一处街边的大排档，因为我总觉得那种充满着文艺气息的酒吧不适合我。车子停下以后，我直接就着街口坐下了。

酒倒是没有低度的，不过叶老大给我拿了一只带漏口的塑料杯。酒一倒下去，我只要不滋溜滋溜迅速喝掉，它就给漏光了。

他自己没有觉察到，就觉得我喝酒猛。

等我喝了五六杯时，他才喝了一小杯，顿时就有点不满了：“周良缘，你来的时候，答应我少喝酒的呢，怎么自斟自饮喝得这么快？”

我拿着杯子一饮而尽，给他看杯底。

十分开心地告诉他：“嘘，老大，我在跟时间抢酒喝呢。”

别说，这塑料杯可真大，我喝了几杯舌头都打结了。

叶老大一把抢过我手里的酒杯，把自己的那个杯子换给我了，他似乎在酝酿什么，好久才开口：“良缘，其实那天我只是去上个厕所，想要回去的时候单独和你说一些话的。”

哎？这就开始了吗？

我自斟自饮，又吃了几颗花生米，示意他开口。

喝了酒心情真是舒爽，我连坐的姿势都不用那么端庄，直接抱着腿缩在凳子上摇呀摇。

叶老大并没有说话，而是将酒倒在了空碗儿里，满满当当一碗，他一口气就仰脖子喝了，我看他的五官皱在一起好久才舒展开来，嘶的一下，我都替他觉得刺激。

他斜睨我一眼，因为有了酒气的浸渍，那双眼睛有了不一样的感觉，平时温柔又宽容的眼神，现在有了点陌生的冷漠和不加掩饰的疲惫。

他又倒了一碗，一干到底，才开口：“良缘，你知道我为什么那么照顾你吗？”

我摇摇头，一边倒了酒在自己杯子里，一边继续听他说。他是比较照顾我，那一年进去的公司员工那么多，唯独挑了我转去他的部门，一个业务一个业务地带我。

工作或者生活有了问题，他总是能细心地帮我一一解决。有时候犯了错，他也能四平八稳地帮我用温和的方式过渡掉。

他对我好得不寻常，好到让我有了错觉，觉得大概他对我也是有这么一点意思的。

我喝了一口酒，有点晕的感觉，随口回答他：“我现在知道了，你那不是喜欢我的表现。”

唉，他长叹一口气，笑着微微摇了摇头，又干了一碗酒。

“良缘呀，我是被郝家领养的长子。”他不紧不慢地伸手压住我的杯子，不允许我再喝一口酒，我抬起眼来同他对视。

“对，没错，我跟你一样，是个孤儿。”他朝我撇了撇嘴，耸了耸肩：“我也曾经喜欢过一个女孩子，在我上学的时候，她跟你一样，又爽朗又粗心，经常做错事，都是让我去收拾烂摊子。”

“然后呢？”我尝试着问他。

他的表情变得有些阴郁，垂下头，手指将桌上剥开的花生壳捏得粉碎：“没有然后，欢沁知道以后，闹着要跟我一起转学，我们就一起转学了。”

中间一定发生了什么，可是他不愿意说，我就不想再问了。

“良缘，其实我……”他沉默了许久抬起头，眼睛亮亮的，刚说了个开头，就被打断了。我就听见老远的从街头的另外一角传来一声悠久绵长的呼唤。

“良缘哎……”有人骑着摩托车从老远的地方冲了过来。

在靠近我和叶老大的位置，旋转了一百八十度将摩托车给停下来了。

我这才发现，原来是喻宇笙。

“你怎么知道我在这里？！”我站起来，看他靠在摩托车上嬉皮笑脸地朝我挥手。他貌似还换了衣服——他是穿着工作服跟着欢沁去看电影的，现在穿着高腰小皮衣，头发也不像白天那样梳理上去露出额头，此时碎发都落了下来，散落在他的额前，显得又稚气了几分。

这样的宇笙，有种大男孩独有的调皮和俊朗。

“我回我以前的家取了点衣服，天气要变了呢。然后欢沁说你们在这里喝酒，我就赶来了。”他笑嘻嘻地解释给我听。

叶重台又恢复了之前稳重又淡定的表情，同我解释：“欢沁之前问过我，我把地点报给了她，是怕她和养父养母担心。”

他笑得有点勉强，站起来，看看宇笙又看看我，突然伸手揉了揉我的头发：“有人陪你了，我就先回去了。”

他就这么走了出去，路过宇笙的时候，轻轻拍了拍宇笙的肩膀：“好好地安慰她，貌似心情不好，交给你了。”

“安！”喻宇笙从摩托车上跳了下来，头盔随手往车后面一挂，第一件事是给自己倒了满满一碗酒。

等等，我就这么被交接了?

“等等，叶老大，你刚要跟我说什么？”我慌慌张张迈出腿来想要去追他，椅子被推开，哗啦一声，惊得周围好几个食客将视线投注过来。

叶重台已经打开了路边的车门，闻言顿住脚，转过身来，温柔的黑色眸子同我对视，如此专注，莫名让我心中稍稍酸楚，突然，他弯了弯眉眼，露出一贯温和的笑容，朝我挥了挥手，笑着回答我：“其实，也没有什么。”

他就这么开着车，慢悠悠地驶出了我的视线，也不去管我是不是在后面呆呆地站着看，我不知他到底是不是真的有话同我说，只是一次比一次的疏远，将我们仅剩下的友情也快给消耗光了。

我恨恨回头一推喻宇笙，他却对我嬉皮笑脸地举起碗：“来，哥哥陪你喝酒。“

他跟我一样是喝猛酒的人，我带了不快，他又满腹心事，我们并不开口，只是你一碗我一杯地对喝。

他突然问我：“良缘，你今天之前去哪里了？”

我头有七分晕，心中郁结得要命，含含糊糊地告诉他：“我今天去同亲戚吃饭了，他们说，当初撞死我妈妈的另有其人。”

喻宇笙的手停在了半空中，我抬头看他的脸，苍白一片，似有冷汗从额角渗出，我伸手去摸他的额头，冷冰冰的。

“然后呢？”他不自然地笑了笑，仰头将酒一口吞下。

“然后，我是个没有用的女儿，没有办法没有证据将真正的肇事者绳之以法。”我再也忍不住，借着酒劲，泪流满面。

喻宇笙愣了愣，从对面走了过来，一把把我拽进怀里，伸手将我的头深深压在他的胸前，安抚我：“良缘，已经很好了，你一直都很好，周女士会以你为傲的。

他带了酒气，低下头，用自己的脸贴着我的，惶惶然。

其实他不知道怎么安抚我，只能用另外一只手一遍一遍地拍我的后背。

“乖，什么都不用想，该有报应的人，他，不会逃脱。”他的声音有点涩然，用脸轻轻蹭着我的脸，温暖的鼻息喷在我的脸上，我偏转过脸，突然觉得自己脸就火热了。

他察觉到了什么，脸微微离开了我的脸，唇却十分轻柔地在我的额头亲了一亲。

“良缘坚强点，不管以什么样的身份，我都会在你身边好好保护你，陪着你。”他喃喃，伸手摸我的头，“你想要一个哥哥，我也可以像兄长那样宠着你。”

我感觉自己的脸烧得更厉害了，不知道是酒上了脸，还是其他。

他松开我，故作豪迈状冲着老板叫：“老板，来十份烤韭菜，再补上白酒！”

烤韭菜？

他挑挑眉头，笑：“对嘛对嘛，韭菜壮阳滋阴，又便宜又实惠，咱们都是刚入职的小员工，总是烤肉，怎么吃得起嘛。”

“……”我觉得刚才的温情一刻被他破坏得一干二净。

“用话语表达不了的，纯爷们都是喝酒来表达。”他敬我酒，喝得比我微少，每次我看他，他就笑嘻嘻解释：“我得保留意识，带着你回家呀。

最终，我跟他还是都醉了。

我俩坐在他那辆大摩托车上，两人摇得跟风中的落叶一样。

“我去，喻宇笙，你开慢点，醉驾会出事的。”我大叫。

“我没有超过一百码！”他同样冲我怒吼。

两人持续抖动着。

十几分钟以后，我疑惑地拍他：“怎么这条路都是大排档，政府重建了，构架都一样吗？”

他仰头去看，哈哈哈哈大笑：“什么审美，一条路都搞成一个样。抓牢了，良缘，我要冲刺了！”他跟我又开始左摇右摆。

“开慢点，我觉得太快了，我快抓不住你了！”我感觉世界天旋地转。

然后，大排档的老板再也忍不住了，他从屋里出来问我们：“先生小姐需要我给你们叫辆的士吗，你们坐在这辆摩托车上，又喊又叫又抖动，已经二十多分钟了。”

哎？

我对着眼，同喻宇笙同样对着的眼对视。

“多谢！麻烦老板叫辆车！”他比我多残留了点意识，大着舌头冲老板喊，又从口袋里掏出了不少纸币，拍在了老板的手里。

然后，我们俩一路高唱《红色娘子军之歌》，在的士司机惊恐的眼神中，到达了小区。

所有记忆中断裂在进小区的那一刹那。

清晨第一束阳光从窗户外投射进来的时候，我正安逸地抱着我的大抱枕用脸蹭呀蹭，并且发出满足的叹息。

抱枕回以我更热烈的拥抱，并且也满意地哼哼唧唧地撒娇，顺便将口水蹭了我满脸。

真是先进的抱枕。还人性化地带有温度，并且抱枕的声音也很好听，慵懒中还带着点孩子气。

我满意地一睁眼，同抱枕对视，顿时觉得世界在眼前幻化为虚无。

“我一定是还在做梦……”我闭上眼睛，又睁开。

眼前的喻宇笙睁着一双朦胧的大眼睛，无辜地同我对视，突然他一个激灵，眼中恢复了神采，用十分正直的腔调叫了我一声：“妹呀，你醒了！”

而后我就看着他像梦游一样，把我从他怀里推开，正直地爬了起来，严肃地推开门，又严肃地替我关上了房门。

我看看自己身上穿着的……模模糊糊回忆起昨晚自己在卫生间大叫：“宇笙哥哥，给我睡衣啊，我要换。”

他似乎随手递了给我，可是为什么我上身两条胳膊一边一个裤管套着他的秋裤，跟个紧身披肩一样，特潮，下身套着他的睡裤，睡裤原先替他买的时候就大了 2 号，到我身上直接提到了胸部以上，更潮，其实挺像连体裤。我默默地安慰自己。

这是发生了什么事……

我沉默着褪下他的秋裤和睡裤，一边思考一边换上自己的衣服，决定好好跟他谈一谈。

他身上还穿着我的睡裙，袒露着精瘦结实的半胸，正在苦恼地抓头。

“你，昨天喝醉了对我做了什么？！”我冲他怒吼。

“没！我向你家周女士发誓，我没做错事。”他一把把自己抱紧了，挡住半胸很慌张地摇头，伸手指数给我听：“我记得回来以后，给你送了两次睡衣……”

我气得把睡裤都砸他头上了：“你送了两次你的秋裤给我！”

他露出个傻笑，又掰手指讲给我听：“然后，你醉酒了，嘴巴有些渴，我舀了点水，喂你喝了点水。”他的视线投向桌角。

等等，我记得家里没有现成的矿泉水。

我视线跟着他的目光转向桌角，那上面还放着半边肥皂盒。

“喻……宇……笙！”这是要出事的节奏呀，他这是用肥皂盒舀了什么水给我喝？我吓呆了，自己在心里不停地告诉自己，别想，千万别想。

喻宇笙露出个要吐的表情，他这会儿特诚实地伸手指着卫生间：“我也跟着喝了。”

他冲进去干呕，我也不甘示弱，两人争先恐后地对着抽水马桶干呕。

呕了好一会儿，他笑嘻嘻地一扭头：“骗你呢，你昨天用茶杯喝了点我看电影时没有喝完的矿泉水。至于肥皂盒嘛，那是你吐地上了，我就着肥皂盒舀了点洗衣粉搓了地。”

作死！骗我！我一巴掌扇在他后脑勺上了。

他被我打得眼泪汪汪。

然后，我们两个默契地决定，这件事要从彼此的脑海里完全消失。于是我们又愉快地恢复了小伙伴关系。并且比任何时候都默契地互相打了招呼。

“哥，早！”

“哎！妹，你更早！”

得了，我们两个都不早，确切地说，这个月的全勤奖，咱们都领不到了。

喻宇笙倒是一贯大摇大摆的，也没有人说他什么，他甚至连工作服都没有穿，走过去跟着保安的小队长勾肩搭背地塞香烟，直接就溜进保安室去了。

我心有戚戚然，抱着包缩头缩脑地往 3 层跑。

不知道为何，并没有人发现我迟到，我悄悄溜到座位上的时候，发现已经有人帮我打了卡，老太太偷偷对我伸出只手，做出一个 OK 的手势。

原来是这位可亲的老人家帮我打了卡。

我也朝她做了个 OK 的手势，老太太的脸笑成了一朵菊花。她又指指我的桌子。我这才发现原来拓展训练的名单已经下来了

喻宇笙的名字居然排在第一个，我在第三行找到了我的名字。在名单最下方加补充说明的地方，有一行小字，上面写着：此次拓展训练由叶重台经理带队！

这离我的猜想也太远了，我原以为他也就待几天，最多一周的工作日，就要回到总部去，结果他倒是在 Y 市停留了这么久。

喻宇笙的手机一直用着我淘汰的老人机，打电话要甩上几下，所以接通的时候，声音一直都是忽远忽近的，他一边接我的电话，一边爆粗口：“艾玛我去，又没有声音了，对呀，我也去，对了，叶重台也去，哥哥要找个机会再揍他八百回合……”

我默默地将电话搁上了，这个蠢货，总是想着拳脚之上见真章，这都什么年代了。

拓展训练后天就要去集合了，我却连双像样的旅游鞋都没有，虽然是平跟小皮鞋，但是怎么也不能带去拓展训练。

我约了宇笙下班去买鞋，吕子建竖着耳朵偷听了半天，等我趴在那里盘算要带的行李时，他总算靠过来了。

“哎，良缘，你知不知道咱们公司的副总经理姓什么？”他压低声音。

我摇摇头，想起企业内刊上一溜边的名字。我才到这公司不久，还在混混沌沌中，压根就只是想在 Y 市的分公司稳妥妥地混个根基，谁会去注意天高地远的总部高层。

他一副叹其不争的样子，拎过内刊给我看：“你看见什么了？”

有一篇小短文写的是企业内部竞争和平和员工高涨的不满情绪，作者是郝择路，文章右下角还放了一副他的照片。

眉眼有点熟悉。

我疑惑地看吕子建。

他一副痛心疾首的样子，一抖内刊：“你看着，他跟你家表哥一起谈恋爱的姑娘，这里这里是不是挺像。”

哎？他不说我倒还没有发现，他这么深入地一指点，这两人还真的有点像。

郝助理一定是隔了好远的表字辈，样貌特征没有一处随这边的亲戚，倒是郝欢沁的模样像了个十成十。

“你有问过你家表哥，那妹子什么来头吗？我问了郝助理，她就让我不该问的话别问。”吕子建贼眉鼠眼的，偷偷说：“要是真来头大，咱们以后得同盟着泡妞呀，都是皇亲国戚呢。”

“呵……”我冲他笑了笑。

倒是心里犯了嘀咕，真要是有关系，欢沁跟宇笙走得这么近，我要不要提醒他一下？

吕子建倒是比我还着急，不等我思考，又面色犹豫地凑过来，从口袋里掏出一瓶标签不明的乳液塞在我的手里：“澳大利亚代购回来的，小姑娘涂皮肤好！”

我受宠若惊地接过来，顿时觉得吕子建这个同事也蛮不错的，这么说吧，我看着他势利，还跟他保有一定的距离，说话留三分，还时刻防备着他，他居然代购礼物还想着我。

“谢、谢谢呀。”我感动得都有点结巴了。

他似乎还有后话要说，伸手捅了捅我的胳膊，还一直眨眼睛。

我吓得毛骨悚然：“你，你这是对着我抛媚眼？！”

他呸了一口，大概觉得反应过激又靠过来问我：“你跟你表哥很亲吧？”

我点点头。

他又揣摩着，开口：“你表哥真帅，如果不是保安，就他那条件往街上一站，同龄的小姑娘谁不心动呀，那身高那笑容，那眼睛会说话一样。”

他怎么就把喻宇笙给夸上了，这是要糟的节奏呀，我得告诉他宇笙是直男。

“你哥那样的，迟早会跟郝小姐分手的呀。”他突然断言。

啊？这什么神转折的话题，我反应不过来，嘴张得够大的。

他一巴掌拍我肩膀上：“我说良缘，我们都是一个战壕里的小伙伴，如果你哥成了，说不定我们还是个远亲，但是如果，我说如果呀，如果你哥不成，你能不能悄悄告诉我一声。”

哎？

“告诉我一声，我好去帮你哥哥安抚人家小姑娘呀。”他理直气壮的样子可真欠抽，忘了说了，吕小伙伴身高跟我差不多，我要是穿了高跟鞋他就得仰视我了。

我一踮脚，朝他哼了一声，真是看着碗里的，想着锅里的，郝助理他都没有追上呢，居然对欢沁还存了心。

哦，对了，我又折回去，把手里的乳液拍在他手里：“我年轻着呢，用不上这个，你自己留着用吧。”我学着他笑的样子，把鼻子和眼角都挤出皱纹。

他果然气呼呼地走了。

老太太在后面呛得直咳嗽。我一转头，看着她脸憋得通红，正躲在打印机后面笑呢。

“良缘你这个孩子。”她笑着摇头，却过来状似无意地问我，“你说那天那个保安小伙子，在跟郝助理的亲戚谈恋爱？”

欢沁呀，我又想起那个笑起来一脸坦率，虽然骄纵却挺善良的姑娘，想着她跟宇笙一起两个人逛着街、牵着手、头碰头的甜蜜，我顿时口舌都苦上了。

我这是苦的什么事？

一定是孤独太久，怕那姑娘抢走我的小伙伴呢。

老太太眼睛亮晶晶的，等着我回话，我朝她勉强笑了笑：“我不知道呢，那姑娘有追随者，也不知道真的喜欢的是哪个，宇笙跟她挺投缘的，我看不真切，觉得像是朋友又像是暧昧着。”

说这话的时候，我心里简直是肺腑颠倒着酸。

老太太一副高深莫测的表情，含笑挑着眉头看我，许久之后，她嘻嘻笑出声来：“良缘，你口气好酸。”

我的表情一定是僵住了。

老太太伸手揉了揉我的头，这动作太熟悉了，她笑着安抚我：“那孩子喜欢的人，一定是像你这样可爱的。他是一个真实的孩子，从来不会过多的去考虑对方的背景，放心吧孩子，他是在跟人谈恋爱，而不是跟背景和财物在恋爱。”

我哭笑不得，老太太这是在安慰我吗。

“可是他叫我妹妹。”我忍不住告诉老太。

老太太的眼睛笑成了可爱的小月牙，一拍我的胳膊，吃吃笑着走开了，一边走一边自言自语：“太可爱了，那孩子居然在害羞呢。”

“……”等等，她到底脑补了什么?

由此她对我比以往更加热情了。

# PART 8

## 买鞋，路上，抽筋 style

这种亲昵的动作，我曾经是多么渴望，为了能够这样接触到他，每次他出差，我都会自动申请做助理一同出行。

可是，现在的我，却把手给缩了回来。

下班的时候，喻宇笙来接我，老太太朝他一个劲地比画你很赞的手势，宇笙领着我下了楼才问我：“她发什么神经呢，怎么今天这么亢奋？”

我想起老太太神神秘秘的样子，决定还是不要深层次跟他剖析了。

“我想买双透气的运动鞋，最好是淡紫色的……”我絮絮叨叨地跟喻宇笙谈我想要的鞋，并且兴奋地策划拓展要带哪些东西。

他左顾右盼的，好半天不答我的话，我眼睛一瞄，看见欢沁站在公司门口正朝我们快乐地挥手呢。

她穿得尤其水灵，也不知道是个什么审美，下半身的裤子葱绿葱绿的，上半身的小淑女装嫩黄嫩黄的，整个人看起来跟葱炒鸡蛋一样。

最关键的是，她一来就习惯性地扯着喻宇笙的袖子撒娇：“宇笙，你说好今天陪我去买衣服的。”

原来是佳人有约呀，我白了宇笙一眼，这个小子，都不跟我说。宇笙的笑容淡了下去，有点无奈的样子。

我有点觉得无趣，讪讪然插话：“要不我……”

“宇笙，你今天没有穿制服哎，我觉得你穿休闲装更好看点。”欢沁的声音又脆又亮，一开口就把我的声音盖下去了。

我站那有点尴尬，走也不是，不走也不是。

宇笙对她做了个嘘的动作，转过头来问我：“良缘，你想买什么牌子的运动鞋呀，你先说呀，咱们一起先把你的急需给解决了。”

我耸耸肩，作出无所谓的表情：“我随便买双就可以了，你们先去逛街吧，我可以随便到处看看。”

欢沁露出一个可爱的笑容，欢呼一声，冲过来抱了我一抱：“我就知道良缘最好了。”

她去扯喻宇笙的袖子，又蹦又跳的，那蓬松卷曲的小马尾辫子，在她身后摆来摆去的，真可爱。

果然美女就算是动作幼稚，也那么可爱养眼。

我偷偷学她摆头的样子，顿时觉得自己是一只喝醉的狗熊，刘海有一段时间没有修了，一摆头，整个盖在我的脸上，一点也不可爱。

“你蠢疯了！”愣神中听见这句，一抬头，喻宇笙手臂上挂着个欢沁，过来用手指一戳我的头，有些不快的样子：“说好一起买鞋，你干吗要中途退出。”

“是觉得我要抛弃你吗？蠢蛋！”他瞪我，一把夺过我手里的包，眼睛瞄都不瞄欢沁一眼，就像是手臂上挂了个无尾熊一样，大步流星地往公司外走去。

欢沁巴着他好一会儿，自己也觉得没有意思，松了手，改来抓我的手，一边抓一边赞叹：“良缘，你的手软软的，又肥肥的，像个婴儿的手，好舒服。”

我被她的热情给弄得手足无措，只能对着她微笑。

“良缘，你一定戴不了漂亮的戒指呀，你的手跟小胡萝卜一样。”她戳中了我的痛处，我长得其实不算胖，还有些偏瘦，偏偏手指肉肉的。

“叶重台他是手控呀，每次都夸我的手指好看呢。”欢沁朝着夕阳举起手，金色的余晖撒在她纤细的手指上，像是给她的手指镶了一圈儿金边，真是好看的手指呢。

“呵呵，漏财手也好意思拿出来现？”喻宇笙一扭头，看着那双手，露出个玩世不恭的笑。

他一把举起我的手，举得高高的，映着夕阳：“我家良缘的手，才叫好看，又敦实又可爱，摸着肉乎乎，良缘呀，哥哥以后都给你定做戒指，咱们不宽不大就不戴着！”

欢沁的脸都被挤兑红了。

我看不过去，抽出手来，一拍宇笙的背："废话那么多，要出发就赶快走啦。"

欢沁又复活过来，欢乐地冲过来把我的胳膊一把抱住，向我提议："良缘良缘，我知道一家专卖店的鞋可不错了。我带你去。"

我被她这么软萌的人儿搂着，心都融化了，也快快乐乐地向商场出发。

她要去的那家鞋店外表看来十分朴实，进了门我才发现，那里的价格是如此的令人肉疼。

"要不换一家吧，好贵。"我干笑。

"不要紧，你挑了我买给你呀？"欢沁笑得很开心，自己拿着淡紫色的鞋子试了起来，她早些时候试了一双嫩黄色的，宇笙给我挑了淡紫色的以后，她又喜欢上了淡紫色。

我站在那里，觉得一双鞋子抵上我两个月工资，未免太奢侈，有点犯不起购买欲。

宇笙捅捅我的胳膊，问我："码数告诉我。"

我偷偷朝他摇头。

他对我挑了挑眉头，跟服务的小姐低低说了一句，那服务员蹲着找了一双淡紫色的鞋举了过来，喻宇笙拿在手里，左右打量。

突然朝我笑了笑："良缘，你干站着，是要我给你服务吗？"

哎？我傻愣愣的。

他突然一把把我摁在了试鞋子的椅子上，半跪下来，伸手抓住我一只脚，我被他的举动弄得脸都快热了。

"来，哥哥为你服务。"他轻轻取下我脚上的鞋，将一只淡紫色的运动鞋套上了我的脚。

我浑身的鸡皮疙瘩都要起来了。

欢沁已经停止了手里的动作，撅着嘴巴，将自己的脚一伸："宇笙，我也要贴心服务。"

喻宇笙已经将我另外一只鞋给套上了，别说，这码数还正好。

他听见欢沁这么闹也不生气，站起来，一伸手将她的脚往上猛地一提，我都能听见欢沁的踝关节呱哒一声，欢沁尖叫出来。

“哇，小欢沁韧带的柔韧度真好。”他嬉皮笑脸的，手指一松，欢沁的脚掉了下来，砸在铺着毛毯的地面上，咚的一声。

“喻，宇，笙！”欢沁眼泪都要出来了。

他终于哈哈笑出声音来，跟后面的服务小姐使眼色：“帮她踩踩鞋，看看合不合适。”

服务小姐过来蹲着替她拔上鞋，从头至尾，欢沁都嘟着嘴。

“都挺合适的嘛，都要了吧。”他自作主张，在我没有来得及反对之前，他掏出了自己的那张信用卡主卡，很潇洒地递给服务小姐。

我惊呆了，过去扯他的袖子。

他回我一个“安啦”的表情。

偷偷告诉我：“也就是还这么四到五个月的工资，哥哥还负担得起。”

不知道为什么，我心里暖暖的，好久没有人这么宠我了。

“你不是还有一份工资吗，咱们两人的工资合一起，顶多还两到三个月呗。”

哎哟，你完全可以不用补充最后一句，我从感动中心痛得惊醒过来。

“不用啦，我来付钱吧，宇笙你们刚工作，生活还很拮据吧。”欢沁蹦蹦跳跳地一把拍下服务小姐的手，将自己的卡递了过去。

她朝着宇笙甜丝丝地笑，宇笙手插在口袋里，也朝她微笑：“要不也给我打包一双吧。”

啪，我一巴掌拍他头上。太不要脸了。就算有吃软饭的条件，也不要表现得如此坦荡荡吧。

“开玩笑的。”他苦着脸朝着欢沁解释。

欢沁的眼都笑成两弯月牙了，她用一种梦幻少女的声音称赞宇笙：“宇笙，你说话的样子好萌哒。”

“是吗是吗，那这样呢？”喻宇笙将两根食指点在自己唇角两边的小梨涡上。

“卡哇伊……超级萌！”欢沁毫不吝啬赞美之词，两人就在店里你做一个动作，我摆一个姿势，玩得不亦乐乎。

“……”没法直视了，我提着鞋第一个走出了专卖店的门。

欢沁的战斗力实在强，我跟宇笙陪她逛街，短短一个多小时，她就买了十几个购物袋的东西。

“宇笙，有人在向你微笑呢。”走过马路的时候，欢沁突然指着街对面给喻宇笙看。

我顺着她的指头看过去，是一个年轻的女生，穿得有点老气，披着更老式的大波浪，笑起来有点拘谨的样子。样子还有点熟悉，我也想不起在哪里见过她了。

喻宇笙一看见对方，脸色都变了，直接把欢沁举着的手指给拍下来了：“不是对着我笑的，别乱指。”

欢沁哎了一声，向他道歉，宇笙微笑着将她的头毛揉成一团。

我偷偷地看街对面的那个女生，她貌似很讶异的样子，目光都放在了欢沁身上，似乎在仔细地打量探究她，眼光十分不善，让我看了很不舒服。

我一推他们俩个，催促：“咱们快走吧，找个吃饭的地方，肚子都饿啦。”

欢沁听到吃，又开心起来，欢呼一声，拉着我们俩往她熟悉的餐厅跑。我跟宇笙走在她后面，我低低地问他：“宇笙，那女人你认识吧。”

“不！”他犹豫了一下，将嘴抿得紧紧的，从我身边跑过去了。

当我再次回头去看的时候，刚才那女人却已经消失得无影无踪了。

回去以后，我还是偷偷地将鞋钱塞给宇笙了，让他有空帮我转交给欢沁。

对于接受馈赠这种事情，我一直觉得那是情同手足的闺蜜间才会做的事情，虽然欢沁很可亲，但是毕竟没有那么熟悉。

日子过得忒快，我觉得每天都有做不完的事情，却总是重复在做同样的事情，比如整理去拓展训练的衣物，但每次我在房间整理东西，宇笙就会跳在床上捣乱。

看见艳丽点的衣服，就套在头上唱歌。

“对面的姑娘你看过来，看过来……看我的脸……看我的唇，么么哒一起真开心，你不要对我又怜又爱……”唱到高兴的地方还会跳起来摆一个疯狂弹奏电吉他的动作。

我忍不住把手里的衣服都丢他头上了：“你能安静会儿吗？”

我这衣服都整理了好长时间了，他每次都会在一旁眼睛发亮地问我：良缘，你穿这件是什么样呀，良缘，我没有看过你穿这件嘛?

然后我就会被他缠着没有办法，把他感兴趣的衣服拾起来，穿给他看。

有次他看到我上学时候穿的衣服，还特开心地逼着我套起来给他看。

一边看一边还啧啧啧：“真是放入人群中完全找不到呀，你看这个胸，你看这个臀……哈哈哈哈……”他一抬头看见我的眼，笑声顿时消失了，立刻换了谄媚的语气：“对嘛，努力摆一个S型，还是有点可看性的。”

我把枕头砸他头上了。

他自动接下了做晚餐的任务，将菜剁得咚咚响，这段时间以来，他的厨艺精进不少，偶尔还能做出一两道色香味俱全的菜。

他操刀做了饭，委屈兮兮地觉得自己皮肤受到了油烟的伤害，跟我讨了两片儿面膜，自己躲在房间去捣鼓了。

半夜的时候，我起夜，走过厨房间的窗户，差点被吓得尿出来。

“喻宇笙！！！给我死出来！”我抱着胳膊，浑身直哆嗦。

他打着哈欠连滚带爬跑出来，看见窗户上粘着的用过的面膜，黑暗中，那用过的面膜就像个偷窥的白脸人，他自己先乐得哈哈笑起来。

“你这个蛇精病，你把它贴窗户上作死吗？”我追着他打。

他哈哈哈笑着跳，一边躲着我，一边问我：“你怎么才看见呀，我晚上躲在沙发那里偷看你来回走了好几次了，好想看你尖叫，结果你视而不见就走过去了。”

我一脚踹他腰上，他顺势倒下，揉着腰呻吟：“哎哟哎呦不行了，谋杀亲夫……哦，不，是亲兄。”

我瞪大眼睛，同他对视，他脸貌似红了，举起手来辩解：“口误口误，我先回去睡觉了。”说完一溜风地跑回了房间。留下我和那个贴在玻璃窗上的面膜大眼瞪小眼。

“……”他到底脸红个什么劲。

同喻宇笙做舍友有个最大的坏处就是……夜晚往往会被整得精疲力竭，等到白天，两人又同时赖床。

我跟他又一次迟到了。

公司的上班时间比一般公司要提前半小时，我们俩迟起来了半小时，倒是赶上上班高峰了。

公交车久久不来，连的士都没能拦下一辆。

“看到没有，前面有一辆！”喻宇笙指给我看。

果然有一辆的士停在超市门口，门还开着，我跟他狂奔一路，赶了上去，一屁股坐下的时候，才发现司机不在。

往外瞅瞅，这才看见司机大叔嘴巴里叼着煎饼果子，提着豆浆往车里钻呢。也不看后视镜，他就启动车了，开了有一段时间，他都没有注意到后座上面有坐人。

“大叔，去 ×× 路。”宇笙一开口，司机大叔差点吓哭了。

“你你们怎么上来的！？”他吓得哆哆嗦嗦的，一扭头，看见我，眼睛瞪得比铜铃还大，问我：“女英雄，你，你又在拯救失足青年？这次开哪里？”

喻宇笙听到这一茬，乐了。指着自己的脸给大叔看：“大叔，看，失足青年在这里，已经积极乐观向上了。”

大叔欣慰地叼着豆浆袋子笑了，有一种自己也沾了正能量光彩的自豪。

“不过，今天是我第一天步入社会，努力尝试着工作养活自己，要是赶不上上班时间，说明这个社会它根本从来就……不需要我！”他说到最后整个苦着脸了。

大叔立刻又燃起了拯救社会的斗志，这种谜一样的热情，让他的车速突破了以往的界限，一路在混乱又繁多的车辆中如火箭一般穿行。

“女、女英雄，咱上次回家以后就努力练习漂移，夜里练，下雨练，就怕特殊情况又遇到你。”他在后视镜里瞄了我一样，一脸自豪。

我被这车速搞得快吐了，一直绷着脸沉默。

宇笙伸手鼓掌，替我回答他："你有这种高觉悟很不错，社会就需要你这样的英雄来拯救。"

"对，我懂，超人说过能力越大责任越大！"他摆出个飞翔的姿势，我跟宇笙都吓得不敢说话了，好嘛，老超人的手完全脱离方向盘了。

于是，他更加开心了，车开到飞起。

下车的时候，我觉得脸都麻了。宇笙扶着我，咱们俩蹲在公司前面的花丛里，你来一口，我来一口，轮流吐得光辉醒目。

过往的职员都悄悄地鄙视我们。

"哥们，要不加入？"喻宇笙乐呵呵地撑着身子对一位路过的满脸鄙视的青年做出邀请，对方像是见着疯子一样，拔腿就跑。

"神经病！"见着别人鄙视我们，喻宇笙极为愤慨地爆粗。其实我觉得，世界上最没有资格骂人神经病的就是喻宇笙了。

同类不该嫌弃同类……

"嘿，周良缘，你笑什么？"他抽出手帕纸给我擦脸的时候，自己也忍不住笑了。

拓展训练的那天，我跟宇笙都拖了一个大大的箱子。

他箱子之所以那么大，是因为里面放着我平时爱吃的零食，爱看的书，对了，还有他觉得拓展中心会短缺的水果。

"所有人都打开箱子，将没有必要的东西都丢下，拓展中心不会让你们有时间和机会接触到这些。"带队的叶重台表情严肃。

在他的注视下，大家都打开了自己的皮箱。

有人带着自己爱吃的果酱，这属于正常人类。

有人带着自己爱喝的茶叶，这也属于正常的人类。

有人带着自己爱吃的……鸡蛋，还有……抱枕？！等等，喻宇笙同学，你能告诉我你满箱子的黄瓜和鸡蛋，还有美女抱枕算什么？

"报告队长，抱枕不能丢。"他很严肃地提出抗议。

叶重台的眉头皱在了一起，问：“为什么？中心不缺枕头。”

喻宇笙大叫：“糟糠之妻不下堂。”

噗嗤！所有的人都笑出声音来。叶重台的脸都绿了，指着喻宇笙强硬地说：“喻宇笙，我跟你说，你不丢下这个抱枕，我保证你连去的车都登不了。”

喻宇笙听见立刻从善如流地把他的糟糠之妻给丢了。

有人打趣他：“你的妻儿都被你丢了。”

他很严肃地回答那个小伙伴：“糟糠诚可贵，爱情价更高，若为登车故，两者皆可抛。”

气氛一下子就热烈起来，本来还有点紧张的新人们，都找到了共同的话题，一路欢声笑语地从市内登车出发了。

倒是我的箱子里，有吃有喝有面膜，叶重台却一样不落地让我带上了。

“敌人的糖衣炮弹很厉害，周良缘女士你要坚挺呀！”喻宇笙凑过来在我耳边唧唧歪歪的。

我瞪他一眼，我怎么就变成了女士了？

“看你的小发髻，梳得跟道姑一样，一点少女的感觉都没有，周良缘女士，你好歹打理打理自己的外表，不要搞得跟深山老处女一样的。”宇笙嘀嘀咕咕的。

我嫌弃他烦，直接跟吕子建换了座位。

自从隐约知道郝欢沁的家长是公司高层以后，吕子建对喻宇笙的热情就急速燃烧起来。

果然一换过去，两人聊得风生水起的。

我听见喻宇笙大笑：“你就给她看你的胸毛，用你的男性魅力去征服妹子！”

吕子建疑惑地问他：“你有胸毛，这么雄伟？”

喻宇笙自豪地拍胸脯：“我是个例，哥哥我是用人格魅力吸引妹子，不用脱衣服直接一个眼神砸过去，一堆妹子哭着闹着在我身后爬着要跟我处对象，这是天赋异禀，不能相比的。像你就不一样了，就你的这天赋情况呗，你必须出卖你的肉体，动用你的胸毛，你懂吗？”

“懂了！”吕子建居然回答得如此荡漾又欢乐。

“……”难道这就是蛇精病间的默契？我默默地转过脸去闭上眼睛，打算闭目休息一会儿。突然有人靠近了过来，同我身边的人耳语，我感觉身边座位一沉，貌似换了同座的人。

我一睁眼，正巧同叶重台那双温柔的眼对视上。

“良缘，你还晕车吗？”他温柔地问我，唇角还有淡淡的笑意，并且十分自然地伸出手来来拉我的手。

对了，我以前有段时间体质特不好，一上车就晕车，叶老大不知道从哪里得出个法子，伸手掐我的虎口并且轻轻揉我手指间的穴道，好几次居然真的不再有恶心的感觉。

从那以后，我每次出差都和他坐一起，他总是心无旁骛地替我掐虎口，这种亲昵的动作，我曾经是多么渴望，为了能够这样接触到他，每次他出差，我都会自动申请做助理一同出行。

可是，现在的我，却把手给缩了回来。

叶老大的手悬在半空有些尴尬，我咳嗽了一声，故意转作捂嘴的样子，把头转过去看向窗外。

车子摇摇晃晃的，我本来就有些疲倦，此时倦意来袭，有些昏昏欲睡的，头就跟个棒槌一样，咚咚咚连续敲了好几次窗户。

“你是不是男人哪？就看着她头撞得这么响，我还真是忍不住了。快，换个座让我来，过去过去！”

我听见喻宇笙愤怒的声音，而身边的椅子沉了沉，有一双温柔的手，将我的头扶向了他的肩膀。

“谢谢老大。”我迷迷糊糊地致谢。

突然额间一阵剧痛，我睁开眼来，看见横眉怒目的喻宇笙，手指正曲着，打算给我来这么第二下爆栗子呢。

“你干吗！”我也怒了，揉着自己的额角。

“哼，狗咬吕洞宾……你就想着你的叶老大，老大——”他捏细了嗓子，别过头去，眼睛一闭居然不理我了。

我再也没有了睡意，就这么瞪着一双眼睛，随着车晃荡晃荡，一路到了郊外的拓展训练中心。

倒是喻宇笙一路睡得香甜无比，靠在我的肩膀上直咂巴嘴巴。

下车的时候我用一记爆栗子给报仇雪恨了。

拓展中心原来是Y市的一处度假村，环境挺不错的，不知道什么原因，度假村居然倒闭了，被拓展公司接手过来，现在倒也是有不少公司往里面送员工来培训。

一进门，就是一个露天大游泳池。

喻宇笙瞄了一眼碧蓝碧蓝的水，赞叹："跟我家的差不多大。"我知道他满嘴跑火车，压根不想理他。

但是有盲目的粉丝会相信他，比如吕子建，他看喻宇笙的眼神立刻不一样了。

等到领行李的时候，他主动帮喻宇笙领了皮箱，并且坚持自称小弟，热情又不失礼貌，这让喻宇笙很是满意。

他一开心又传授了好几招泡妞神技，简直是口若悬河，满腹经纶的架势，我朝他翻白眼的时候，他才停下来。

"都是书上看的，满足一下小弟弟的疯狂求知欲还是可以的。"他得意洋洋。

"学着做个正常人！"我严肃地警告他。他讪讪地终于闭嘴了。

第一天是不做任何安排的，喻宇笙领了房卡以后，就穿了泳裤，想要去游泳，池水颜色如此可爱，已经有不少人站在岸边观望了。

等我和叶重台一波人逛到那里的时候，游泳池里早已经下去了两三个同事了。

喻宇笙游的最远，在深水区，像个抽筋的泳者一样，在深水区游得手舞足蹈的，叶重台在我身边站着眯了眯眼。

他突然扭过头来看我，有些急切地对我说："喻宇笙，他貌似抽筋了。"

啊？！有这么严重！

我吓坏了，一推叶重台，带了哭腔：“老大，快去帮我救他呀。”我人称浪里小白虫，进水就翻滚白眼，超常发挥的情况下也只能扒着池边儿踢脚，现在虽然有心去救宇笙，但是我明白我跳下去也只有跟着手舞足蹈的份儿。宇笙跳海那次，我情急，也是差点搭上自己。现在断然不敢逞能。

叶重台被我一推，愣了愣，然后他甩掉了上身的外套，直接穿着西服裤子就跳进了水里，他游泳起来很是优雅，水花在他精瘦的臂弯里掠起又落下，有一种极富力度的美。

他游得很快，一下子就接近了宇笙，从后面把他给抱住了。

喻宇笙被惊着了，大叫了一声：“哎哟，我去，谁他妈的从后面偷袭老子的胸呀，忒不要脸！”他转过身就是一拳，出手又快又准。

这是他第二次打叶老大了，这次力度应该比上次还大。

我看着叶老大咕噜咕噜就沉了下去，双手还张着，他是被我叫去救人的，却被宇笙打得沉水了，我越想越内疚，一时冲动也甩了运动外套跟着跑到池边跳下去了。

其实早已经有人帮着把叶重台给拽上来了，我被游来的宇笙拽着，也拉上了岸。

叶老大缓了气才幽幽醒转，看见喻宇笙跳起来就要揍他，被后面的同事一把抱住。

喻宇笙一脸的委屈，躲我后面一个劲地解释：“你不能怨我呀，我游着正开心呢，你就扑过来摸我的胸，我哪能给你得逞呀！”

叶重台气得脸都红了，拳头举得老高的。

我一边帮着拦架一边骂宇笙：“你不是游泳游着抽筋吗，我看你在水里乱扑腾才叫叶经理去帮忙救你呢。”

喻宇笙抱头委屈，表情可无辜了：“这位妹妹，你哪只眼睛看着我在水里乱折腾了，哥哥我从小学起就是游泳健将，哥哥我刚刚那是蝶泳，世界上最优美的泳姿，你懂吗？”

“最……优美的泳姿，很好！”叶重台怒极反笑，伸手一指喻宇笙，“你记着了，今后几天千万别栽在我手里。”他就这么裸着上身，捂着被揍痛的眼睛，第一次如此狼狈的从我的视野里大步流星地走了出去。

这才叫真坏了呢，叶老大算是彻底被激怒了吧。我跟他认识好多年了，他一贯都是文质彬彬，温柔笑着的，以前遇着下套的竞争对手，他也是不急不躁着对付过去，这么气急败坏的叶老大我还是第一次见着。

“宇笙，你把他从我心中的神坛上给拉了下来呀。”我叹了一口气。

喻宇笙乐了，伸出湿漉漉的胳膊把我用力一搂，然后在我愤怒的目光中又缩回了手，他讪讪地扭屁股笑问：“哟哟哟，切克闹，高旋律舞蹈来一套，哎？这是哥哥走上神坛，要做良缘心目中男神的节奏吗？”

我啪一掌，毫不留情地打在了他的后脑勺上。

“做个正常人！”这是我对他最低的要求了。

他立刻板脸严肃地回答我：“我尽量。”

我跟他都是浑身湿漉漉的，风一吹，我浑身都冻得直哆嗦，我从小体质就偏寒，特别怕冷，此时衣服浸了水，风口里显得又重又阴冷，一个喷嚏接一个喷嚏的。

“良缘快去换衣服呀，哥哥看着你打喷嚏好心痛，让哥给你暖暖手。”宇笙终于不嬉皮笑脸地开玩笑了，伸出手来捉我的手。

我没有让他如愿捉住。池边都是公司来培训的员工，本来就是名义上的表哥表妹，拉拉扯扯的给别人看见多不好呀。

“你害羞什么，咦嘻嘻嘻，良缘，我非要捉到你！”他伸手指指着我，露出一个“你等着，我来啦”的表情。

我一闪身，他哎哟一下扑通掉进水里去了。

头朝下脚朝上地扑腾。

这次再也没有谁去救他了，他在水里浮浮沉沉的，伸手向天，五指有力地形成一个铁爪钩状。

吕子建站在我旁边赞叹：“大哥的泳姿无人能敌，这是我看到的最硬朗的年度蝶泳！”

呵呵，我回他冷笑。人言狗爬式，他这连狗爬式都算不上。我转身过去，吕子建问我：“良缘，不看你表哥游泳了呀？”

我又呵呵两声："我得回去换衣服！"

"哎——救命呀！"泳池里的喻宇笙终于将头露出水面，抽搐着大叫救命，这但次没有人相信他是溺水，大家都嘻嘻哈哈地指着他看。

我扭头看他的表情，这同刚才玩世不恭的表情是不同的，他脸都煞白了。我一转身，冲向池边，抓着小黄鸭的儿童救生圈抱着朝他就扑腾了过去。

我踢着脚扑腾过去，一把抓到他的时候，他苦着脸冲我吐槽："良缘，晚饭我都不用吃啦。我喝池水已经喝饱了。"

他小腿抽筋，上岸以后，我帮他压了半天脚尖，他才能够站起来，瘸着腿走。

"良缘，救命之恩无以为报。"他将整个身体都靠在我的肩膀上，下巴就搁在我的头顶上。

我斜眼鄙视他："你到底想说什么？"

他贼兮兮地压低声音问我："我说如果呀，你别生气，良缘，如果我以身相许，你会有这么一点点窃喜吗？"

我看他皮笑肉不笑的，一把把他甩地上了。

他又故作伤心的样子，坐在地上叹气，一脸正经："我就知道你不喜欢我这样的。"他慢慢爬起来，追上我，伸手搂我："别推我啦，我冷得厉害，你就当做日行一善，给我取取暖，我亲爱的……妹妹。"

他的怀抱虽然是湿着的，但是手掌却出乎意料的暖和，其实真正觉得冷的也只有我吧，我心里偷偷赞叹他的小体贴。

他搂着我推我走，到女生宿舍的楼下时，他嬉皮笑脸地摊手又叹气："我知道你不喜欢我，我也没有那个命，轮也轮不到我呀——"

他嘻嘻哈哈地笑，我却听得有些异样的不舒服。

"良缘，要是我有爱人的资本该多好，那样你一定会爱上我的，妥妥的！"他莫名其妙地摸摸我的头，然后一推我："去吧，换衣服，等会儿我煮了姜丝可乐给你送来。"

他见我不解，压低声音："我知道你生理期将至，身上不能有寒气的，乖，一会儿驱驱寒！"

我的脸一下子就红了，瞪了他一眼，理都没有理他，直接奔上楼了。

晚餐的时候，吕子建在楼下大叫："楼上的姑娘，都下来吃饭了。"同妹子们近距离接触，是他最爱干的事。刚进公司的时候，咱们公司定制制服，少人手量尺寸，他自告奋勇地要求帮妹子们量体记录数据，并且坚称自己曾经学过一两年服装打样。

量尺寸的时候，他没有少吃过口水。

结果制服发下来以后，所有妹子都发现制服不是袖子短，就是胸围偏小，要不就是腰部这里特别宽广，每每想到是吕子建这个家伙帮忙记录数据，大家就怒意难平 。

楼上市场部的妹子恨恨地骂他："不要脸的东西，居然这么龌龊，把我的胸揣摩得如此之小。"她那几天都是挺胸从办公室面前路过的。

财务部的金会计拿到衣服以后泪流成河，从此只要吕子建去结账，不让他跑个七八次，都不带给他个利落的。

咱们办公室的老太太有次急需要账单核算，让吕子建去打印，会计部的金会计足足为难了他一天，直到快下班才给了账单。

老太太受不了，让吕子建自己去问缘由，金会计绷着脸回答他："我的手脚看起来有那么短吗，我虽然胖，但是我也挺高，别把我想成五短身材！"得了，这一定是袖子和裤腿都短的那位。

说到美工部门的妹子，吕子建已经被她们起了外号：驴子贱。

所有美工部门的妹子腰围一律大上一圈。不得不说吕子建群嘲的本领与日俱增，可是就这么一个情商低到零的青年，他还是不要脸不要皮地往妹子们身边凑。

吃饭通知，帮忙安排住宿，他都要掺和一脚。

"良缘，你得多穿点衣服下来呀，喻老大说你身体虚弱，得多捂着点。"他特别讨好我，将自己的外套往我身上套。

我浑身一哆嗦，闪开身子。

"良缘，你害羞什么呀，我才不会喜欢你这样虚弱的胖子。"他眉飞色舞的。

虚弱的胖子？！

谁见着我胖了？我顿时怒了，怒目于他，他挑着眉头解释："你身材不胖，小脸和小手都是圆润润的，在我们乡下，你这种其实算是好养活的，但是喻老大特地关照你虚弱，我忍不住给你亲昵地起了个外号！"

谁要跟你亲昵！

我狠狠地瞪他一眼，他一耸肩："哎哟，狗咬吕洞宾，不识好人心！"

"你骂谁狗呢？让你来通知吃饭，怎么这么多话呢？"

突然肩头一暖，一件沉甸甸的外衣就披上了我的肩膀，我一仰头，看见喻宇笙正冷着脸鄙视吕子建呢。

顿时觉得心头一热，想也没有想抓上他的胳膊。

他朝我笑笑，摸摸我的头："别跟他一般见识，走，哥带你吃饭去。"他一把揽住我的肩膀，亲亲热热地拥着我往前走。

我长这么大，还没有这么被人搂在怀里宠着呢，脸忍不住就热了

"对了，你有小伙伴了，欢沁晚上的时候也要来，开心不开心？"他一边走一边问我。

我一抬头，看见他唇角边的梨涡，发热的脸立刻就恢复正常了，我听见自己理智的声音在回答："太好了，欢沁来多热闹呀。"

他朝我露出个赞同的笑容。

我敷衍地朝他笑，心情不知道为何，再也没有刚刚那种雀跃的快乐感。

这里的餐厅设在会所里，会所当初的定位是高档餐厅，可容纳上千人，所以特别空旷，来培训的同事们三三两两的一堆盛了饭团在一起聊天。

我们一进门，就看见一抹嫩黄色在桌边跳起来用力挥手，并且大叫："宇笙，良缘，在这里！"

声音脆生生的，带着少女特有的甜意。

原来欢沁已经来了。

# PART 9

## 集合，报复，团队精神

欢沁一蹦一跳地挽上他的手臂，两人一个高瘦挺拔，一个娇俏可爱，就连背影都这么相契。

“哟——小欢沁！”喻宇笙显然很开心，伸手也对着挥了一会儿。完全无视掉在欢沁旁边坐得端端正正，并且目不斜视的叶重台。

我跟喻宇笙走过去，我见着桌上已经盛好了好几个菜，并且还有一大瓶红酒，筷子和酒杯在一旁摆得端端正正的，正好四副。

她一下子就扑过来挂在我的身上：“良缘、宇笙，我知道你们都来了，昨天就闹着要过来了，重台还不让我过来呢。”

我看见黑掉了一只眼圈的叶重台貌似黑着脸坐在座位上，他极少将喜怒挂在脸上，这么冷着一张脸对着所有人，还真是少见。

“重台，你就不要生气了。”她见状随意地推了一把叶重台，转眼又将注意力放在了宇笙的身上，甚至直接建议我：“良缘，你跟重台坐一边吧，我跟宇笙坐一起，我有好久没有见着他了。”

真是一日不见如隔三秋……

我已经不敢去看叶重台的脸了。以前他曾经说过，自己是郝家收养的，一直严于律己，将郝家的这个小公主视为理所当然的No.1，并且以前郝家的这位小公主也是极为看重他的。

两人虽然没有明确关系，但是如同绝大多数的青梅竹马一样，是一直暧昧着的，即便是中间插进了一个初恋和一个追着他跑的女手下，欢沁也从没有放在心上，因为她知道，叶重台最终还是会将她放在No.1的位置上。

他会舍弃一切，只是因为她不开心。

可是现下，郝欢沁却对宇笙有了好感，虽然我是一个情商不高的人，但是我也不是瞎子，还是能从少女闪亮娇羞的眼神里看出点什么的。

叶老大那样敏感又锐利的眼神，应该比我更能揣摩出一些什么吧？

可是他就这么黑着脸坐着， 也不反对欢沁的提议，甚至在欢沁提议换座位以后，他还伸手帮我拉开了身边的椅子。

“那就这么坐着吧。”他淡淡地说道，面上不带一丝表情。

可是欢沁却不知道他在生气，一直坚持要叶老大和宇笙碰杯喝酒：“重台，下午的时候你们不是闹了不愉快吗，你就先敬宇笙一杯，咱们就冰释前嫌，以后大家都还是好朋友呀。”

叶重台垂下眼帘，动也不动地坐在座位上。

我看得出他在抗拒。

欢沁又逼他：“快啦快啦，举起你的杯子呀，不要木木地坐在那里啦，你就是这点不好，总是木木呆呆的，情商不高的样子。”

我悄悄地瞄叶重台，他深呼吸一口气，然后面上挂上一个淡淡的笑意，不紧不慢地站起来，举杯向着宇笙。

喻宇笙也站了起来，我还是第一次看他如此谦虚：“不不不，这次该我敬酒道歉，是我不好，我先干为敬。”

他匆匆一碰叶重台的杯子， 一仰脖子把自己那杯喝了。

气氛很尴尬，我没话扯话：“哦，欢沁也是来一起训练吗？”

欢沁白我一眼：“当然不呀，我是来给你们爱的加油的，你们训练，我做观众呀，我们是一个团体，我们是朋友，我得时刻关心着你们。”

“呵呵……真幽默。欢沁你这么会说笑话，你家人知道吗？教过你的老师自豪吗？”喻宇笙笑得干干的。

“讨厌！”欢沁娇嗔地白了他一眼。

欢沁居然没有听出他话里的讽刺意味，笑得既得意又甜丝丝的，真是个心思单纯的女孩子……我从桌下狠狠踩了宇笙一脚。他面色一整，率先开始闷头吃饭。

我也不知道将这样一群貌合神离的小伙伴拉在一起吃饭的意义何在。

欢沁就跟一个热情的主人一样，时时站起来给每个人布菜，但对于像我这样的食肉动物，她想当然的给我都布了素菜，将荤食全部挪到了叶老大和喻笙那一边，桌子是长方形的，我如果想要夹一些合口的菜就得站起来，那未免也太难看了。

宇笙明显是小公主心目中的新宠，碗中的菜堆得高高的。

叶重台闷声吃着饭，偶然间筷子停下，似乎犹豫了一下，然后夹了一块糖醋排骨放在我的碗里。

“哎，重台，你怎么夹肉类给女生呀，女生都是要减肥节食的，没有谁爱吃带着肥肉的排骨。”欢沁直接出声制止。

喻宇笙抬头，带着笑插话：“欢沁，你别说，良缘她挺爱吃五花肉的，无肉不欢。”

“呵呵，你们都挺了解她的呀。”欢沁干笑了两声。

宇笙看了看叶重台，也夹了一块排骨放在我的碗里，我觉得欢沁看我的眼神都有点微微不友善了，于是埋下头，一声不吭地啃排骨。

叶重台斜眼看我，突然噗的一声笑出来，我听见他低低地哼了一声：“阿憨。”我顿时心如明镜，狠狠瞪了他一眼。

他在原先公司的宿舍抱了一只中华田园犬，那狗丑得人神共愤，眼睛跟黄豆一样大，还是个龅牙，一啃排骨口水横流，但是看着不讨厌，有时还挺可爱。

我跟老大形容过阿憨，我说：“叶老大，阿憨看久了其实一点都不丑呀，丑帅丑帅的。”

叶重台当时正在品茶，一口茶水喷了满地，阿憨立刻跳起来，憨态可掬地用自己丑帅丑帅的毛皮把那块湿地给滚干了。

“你看看，你以后要是有小孩，也该跟它一样满地撒欢，都是你宠的。”他眉目之间都是温柔和笑意。

“它啃排骨的样子，都跟你一样，口水滴滴的。”

好吧，他一定是想起了往事，眸子都是柔柔的，欢沁咳嗽一声，站起来，过来扯叶重台的袖子：“重台我饱了，你送我去住的地方。”

叶重台缓缓放下手里的碗筷，站了起来，朝我和宇笙微笑：“她住在高级区，要在度假村内坐车过去，先行一步了。”

欢沁一蹦一跳地挽上他的手臂，两人一个高瘦挺拔，一个娇俏可爱，就连背影都这么相契。

“别看了，人家叶重台都走远了。”喻宇笙索性把一盘子番茄肉都倒我的碗里了：“多吃点，你男神不在，可以放开肚皮吃。”

我白他一样，奚落他：“那欢沁女神不也走了，你失落吗。”

他突然停下夹菜的动作，歪过脸来笑着看我：“良缘，吃了番茄肉，说话都酸溜溜了呀。”

我决定闭嘴，食不言寝不语，是由古至今的好传统。

早上五点半的时候，尖锐的哨音响彻我们这一片区，这里倒不是只有我们公司一个训练团队，还有其他公司的，我看见穿着不同颜色冲锋衣的女职员散乱着头发，从楼上奔下来，各自寻找自己公司的标志。

欢沁站在路边上，笑眯眯地看着我，提着个大塑料袋，哗啦啦的一路又蹦又跳地直接向我冲过来：“良缘，周良缘，你等等我。”

她也穿着这次公司发的冲锋衣，是桃红色的，衬得她的肌肤更加白似雪，眉目甜美，一颦一笑皆是风景。

“欢沁你改变主意也去集训了？”我好奇地问她。

她点点头，又很快摇摇头：“不不不，我还是给你们加油好了，不过怕你们早饭吃不好，带了些昨天在超市里匆匆买的早餐牛奶和面包，听说这里的早餐很简单，估计你们很快就会饿的。”

“喏！”她用力一提，给我看，那个塑料袋非常之大，里面像是塞满了东西，袋子的拎绳将她的手勒出了好几道红印子，看样子在这里等了一段时间了。

“欢沁我来帮你提着吧。”我提议，伸手去接，她朝我摆摆手，拒绝了我的帮助。

“你马上要去训练呢，要保持好体力嘛，这些我拎着就好了，我要做好后勤工作！”她朝我傻兮兮地笑。

她拥着我，向广场那里的喷水池走去，广场上已经有好多同事等在那了，凑在一起交流着什么。吕子建穿着男同胞们统一发放的绿色冲锋衣，缩头缩脑地原地跺脚，远远一看像是一只巨龟一般。

他眼尖，第一时间瞄着我和欢沁，振臂大叫："良缘，快来大部队这里集合呀。"他就这么口里叫着我的名字，人却是冲着欢沁，一脸兴奋地冲过来，从欢沁手里想要把塑料袋抢过去："哎，是郝助理的妹妹呀，来来来，我帮你提着。"

"你谁呀，你干吗呢，走开走开！"欢沁被吓了一跳，跟他拉拉扯扯的，塑料袋被扯开一道口，瞬间瓶瓶罐罐的撒满了一地。

欢沁又怒又气，扬手就给了吕子建一巴掌："你就跟郝韵一样，又讨厌又上不了台面！"她一怒之下，居然连未曾露面的郝助理都怪上了。

吕子建被她甩了一巴掌以后，整张脸都涨得通红的，他虽然表现得猥琐了一点，平时也有点市侩，但是该有的自尊还是残留了一些的。我看他又羞又气的样子，很怕他去回击欢沁，赶快打圆场："哎呀，也不用提着了，欢沁想要分给谁，现在就各自拿过去，完全不是问题呀。"

"真恶心，最讨厌这样的人！"欢沁跺着脚，朝着姗姗来迟的喻宇笙哭着跑了过去。

宇笙还一头雾水，伸手扶住她，压低声音不知道和欢沁说了什么。我远远瞅着，欢沁哭着哭着居然噗嗤一下笑出声来。

站在我身边的吕子建依然涨红着脸，小小的眼睛里露出丝丝怨恨的情绪。看样子，这是恨上欢沁这位大小姐了。

我一推吕子建："快去集合吧，这里我来弄吧。你也别怪欢沁，她有些孩子气。"吕子建哼了一声，扭头就走，一路过去，有不少人在旁边指指点点了。

吕子建追求郝助理是大家都知道的事情，今早这么一闹腾，人人都以为他有了新的追求目标。

有个跟他同期毕业来公司的小伙子还在打趣他："哟，生活技能升级了呀，追求对象都上了一个档次了。"

吕子建狠狠地瞪了他一眼，眼神又恶毒又怨恨，居然将那个小伙子给吓得噎住了。

“走着瞧，装女神一样，我看你一辈子是不是都这么得意！”他低低地诅咒，我见着吕子建将拳头握得紧紧的，不过，不到两分钟，他就又将拳头给松开了，并且脸上带上了一贯卑贱的笑容。

集合的时候，他已经恢复常态，又开始向每个妹子献殷勤：“你们都别怕呀，这里有我，要是遇到过不去的坎，哥哥我趴在地上也要给你们做垫脚石。”

所有的女同事都笑得花枝乱颤的，有个妹子一边笑一边打趣他：“你量尺寸那会儿要是有这么伶俐，大家怎么会鄙视你。”

他夸张地大笑，转过来问我：“良缘，你这个性不好呀，都不跟同事多乐呵，一个人站在一边多没有意思。

我跟着笑，回答他：“我平时其实挺外向呀，小时候还是拉拉队的队长呢。”

他哎哎两声，一转眼看见喻宇笙已经跟欢沁道了别，正往队伍这里走来，他迎上去，向宇笙解释：“我不是故意的……”

喻宇笙一拍他的肩膀，笑嘻嘻的：“小女生耍脾气，哄着点，千万别生气。”

吕子建满脸都是诚挚的笑容：“怎么会，良缘在旁边一直看着的，我被拍得好开心的，她就这么啪一巴掌，我还准备转另一半的脸凑上去给她抽呢，结果她自己吓跑了。喻老大，你这个妹子，别的都好，就是脾气太大了点。不过长得那么漂亮又有钱，值得了。”他脸颊上还带着欢沁的五指痕迹，满脸堆笑的谄媚样让我实在看不下去。

喻宇笙只是含笑拍拍他的肩膀。

他走过来从我手里接过面包和水的时候，长长叹了一口气，压低声音对我说：“得了，宁愿得罪君子，也不能得罪小人，欢沁又不在公司里工作，咱们两个以后得小心地对付他，别看他嘴巴里说得好听，我看他那眼神一直恨恨的，对不起啦，良缘，又让你躺枪了。”

哎？这怎么就跟我联系上了呢，我从头到尾都是酱油君的角色吧，还用小天使的笑容安慰了被打得满脸涨红的吕子建。

常常跟欢沁开开心心在一起的又不是我周良缘，就算是被报复针对，怎么也不会扯到我的头上来吧。

我就算是联想再多，都觉得吕子建不会将我也划入仇视的行列。

但是，当我心中有芥蒂的时候，看着吕子建不时转头过来偷瞄我和宇笙时，还是不可避免地抖了一抖。

其实，周女士在世的时候，常常嘲笑我看人看事过于简单，她过世后的几年里，我也经历了一些风雨，总觉得自己为人处世稍稍进步了些。

事实证明，我还是太高估自己了。

吕子建就像是宇笙说的那样，真的把我跟宇笙就这么莫名其妙地给记恨上了。排队选各队队长时，需要一个常常和教练联系，并且负责道具搬运，能鼓励成员的人。

叶老大事先就警告我了，女生这队，有个总部经理的侄女特别有官瘾，平时在公司做个小职员，私下郝助理一行一起吃饭时，她便扯着经理的袖子，一直嚷嚷要做拓展训练的小队长。

重台当时也答应了，偏偏忘记同教练知会。结果推荐队长的时候，吕子建小眼一转，直接就把我给推荐上了。

“我选周良缘，她……嗓门特大，扩音器都能省一个！关键是，她刚跟我说，她从小到大都做着拉拉队的队长呢。”他隔着人群大叫。

等等……我举手想反驳，教练非常开心地做了一个举枪集中的动作：“哦，这位女同学非常勇敢，我看见她自己也举手自荐了！让我们为她的勇敢鼓掌！”

哦，不，我激动地想要辩解。欢呼和掌声立刻盖过了我的声音。

“下面我们来选一队和三队还有四队的队长。大家可以推荐自己觉得可以胜任的人。”教练完全无视我的呐喊。

喻宇笙回头给我一个同情的眼神。并且，同队的那位少女，已经用她非主流的黑眼圈瞪视我了，我实在分不清哪个是她的眼圈，哪个是她的眼，不知道该赞叹她的眼圈画得够大，还是惋惜她眼睛生得小。

叶重台十分无奈，站在队旁，看大家乱糟糟又兴奋无比地互相推荐着对方。

最终定下来的队长要去领取活动的道具，为了活跃开场气氛，教练选择让大家做一项小时候都玩过的游戏：夺椅子。

大家都玩过或者听说过，每一圈椅子数都会减少，一直到最后一圈，只会有两到三人留下。

四个队的队长都要去搬椅子，我跑在最后，等我到那里时剩下的椅子都是摇摇欲坠的。

"良缘，要加油呀！"欢沁偷偷跑来帮我来回地搬椅子，一边走一边问我，"我听重台说，不是让小岳萍做队长吗，怎么选了你。"

她睁着一双无辜的大眼睛，我还真不忍心告诉她，就是托她的福，咱被吕子建给硬生生推荐上了，其实在这里做队长有什么好呀，第一得罪了未来的同事，收获敌视队友一枚，第二，吃饭要最后，道具要帮忙搬送，体力都比别人耗费一倍呀。

椅子搬好以后，欢沁冲我做了个握拳要加油的动作，躲得远远的看我们。

我们队伍里大多数是妹子，分配的时候，教练有意打散了一些，加进来几位男同事，但是更多的是别的城市来的娇滴滴的妹子，亲友团不肯分开，调走一个都泪眼婆娑的。

公司里裙带关系严重，做教练的已经帮我们训练了好几期了，当然明白个中利益所在，他也分不清谁是有后门的谁是草根，一旦有人哭腔求饶，他就睁只眼闭只眼的过去了。

所以最后我们队要比其他队要多上3人。

并且新加进来的都是看起来十分羸弱的小伙子。

"来，咱们来转起来。抢不到椅子的待会要受罚。"教练吹了口哨，全队的人你推我挤地走动起来，第一小队最后一圈抢椅子的时候，喻宇笙突然一手举起一张椅子，高高扬起。谁都没有办法坐下来。

等哨音落下，他一个人坐得稳稳妥妥的。

大家都静默了。

"看见了吗，这才是精髓，得有力气抢了举起来！"有人悄悄发表感悟宣言。

我们是第二小队，上去转的时候，由于参照了宇笙的做法，每个人都开始疯狂地抢椅子，那椅子被抢得咯吱咯吱的。

妹子们也不复以往娇弱，你争我抢的。哗啦，最后一圈的时候，有两张椅子被大家掰散了，一人拿了一个部件，妥妥地坐在了部件上。

教练一副啼笑皆非的样子。

四队游戏结束，教练的脸色已经不能用黑来形容了："亲爱的队友们呀，这是我看到的最荒唐的一次比赛，你们的团队精神呢，你们的智慧呢？"

他口若悬河地说了好多，最终，所有的人都被宽恕了——除了第一个将椅子高高举起的喻宇笙，他被罚去绕着草地操场鸭子步来回十次。

"请记住，一个人的英雄主义，不代表全局的胜利！"教练是这样对他说的。

"收到！"喻宇笙玩世不恭地向他敬了个礼，十分愉悦地去跑鸭子步了。我瞅着都揪心，那草坪可宽广了，一个来回距离好长。

他自己玩得挺开心的，有时路过我们这里停下来，他还冲着我挤挤眼睛，倒是欢沁有些不放心，拎着个小袋子，里面放着矿泉水，见着他停下就跑去问他喝不喝水。

那教练瞟了欢沁两眼，有些忐忑，在他跑第五圈的时候，忍不住挥手叫喻宇笙："那位同学归队吧，别跑了，心里知道就行了。"

喻宇笙笑眯眯地又跑回来了。

欢沁板着脸朝着再一次偷偷看过去的教练翻白眼，无所畏惧的样子让教练吃了一惊，看看叶重台，见他依然保持着温和的微笑，教练又重新恢复了严肃的表情，同我们讲解这几天所需要经历的一系列活动。

我曾经在企业内刊上见过这些项目，比如空中跨越断桥，信任摔背，穿越铁丝网等等，叶老大那张沐浴在阳光下的照片至今还记忆犹新。

相较于那次主动参与并且领队的地位，这次叶老大更多的像是协助教练一般，他没有归为任何一队，只是在队员需要协助时，上来帮一把。

我们做了培训总动员，听起来又刺激又新奇，有队员跃跃欲试。

"咱们第一个项目就从穿越电网开始吧。"教练摊开手，把手里的图片展示给我们看。原来就是在两根铁柱中间牵起巨大的网线，意义等同于有万伏高压可击穿任何物体的电网。而队伍里的所有队员，每人只能穿行一个洞口，并且不能触及任何绳线。

每穿过一条便要封闭掉一个洞口。

第一队上去的时候，我看见喻宇笙嬉皮笑脸的挑了个最大的矮洞第一个穿了过去。然后他又折了回去，站在网边。

“瘦点的要不先安排小一点的洞口？”他提议，“李教练说要团队精神，咱们要不一起扛着要穿越的队员塞过去呗。”

他们队里最瘦小的就是吕子建，喻宇笙一咧嘴，露出一口白牙，指着最高端的那个小眼提议：“咱们吕子建最热心关心女性同胞，男性同胞中他体积最小，女性同胞里，他胆儿最大，最高的那个网眼就留给他呗。”

那网眼有一人多高，得成年男性高举双臂才能够着。

吕子建吓得鼻涕都出来了，小眼睛眨巴眨巴的，同队的队友掂量着宇笙的话，都表示认同，直接把他就扛上了。

宇笙将手举得高高的，手一触及吕子建的腿就大笑：“你抖什么呀，这么矮的地，比女人还都不如。”

我看见他哎哟假装松了一下手，恰恰在要触及网线的时候，又给吕子建给托了上去。吕子建那微长的头发蹭着铁丝网，被整个刮掉下来了。

“教练，这不算吧，他身体没有碰着，刮下来的是假发，不是他自己长着的。”喻宇笙大声问教练 。

教练顿了一顿手，又挥了挥，示意可以无视假发。喻宇笙伸手摸了摸吕子建的秃顶，他这估计是遗传问题，就中间那一小撮不长毛，吕子建似乎受到了强烈打击一样，闷声不开口。

后面的女性同胞笑成一团，吕子建过了线以后，脚都没有落地，就被喻宇笙一把提过来整个拎在手上了。

“看着没有，这才叫脚踏实地的团队精神！”喻宇笙提着他悬了他几分钟的时间，然后一松手，吕子建整个跌坐在地上了。

“腿还在抖吗，来，别怕，像个男人一样起来跟我接第二个队员嘛。”

宇笙轻快地一拍他的后背，吕子建的脸涨得通红。

他一把抓起地上的假发，匆匆戴了上去，跟着喻宇笙从善如流地将手举得高高的，迎接第二个同事的穿行。

我瞅着吕子建掂着的脚还在颤抖。

等到我们第二队电网穿行时，整个全军覆灭了，谁都不愿意落后，都挤在前头找靠地的大洞网眼钻。

那几个瘦弱的男性同胞不要说帮着托同事了，一连碰了好几个洞眼，乱七八糟的封闭了好几个出口。

教练都看不下去了，吹了口哨来训斥："你们这队怎么一点秩序都没有呢，队长缩在队伍后面做什么，你要学会和你的团队一起去解决问题呀。洞口封闭了那么多，你觉得这样还有继续的必要吗？"

我哆哆嗦嗦地就上来了，那几个从总部过来拓展训练的妹子眼神不善地看着我。

我特没有骨气地赔笑："要不咱们就随便努力一把呗。咱们分配几个人也像一队那样从下面托着……"

"呵呵。"那位岳小姐高贵冷艳地朝我笑。

然后第二次继续的时候，她们索性每个人都碰到网了。

如果说一队，三队，四队，可以用精英队，普通队和行动力略低队这三个形容词分别形容的话，我觉得我们二队这种破釜沉舟地追求最落后成绩的精神其实也同样蛮值得表扬。最起码破罐子破摔这点，得到了整队队友的认可。

不管教练放了几次水，最后甚至整合一队的队员过来帮忙，那几位大小姐都如同僵尸一般，直挺挺地踩着网过。没有一个是配合着过去的。

宇笙也学着岳小姐呵呵笑，一把就把她拦腰抱起来了，那位岳小姐发出杀鸡一般的惨叫声，宇笙把她头朝下脚朝上的直接扔过了最大那个网洞。

"宾果，中！"宇笙一个振臂，这次果然没有碰着任何东西。

"Good Job！"叶重台微笑着神补刀，在那位小姐撇嘴要号啕大哭的时候，清晰又温和地赞扬了一句。

喻宇笙立刻眉头舒展，朝叶重台挑了挑眉头："夸得诚实。"

他又张开手，笑嘻嘻地问其他几个妹子："需要哥哥继续服务吗？"

那几个妹子吓得花容失色，立刻从软面条变成了革命女战士，服从度百分之一千，被一队的男士们托着，都顺利通过了电网。

教练最后让总结的时候，还有几个妹子依然克制不了自己被伤害的情绪，抽抽搭搭地扯着手帕纸在哭泣。

教练问："你们从今天的拓展训练里学到了什么？"

吕子建沉痛地总结："不要戴不牢固的假发。"

喻宇笙深刻地总结："不要太宠着妹子，该出手时就出手。"

几个妹子大哭着总结："强扭的瓜不甜，强烈要求换一个让群众都喜闻乐见的队长。"

总之，没有一个人的总结和团队精神靠边，教练的脸黑了又青，青了又黑，终于在暴走的边缘克制住自己，极为有风度地做出一个解散各自活动的手势。

"教练，我想辞去队长的职务。"等所有人都散开了，我偷偷去找教练。

教练问我："家里有人在公司做高层吗？"

啊？我摇摇头。

他又问我："有情侣伙伴什么的在做决策层吗？"

我又摇摇头。

他露出一个高深莫测的笑容，拍拍我的肩膀："好好锻炼。做队长能够学到在工作里学不到的东西。你懂的。"

我不懂呀，教练。你到底要说些什么？我茫然地思考了好一会儿，终以不得要领终结了长长的思考，我所懂得的是：绕了一圈，我还是得继续做这个吃力不讨好的队长。

晚间吃饭的时候，每队队员都热情洋溢地团在一起聚餐，我这队妹子多，也聚在一个桌上聊化妆品聊衣服。

我捧着饭盆也凑过去了。

"呵呵，队长好呀！"岳萍倒是没有赶我走，居然还用她高贵冷艳的笑容欢迎了我。

我立刻觉得受宠若惊，刚举起手来想要回答岳萍，融合一下难得缓和的关系，喻宇笙从旁边一把把我高举的手给握下来了："真巧，跟我和叶重台一起坐呗。"

他就这么硬生生地把我扯走了。

"你干吗呀，我刚跟队友关系缓和点。"我责备他。

他朝我露出个似笑非笑的表情："你知道吗，良缘，我就是喜欢你这种，永葆童真和天真。"

他揉揉我的头发："有一种人呢，天生就不会变成朋友的，不管你怎么示弱，用实力征服她们或者容忍她们，只能二选一，别想着用正能量征服世界 。"

叶重台坐在座位上，斜睨了宇笙一眼，突然轻轻笑了一声。

"她吃点亏就懂了的，你这么说她不明白的。"他像是想起了什么往事一样，眸子瞄向我的时候带着暖意，唇角的笑容越发熟悉。

"收起你猥琐的笑容，别整的跟咱们家良缘有过多少回忆一样。"喻宇笙啪把饭碗就砸在叶重台的前头了，重台敛了笑容，表情恢复到之前的淡然疏远。

欢沁坐在他的旁边，一声不吭的，此时心里不知道想些什么，而后我听她用一种极为缓慢的语速插话进来："我觉得，你可以对重台和良缘之间的情谊宽容点，不用说得这么刻薄。"

喻宇笙挑挑眉，很惊讶地看了欢沁一眼。

我汗毛立刻倒立。

这还是欢沁第一次提到我和重台之间的事情，之前在她来看，我只是傻乎乎地追着叶重台的众多追求者之一，因为知道叶重台将她放在第一位，从来没有正视过我追过叶重台的事情，即便知道我暗恋过老大，她也能云淡风轻地跟我亲亲热热挽臂逛街吃饭

不是不介意，而是竞争对手太过于渺小，可以无视。

现在这话的意思……

"好啦好啦，吃饭要保持好心情哦！有我爱吃的大虾。"欢沁像个孩子

一样，见着桌上的虾，笑得天真又可爱。

我抬头看向叶重台，他表情变也没有变，依然淡淡的，唇角习惯性地微微上弯，他剥好一个水煮虾，放在欢沁的碗里。

欢沁吃得一脸酱汁，叶重台探手过去，替她擦掉了唇边和脸颊上的酱汁。

他们依然如此默契，这倒是让我无从追究叶老大的心情了。

“给你两个。”喻宇笙连壳带须空投给我两只同样大的，朝我做鬼脸：“你又不是公主，不需要我剥给你吧？”

我好笑，也空投两个给他，他举碗来接，我们俩个玩得不亦乐乎。

心情这么好，谁还会用旧事来束缚住自己？我索性一顿吃了三碗饭。欢沁的表情简直是难以形容，她甚至在我打着饱嗝回宿舍的时候，偷偷问我：“良缘，你吃这么多，是怎么保持身材的？”

我还没有说话，她又疑惑地问我：“是不是你的肉都长你两边脸颊上了？”

再也无法愉快地做小伙伴了。

回宿舍的时候，欢沁坚持要送喻宇笙，也不知道宇笙给她讲了什么笑话，她笑得前仰后合的，伸手追着宇笙拍他的后背，宇笙秉承一贯不吃亏的性格，老早跑开了，两人一路嘻嘻哈哈的，不知不觉就和我们拉远了距离。

叶老大走在我的旁边，昏暗的灯光下，我悄悄瞄他的表情，他居然神奇地弯起了唇角，笑容虽淡，但也看得出他心情不错。

“好了，别偷看我了，我没有因此受到任何刺激。”等到我们两个和宇笙他们拉开了有一段距离了，他突然伸手拍了拍我的头，十分开心的样子，“这么看，欢沁跟喻宇笙还是挺般配的呀，真不错。”他居然用一种欣慰的眼神在目送两人。

我看着远去的两人，心里却是说不出来的堵。

“哎？倒是你看起来很不开心的样子。”叶重台意有所指。

他问我：“良缘，你为什么不开心？”

我无法回答这个问题，自己想着都挺迷茫了。

叶老大体贴的迅速换了话题：“你现在沉默很多呀，我记得以前我们一起的时候，你总是叽叽喳喳说各种笑话给大家听，无忧无虑的样子。现在这是因为跟着喻宇笙，天天替他收拾烂摊子累了吗？哈哈哈。”貌似他提到喻宇笙的烂摊子就挺开心，笑声十分畅快。

我莫名烦躁，口气也不甚友好：“都以前的事情了，跟宇笙又有什么关系，现在不是流行高冷吗。我正努力做一个高冷的女神，哈哈……”最后的笑声是为了弥补说话太过于僵硬而特地加上的，叶重台斜眼看了看我，将嘴角弯了弯，也不揭破了，做了个让我走在前头的动作。

我也不知道为什么，和叶重台再次两个人散步回去，再也没有了以往的和暖氛围，有的只是沉默，我们一前一后的走，快到女生宿舍楼下的时候，他突然叫住我，细细叮嘱我：“良缘，做队长不开心就请辞呀，也不是太严肃的问题。”

关键是教练根本不给我请辞的机会嘛，我朝着叶重台耸耸肩用很轻松的语气告诉他：“没事，我应付的来。”

应付的来才怪。

第二天一早领早餐的时候，她们就再次集体给了我一次下马威。

各队的队长都会叫上自己队伍里的帮手，从教练那里领取早餐，然后帮手会协助发放早餐，今天的早餐尤其丰盛，有大米粥，还有八宝粥，满满的有三个大桶，加上包子馒头和配餐小菜，我一个人还真拿不过来。

教练还设了时间限制，时间内未及时领取的队伍，就只能饿着肚子。

吃饭的地儿和领餐的地方有十五分钟路程，别的小队都已经把桶给抬回来了，我们小队的队员还有在睡懒觉的。

我发了狠，就只提了包子和馒头回来

按一人两个的标准分发下去，岳萍姗姗来迟的时候，大家都已经将馒头和包子啃得差不多了。

她见着桌上放的馒头就发怒：“怎么我们这组没有粥？”

我咬着包子，将地区分布图给她看：“喏，这块，想要自己去领。”

她怒极反笑，对我直点头：“嗯，你很好，做的不错，我记住了。”

我也笑嘻嘻地答谢她：“不客气，是我应该做的。”

她一怒之下，一拳将我之前放在她位置上的馒头砸成了饼状，恶狠狠地向我示意。这又有什么难度？我也不甘示弱，丢下自己吃着的馒头，将它拍得更扁更结实，并且还把它从桌上抠起来，吃得更加香甜。

“点赞，这个方式吃起来更劲道。”我向岳萍再次致谢。

“不可理喻！”她气得没有吃早餐就直接去了集合点，由此可见，拓展训练的精髓在咱们这组是不可能领悟到了，不要说团队精神了，我琢磨着，这一次训练下来没有仇人死磕到底的怨念就已经很不错了。

“噗……哈哈哈哈……”有人笑得直呛，我一扭头，看见正在低头擦衣服的喻宇笙，他一边擦一边浑身抖动。

“良缘，你跟岳萍这哑剧演得好呀！”他指着桌上另外一个被拍成饼的白面馒头大笑。

我翻了个白眼赠与他。

心中却难免觉得前途一片艰险。

到了集训地的时候，我见着岳萍和队伍里另外一个圆脸的姑娘凑在一块，躲在一角低声说话，不知道说到了什么愉悦的话题，两人的脸上共同露出一个长松一口气，扬眉吐气的表情。

那姑娘真是颜艺青年，挑眉得意，简直比得上舞台剧选手。我观察她良久，情不自禁地也跟着她挑眉，抖动自己的眉头，真别说，越抖还越开心，我沉浸在自己欢乐的世界里了。

隔了老远，喻宇笙一回头还是被逗乐了，他冲我乐：“良缘，你的表情真是活泼又可爱，充满了纠结的快感。”

这都什么形容词呀，我狠狠瞪他一样，他嘻嘻笑。

“良缘真可爱，今天也要加倍努力呀。”站在一边的欢沁用她热情洋溢的语气来鼓励我，她最近几天就跟一株得了养分和水分的鲜花一样，绽放出少女独有的青春美貌。

我朝她做了个健美运动员常有的举臂动作，她顿时笑得花枝乱颤，年轻又天真真是美好呀。

# PART 10

## 示范，跳高台，白富美的表白

他的表情同我第一次见着他时重合了，明明笑着，但是周身却笼罩着一层悲情的色彩，我不知道怎么去应对，只能将大部分注意力都投注在他的身上。

今天的训练项目是两个大项，早晨这项是信任摔背。

一队所有的队员经过昨日的磨合，搞得跟特种精英部队一样，上去就闭眼倒下来，将近两米多高的台子，就跟不存在一样，每个人都做得干净利落。

吕子建这次破罐子破摔了，顶着秃头造型就上去了，他对假发产生了极高的怀疑，摔下来以后，才抖抖索索从口袋里掏出来重新带上去。

轮到我们这队时，我深吸一口气，一一扫视过本队队员，见着岳萍脸上抖动的肉，揣摩她心底一定激动到了一个境界。

她在等着机会的到来。

果然，她开口提议："咱们这队让队长先上做个示范，咱们一定唯队长马首是瞻，队长，加油，就都看你的了。"

我看看那么高的台，又看看台下伸出来的手，一双双跟打折了一样无力。

"好吧，我先示范一次，请大家一定要接好我！"

"好！"这口号出乎意料的一致，我差点鞠了一把老泪，这是咱们拓展训练以来，最具有团队精神的口号。

我路过喻宇笙那边的时候，他伸手拽住了我："良缘，要不，咱们……"

"装死。"我快速地低声回答他，他眉头一展，露出一个贱兮兮又放心了的笑容。

我走上将近两米高的跳台，做了好几个下蹲再起的动作，突然振臂大叫："台下的伙伴们，接住我。"

下面异口同声："请相信我们。"

然后我做足姿态，纵身原地一跳，看着岳萍那几个人十分有默契地松开了手臂，接着的手臂顿时少了一半，我要是真跳下去，后背落地，不是脑震荡也得是部分方位骨折呀，这可真狠毒，台下惊讶声不断，于是我就如众人所愿悄声无息地软倒在了台上。

喻宇笙不愧是实力派演员，他第一个反应过来，一边愤怒地指责下面的岳萍一边撕心裂肺地叫我的名字，飞快地冲上台将我一把抱起，直接就往每次训练前教练事先告知的医务会所奔去。

"良缘，倒得好！听说医务会所有免费提供的葡萄糖饮品和面包卷。"他赞我，心情十分愉悦。

用他的话形容给医生同志就是："早饭没有吃，极度紧张，导致短暂昏迷。"这应该是常有的事情，医护人员在我睁开眼睛后几乎不疑有他，塞了面包和饮料来，我和喻宇笙立刻找到了郊外度假的感觉。

中午过后，欢沁和叶老大来看我，彼时我正躺在床上吃躺在另外一张床上的喻宇笙伸长手臂塞来的橘子，两个人沐浴在会所休息区的阳光中，就差人手一副墨镜戴着以彰显幸福快乐的心情了。

"岳萍被调去了一队了，现在整合了一下，把刚刚临时撤掉手臂的都调整去了一队，你放心吧，不会再有人跟你作对了。"叶重台冷着脸，貌似很不开心的样子，"这事我回去会好好回复她的爸爸的，如果再继续这么娇宠下去，我倒是想要建议岳萍可以不用来集团上班了。"

欢沁在旁边点头，用一副同仇敌忾的表情握拳："我赞成。"

"雷厉风行，像个男人！"喻宇笙举起大拇指，笑嘻嘻地夸奖叶重台。

欢沁撅着嘴，过去抢他手里的橘子："宇笙眼里就只有表妹，没有好朋友，我在那里看着，良缘出了事情，你也不叫我一起来，看你急匆匆的样子，我以为良缘真的出大事了，吓得都没有敢跟来，怕给你们添乱。"

喻宇笙满不在乎地安慰她："放心啦，咱们家的小良缘心理素质这是杠杠滴，我那时天天在她面前寻短见，她也冷着一张脸淡定地挺过来了。"

我鄙视他。

叶重台突然插话问我："良缘，你还要继续后面的训练吗？如果想要临时退出，我可以给你批假条。"

喻宇笙举手："我也需要一张，我突然觉得胸闷气短，消化不良。"

他当然会消化不良，他刚才一共吞了大概 6 个面包卷了，一口一个，仗着自己笑起来可爱，把护理小妹妹逗得开心无比，顺带多取了些食品给他。

"我觉得我可以继续。"既然组员都换掉了，我还有什么逃避的理由。

中午饭后，培训基地来了一辆黑色的本田小车，十分普通的款，悄声无息地滑入林荫道上，我跟宇笙还有欢沁正巧从会所往训练的地方走。

三人都悠哉悠哉的。

车窗摇下来，宇笙不经意一回头，整个人都僵直了，我见着他原本微微翘着的唇角缓缓放下了，眼睛也微微眯了起来，似乎看到了什么令他意料不到的人。

我顺着他的视线看去，那车里坐着一位美艳的年轻少妇，年纪不大，却是成熟的披肩大波浪，浓艳的妆容，岁月在她眼角烙了些许细碎的痕迹，但是妩媚却是从她骨子里流露了出来。看着眼熟，貌似就是前几次和宇笙闹不快的少妇。

此时，她正将自己半个身子探出来，做了一个极为魅惑的动作，伸出手指来朝着宇笙钩了钩："宇笙，来车上坐坐嘛。"

喻宇笙紧紧抿着嘴不吭声，身子僵硬得像块石头。

车上的少妇还在挑逗他："哟，你就这么点胆了呀，都不敢私下跟我聊聊天吗？"

欢沁瞅着宇笙的表情不快，她一下子就炸毛了，斜睨车里的少妇问："喻宇笙，这个老阿姨是谁呀，说话捏着嗓子听得真难受。"

宇笙嘴角扯了扯，拍拍欢沁的头，笑："一个无关紧要的人，咱们走。"

他果然手插在口袋里，目不斜视地往前走，欢沁有点愤愤的，但是却乖巧地跟了上去，我路过车窗的时候，那美艳的少妇眯了眼睛打量我，似乎很疑惑的样子。

而后，她扬声笑：“宇笙，你不想跟你亲爱的妈妈聊聊刹车的问题吗？“

喻宇笙一下子刹住脚，脸一下子就白了。

他就站在那里，木木的，呆呆的，却又丝毫不愿意挪动脚步，我上前去，冷着脸对车窗里的少妇说：“他马上有训练，没有时间跟你聊天了，请回吧。”

少妇极为嘲讽地笑了一声，用她那双挑逗人的桃花眼斜着看我，啧啧啧了两声，正要说些什么，喻宇笙像是找到了崩溃点，像个狂狮一般扑了过来，将我挡在后面，一拳砸在她身旁的车框上，咚的一下，竟砸凹进去一块。

那少妇显然被惊呆了，触电一般把自己的胳膊和半个身子缩进车里。

喻宇笙指着她的车问：“还要继续吗，我跟你说，你不用威胁我，咱们都不得好死，都是要下地狱的人，迟早而已。不用想着逃，我会有报应，你也逃不过。”

他眼睛都红了，像是要哭出来一般，却又嬉皮笑脸起来，学着电视里的某个角色，振臂呐喊：“不信抬头看，苍天饶过谁。哈哈哈哈哈……”

少妇显然被他的疯狂给彻底吓到，脸红地低声骂了一句：“神经病。”

她开始摇窗，想要发动车，哐当一声，我听见玻璃被砖块砸碎的声音，原来是欢沁举着板砖把她另外一侧的车窗玻璃给砸了。

欢沁平时都娇娇弱弱的，但发起火来跟个小炮竹一样，她从自己口袋里掏出一个皮夹，点了一叠票子摔进车，暴跳如雷地指着少妇骂：“你骂哪个是神经病呢，你说说看，你骂一句，我就砸你一个窗，看你开着开窗车开心不开心。”

我乐了，这孩子一边撂狠话，还一边做散财童子丢票子，真可爱。

喻宇笙本来颓废着傻乐，看着欢沁这样，特感动地摸了摸她的头，对她说：“欢沁，砸窗户就够了，钱不用点给她，我家老头子会弥补更多给她。”

那少妇慌忙开车走人，车子歪歪扭扭地晃了一晃，很快就跟醉汉开车一样，把车给开出去了。

只是宇笙从那时起就再也没有敢和我对视一眼。即便是我同他说话，他也是低着头，玩着手机回答我。

我总是觉得他在刻意同我疏远，他这样突然镇定下来，让我从心底感觉到了恐慌。

不知道为什么，我总是忐忑不安的。

他的表情同我第一次见着他时重合了，明明笑着，但是周身却笼罩着一层悲情的色彩，我不知道怎么去应对，只能将大部分注意力都投注在他的身上。

到集合点的时候，教练笑眯眯地问我："周良缘队长，你还能继续吗？"

我挺起胸膛，像个士兵一样回复他："没问题。"

当然没有问题，咱们这队调来的都是一队运动素质较好的，包括喻宇笙在内，协调性好，人又灵活，反观一队，剩下的队员和岳萍那队姑娘一整合，都是垂头丧气的。

岳萍估计是被叶重台好好训了一顿了，整个人连头都不敢抬。听见我回答的时候，只是用脚一个劲地踹地面。

下午的拓展培训项目更加可惧，三四层楼高的高台上，要一个一个从断口的木板上跳过去。

这是临时更换的项目，大概是怕早上的情绪影响到大多数人，决定在重塑团队以后，再次用大型的活动凝聚起大家的信念。

这样凝聚团队精神的出发点并没有错，但就错在教练遇到的是一批极为不靠谱的人。一队的队员经过调整以后，三三两两的，大家都意兴阑珊的样子，谁都提不起精神再战夺胜，队长站在场中拍了好几次手，团员都聚不齐。

因为岳萍和其他几个女职员打死也不愿意上高台。

岳萍是第一个跳出来强烈要求不参与此项项目的，她从一开始就拒绝同队长沟通，一个人站在场地边缘用一种强硬的态度拒绝："我拒绝走这么高的台，太危险了，要知道我妈妈只生了我一个，出了事，我们家就要绝后了。不行，no，绝对不能够。"

队长一副崩溃的样子，叶重台走过去，居高临下地问她："你确定不上去？那么这次回去绩效考核不一定会高，就算是岳经理在总部，你也未必能一定留在总部，评分低的话很可能要分到分公司实习一年再回来。"

岳萍一副泫然欲泣的样子，无奈叶重台的表情很是淡漠，这次他连微笑都欠奉，于是岳萍缓缓抬眼向四周寻找同盟军，她扫了我这里一眼，面上突然露出些许喜色。我头皮顿时一麻，心中有一种不好的预感。

喻宇笙靠我旁边，懒洋洋地同我耳语：“怕什么，她这是要山寨你而已。”

“不会吧？”

同一招用上两次，可信度为零呀。

一队集合的时候，岳萍终于垂头加入了队伍，整个人表现得十分恹恹的，像是脱了力一样，走上高台台阶的时候，她突然身体就软软地瘫倒了。

“都靠边，让我来，我救人有经验！”喻宇笙一个箭步冲过去，轻盈的一个大跃步，直接一脚踩着了岳萍的手。

岳萍一声尖叫，愤怒地弹起身体。

“哦，sorry。你反应超快的嘛！”喻宇笙一副受到惊吓的样子，跳开来一些，弯腰想要扶起她，岳萍跳起来，一把把他推开了。

工作人员替她拴好安全带，一切就绪以后，她一怒之下，倒是第一个整了妆容，手脚麻利地攀上了高台。

等到冷风一吹，她又清醒过来，一边哆嗦，一边哭泣，有人劝她勇敢点往前走，她索性蹲下去抱着头号啕大哭起来，就是不愿意往前再走一步。

后面的队员都被拦在下面了。

场面一时僵持住了，岳萍骑虎难下，在上面甚至连喻宇笙都骂上了，她骂人特别刁钻，不但骂本人，还连着三代一起问候。

喻宇笙在下面抱臂微笑，然后拨开人群，向参与协助的人员要求上去给她做心理辅导。他升上去的时候，协助人员还没有来得及给他穿上任何安全绳索，他神色自若地蹲下来伸手拍岳萍：“你骂我骂得特棒，让我产生了共鸣，所以上来帮助你树立信心。哟，你这是觉得委屈吗？觉得我陷害了你？拜托，演技那么差，还要拾人牙慧，有眼睛的人都能看得出呀。”他一副毒舌，直逼鹤顶红。

岳萍停止哭泣，怨恨地看着他。

“觉得这是不可逾越的天堑？哈哈哈哈，太好笑。”他突然大笑。这有点神经病发作的症状，令我在下面紧张莫名，突然想起他跳海时那种极具有个人特色的哈哈大笑，以及要求跳高楼大厦时也曾经这般畅快异常地仰天大笑过。

我站在下面顿时整个人都不好了。

“这算什么，我不系安全带也能跳过去，看你哥哥我给你展示展示。”他手插在口袋里，就这么大摇大摆地站在高台前一步跳了出去。

下面的女性同胞们集体尖叫，喻宇笙站稳以后，微笑着伸出手来如同伟人一般挥动。

这下，就连面对过无数次突发状况的教练都惊呆了。他用一种颤抖的声音大叫：“等，等，等，不，不不要这样啊！这真是谜一样的勇气！”教练捂眼睛表示不解。

这算是什么勇气，这其实是神经病又发作了吧？！

高空断桥高约 8 米，喻宇笙自从跳过去挥手过后就陷入了沉默状态，手插在口袋里远眺远方。

下面谁都不敢叫他下来，都屏住了呼吸。

欢沁在场外又惊奇又害怕，直捅叶重台的胳膊肘：“重台，宇笙好厉害，他，他都不带保险就上去跳了吗，我要是到 8 米以上，估计腿脚都哆嗦了，我都有点担心他了，他到底是怎么了？”她眯起来一双大眼，貌似琢磨不透宇笙的心理。

叶重台的面色相当凝重，他伸手拍了拍欢沁的手，转脸来看我，压低声音问我：“他是不是又有厌世的思想了，你看他的表情……”

他探手递过来一个望远镜。

我举起来，看过去，宇笙一脸茫然地站在上面，风吹得他头发微微摆动，他那双好看的眼睛，忧伤得似乎要流下泪来，我见过这副表情，那是他在一个人沉思的时候，总是会流露出来的表情。

看着让人揪心，他摇摇晃晃的，貌似站得并不稳，下面虽然有安全垫，但是并不十分安全，只是象征性地薄薄铺了一层。

协从人员咬着手指已经低低哭了出来，这里并没有让培训人员帮助系安全带，系带的都是季度性的临时工，赏罚制度相当严明，每次上去他们都要将双保险系得牢牢的，检查了又检查，生怕一闪失，就扣了一个月的薪水。

宇笙上去的时候，他们几乎不疑有他，以为他只是上去劝解女职员，这里常有劝说女职员的公司同胞，站在升降台上，劝说心存胆怯的女职工迈开那一步，跃过去，但是却万万没有想到，他也上了台阶，并且还是在没有安全保护的状态下跃了过去。

下面的人群顿时笼罩在一片惊恐之中。

大家都不知道喻宇笙想要做什么。

从望远镜里，我看着他迷茫又忧伤的眼神，心情压抑又难受。这些日子以来，我以为他渐渐开朗起来，他也向我保证过不再有轻生的念头，我们一起唱歌，一起彼此鼓励，闲暇的时候，还会彼此吐露未来的计划。

我跟他，都有自己美好的小理想。

是什么，一下子击碎了这段日子以来，慢慢积累起来的希望，让他又陷入了绝望的厌世念头里?

我不能容忍他的放弃。

“拿着！”我把望远镜塞回了叶重台的手里，走过去对协助人员说：“给我系上双保险。”我用的是命令的口吻，看台上的岳萍已经从升降台落了地，正吓得咬着手指在哭。

协助人员给我整装完毕，叶重台一把抓住我，问我：“良缘，你要上去？”

他沉默了一下，又劝我：“你上去，不如我上去劝他，让我来吧。”

我慢慢又轻轻地推开他的手，微笑着告诉他：“叶老大，只有我能劝得了他，他是个倔强的神经病。”

是呀，从一开始，他就是个倔强的人，就算是心里有再多的事情，面对我的时候，总是嬉皮笑脸的，他尝试着带给我安全感，尝试着带给我家的温馨，也尝试着弥补些什么。

升降台缓缓上升的时候，我看见他的目光从远处转了过来，有些排斥地皱了皱眉。

但是他依然沉默着。

“喻宇笙，你给我稳住！”我气沉丹田，突然大声吼他：“你要是敢发神经，又给我轻生，我一辈子都不原谅你！”

他脸一抽搐，目光开始聚焦了，一双黑黑又幽深的眸子直视我，似乎有千言万语却不能开口。

我才没有像经典偶像剧里那样同他在断桥两边默默凝视，干净利落地回了他一个同样便秘的眼神。

我气势汹汹地走上高台，和他隔一个天堑的距离，指着他又气又急："你答应过我什么，你现在在做什么？"

他沉默着，手依然抄在口袋里，眼睛像是在哀求什么。

"给我收起你的念头，我活着，你就必须活着，不管什么原因，你答应过我，有我在的一天，你绝不会有轻生的举动。"

他貌似十分纠结的样子，眉头都皱了起来，突然面向着我，向后面倒退了两步。

我吓得一口气憋在了胸口

"你要干什么？"我听见自己用很小很小的近乎呼气的声音在问他，但就算这样，我觉得我的声音都是颤抖着的。

"给我活着，求你，我……"我几乎要流泪，声音已经小到自己都听不见了，我真怕他一个跟头倒栽下去，下面的软垫能缓冲，但是重伤肯定会有，"宇笙，我不能没有你。就当你欠我的，好吗？"

有热热的液体从我眼眶里流了出来。

一行一行，落入唇间，挺咸的，真可耻，我居然吓得哭出来了。我一边哭一边猛地跃了过去，勇猛地落在和他离一拳的距离。

他终于无可奈何地长叹了一声，朝我微微一点头："好，我再次答应你，我会永远陪着你。"听到他的再次承诺，我往下瞅了一眼，又回头看了看来的时候跃过的天堑，我的腿一下子就软了，整个人都跟软面条一样，我酝酿了一番，好想大哭出声。

我刚有这个念头，突然我看见喻宇笙以龟速趴下了，并且一点一点挪向高台，一边挪动一边撕心裂肺地号叫："好恐怖呀，回过神才发现这么高，我有恐高症呀！好可怕呀……"

"……"我决定缩回我的眼泪。

所幸有人在升降机边接应，他落下地面的一刹那，我听见所有人都尖叫了一番，其中更包括工作人员的尖叫：“总教练晕过去了，快送去医务会所！”

叶重台用他少有的冰块脸迎接了喻宇笙的降落，他直接走过去，一拳击中了他的左脸，然后在喻宇笙惊愕的眼神中，欢沁又伸手给了他响亮的一记耳光，并且同时又哭着冲上去抱住了他。

欢沁哭着嗔他：“喻宇笙，你吓死我了，你不知道吗，你不知道我有多喜欢你吗？我喜欢你，我爱着你呀，笨蛋喻宇笙！”那声音娇嗔中带着少女特有的害羞。

所有一切皆在此时凝固，我听见自己心底有什么破碎了一地，虽然清晰明显地在心底呐喊着，但是我依然可耻地选择了逃避。

我没有听喻宇笙的答复，甚至没有去看抱着的那两个人，我默默地一个人，垂着头，从这片训练场地中离开了。

我想，我一定前辈子欠了欢沁很多很多个男人，导致今生每一个我看上的男人，都能够轻而易举地被她染指！

最后一天的特训倒是特别顺利，换了个教练，是个平和的教练，所有项目都在室内举行，大家开开心心的，像小朋友一样嬉戏玩闹。

教练的项目简单，大家完成度高，效率提高不少。所有人的心情顿时又明媚起来。

叶重台和郝欢沁倒是没有来，也不知道去了什么地方，被表白了的喻宇笙变得更加安静，缩在培训室的一角，昨天以后，我们今早见面的时候也只是点头打了个招呼，连一般陌生人都不如呢。

倒是岳萍经过此次打击，显得乖巧了很多，甚至在培训结束以后，还过来跟我握了握手。

她用敬佩的眼光看我，用自己最丰富的词汇赞扬我，她说：“良缘，你真了不起，喻宇笙那样一个潜伏在我们身边的神经病，你都能收服，我真谢谢你转移了他的视线，要不然说不定下一刻他就会扑向我连我一起摔下高台。”

这姑娘联想能力丰富得让我想要流泪，如果给她一个支点，她说不定能支撑起整个幻想王国，我只能干笑着同她握手。

她向我抛出了橄榄枝："我在总部，负责行政这块的文件打印，有空你来总部培训的时候，我请你去吃咱们那里最好吃的烧烤，咱们狂喝啤酒，不醉不归。"

我也很真诚地邀请她："你要是来咱们市，我带你去吃金钩钓月牙，南山不知处……"这是我们那里的特色饭店推出的菜谱 ，每个菜名都叫得高端洋气，其实就是豆芽煮素鸡，大盘水煮干丝。

但是效果很显著，经过岳萍超级丰富的联想，她顿时眼神就不一样了，她很激动地同我拥抱："我就知道你是够朋友的，报出来的菜谱都是国宴级别的。你这个朋友我交定了！"

我呵呵呵呵同她握手。

新来的教练很开心地说："这是我见过最团结的团体，每一个队员脸上都洋溢着真诚的笑意，真心不真心，真是一眼就能看出来。"

"……"大家心照不宣地瞪眼睛。

最团结的团体，这教练一定是刚从外地回归培训中心吧，这两天发生的事情真比培训中心一年发生的还要多：有人夜里梦游，砸了培训中心的监视器；有人想要勾搭总部妹子，赔上行政处可能给出的所有综合评定；有人半夜爬墙去唱山歌，被叶重台拎着，罚跑了十圈，消耗掉了过多的春思。

当然在喻宇笙这种级别的选手面前，一切出格都不叫出格，压垮教练的最后一根稻草一出，让整个培训中心再也没有教练愿意接受我们这次的培训队伍。

于是有人问新教练："陆教练，你是刚来的吧。"

对方果然憨厚地笑了："我昨天刚来应聘的，原来是 B 市的同行，刚被挖过来。"

大家集体露出了一个恍然大悟的表情。

"好了，大家明天开始就会进入三天两夜的郊外游了，心情怎么样，激动吗？"教练见由头不对，立刻换了个话题。

这下彻底将大家的情绪给调动了起来。

这次要去的地方是同Y市比邻的一个古镇，那里风光绮丽，民俗古朴，虽然近些年，总有些小资背着帐篷去拍照上传网上，但是相比一些开发过度的景区，那里的确算得上世外桃源。

尤其是有人垂涎于那里的风味小吃，早神往已久。

我在培训之前就上网查了许多关于当地风景和民俗的资料，还和宇笙两人一个人买了一顶色彩鲜艳的鸭舌棒球帽。

我们那时那么开心，宇笙对我说："良缘，咱们就这么敞着衣服，在古镇的石板路上走模特儿步，然后从包里突然掏出这帽子，一秒钟型男潮女变土鳖呀。"

我当时一直点头，我特别喜欢看喻宇笙说话时眼睛亮晶晶的样子，就像是眸子里带了七色虹彩一样，熠熠生辉，有时候眼睛一眯，特别有小男孩恶作剧的可爱。

他就是这么一个介于恶作剧男生和满腹心事男人之间的存在。

可是现在呢？我摩挲着包里那顶色彩鲜艳的带着鸭嘴的棒球帽，心里十分难受，他连和我对视都避开了，我怎么能向他传递我对他的温暖，对他的笑意？

"良缘，你发什么呆呢？"有人凑过来拱我的手臂，我一抬眼原来是吕子建。

他冲我挤眼睛："昨天，你表哥威风得很呀。"

我哎了一声。

他惊诧地问我："你忘了，郝大小姐跟他当众表白啦，咱们都知道他们早就混一起了，就等着喻宇笙顺口答应下来欢呼呢。"

嗯，我当然知道，欢沁那双充满着爱意扑过去的眼神，我到现在都记得呢。两人长得都是极为出色的，脾气还都是孩子脾气，估计兴趣爱好还都特像吧。

我嗯了一声，有点意兴阑珊："那就欢呼呗。"

吕子建打断我："不不不，我想起来了，你当时气跑了呀，对了，良缘，你有个白富美嫂子，你气什么呀？"

我忍住翻白眼的冲动，淡定地回答他："我那是气他跟大家开那么大一个玩笑呢。"

吕子建神经兮兮地捅我的胳膊，就差诡笑出声了，他特地压低声音："这就是你哥高明的地方呀。”

“多桀骜不驯，多与众不同，你知道吧，小姑娘都喜欢惊险，喜欢偶尔做出点惊险事儿的印第安琼斯。这就是男人不坏女人不爱呗！”他笑得贼兮兮的。

我嗯了一声：“那就相爱吧，你这么激动干吗？”

吕子建满脸的崇拜之色，小眼睛一瞄喻宇笙，就差色迷迷地去表述自己崇拜之情了：“这就是他更高明的地方呀，他给了郝小姐一个模棱两可的答复，那个郝小姐估计都要被他吊出心脏病了呀。”

他又提升了对宇笙的崇拜了，连带着对我的怨念也少了不少。

“嗯？什么？”我终于有点兴趣听他满嘴跑火车了。

吕子建朝着我竖起个大拇指：“高呀，他就这么打发郝欢沁了。他说……”吕子建咳嗽一声，清清嗓子，学着喻宇笙玩世不恭的语气：“宝贝儿，别闹了。”

十成十的像，戏谑，带着满不在乎的笑容，我都可以想象，那一刻他一定是斜睨着眼睛，一副欠扁的样子。

唉，我长叹一口气，问吕子建：“那欢沁什么反应呀？”

吕子建一拍大腿：“郝小姐沉默了一会儿，对天发誓要好好待他，让他明白自己的真心，就这么拉着叶重台给跑了呗。”

我知道郝欢沁的想法，她那么单纯的一个人，想东西都是直线一条的，她一定是真的喜欢上了宇笙了，又怕早些时候，给他留下的印象是自己和重台是一对儿青梅竹马的情侣，估计回郝家作什么决定去了。

我忍不住想笑。

原来，我一直都是忠实的酱油君，连背景都算不上，远远的，又或者陪衬着这一切发生就可以了。

我忍不住笑，笑着转头，眼睛同墙角斜倚着发呆的宇笙对视，他看着我，迷蒙着眼，又或者是我的笑容让他不解，他甚至还挑了一下眉头。

而后，他对我做了一个撇嘴的动作，一脸的不屑一顾。我见着他用嘴型对我一个字一个字地说：他……在……放……屁！

哈！我终于笑出声，一夜的隔阂至此消失不见。

他又伸出食指朝我勾勾，我就真的像只小狗狗一样朝他奔过去了。

“周良缘，我不理你，你就不打算理我是吗，这都多久了，我故意不看你，不理你，你就想不到过来哄哄我，或者安抚一下我？”他故作生气的样子，两只眼睛瞪得贼大。

我嘻嘻笑了一笑，突然伸出剪刀手戳他双眼，他吓得双眼一眨巴，直接给闭上了。

“这是惩罚你每天对着各种妹子乱秀笑容，装作无辜！”我作势要打他，伸出去的剪刀手却被他一把用大掌包住了。

“良缘，没有谁比你更重要了，你怎么不懂呢？”他嬉皮笑脸的样子，很难让我觉得他是在认真地承诺。

可是他的眼神却是那样的专注，一眨不眨地看我。我从来不知道一个人可以如此的矛盾，你觉得他嘻嘻哈哈的，什么都不在乎，可是他却心如细发，根根理顺在心头，万千的事情，提起末梢，他都能给你从头到尾地叙述出来。

你以为他在同你玩笑，正打算就当做一阵风一般，从耳边放过，可是他的眼偏偏又是那样的真诚，你同他对视，便会感觉他仿佛在用生命向你起誓。

我学着他的口气，一巴掌拍他柔软的发顶，哈哈哈道：“宝贝儿，别闹了。”

他表情僵了僵，随即满眼含着笑意，眼波荡着释然笑开了。

“好嘛，这次旅游我们得带着一样的帽子前进。”他朝我一个劲地挤眼睛，既然彼此的芥蒂都暂时消除了些，说话也就更畅意了，他甚至还建议，“良缘，我觉得咱们过去什么都不用买，旅游的时候嘛，从摊头吃到摊尾，在那个环境里把要享受的都享受了，轻轻松松地去，咱们就空手轻轻松松的回来呗。每次大包小包的扛着，多累，咱们带着钱吃喝都轻松点呗。”

“成！这样最好！”我欢乐地回答他。

我彻底乐了，这个理念跟我倒是极为相似，我向来不喜欢带手信给别人，也被叶老大说过不懂事，我都是在当地一个劲地吃足吃开心了，回来宁可共享一些图片。

叶老大曾经说我：长不大的孩子，人情世故也该懂了。

我也惶恐地觉得自己出门不扛着大包小包回来就是违背社会规律了，结果茫茫人海中，还有这么个一样不合群的跟我一个观点。

因为恢复了和他之间的默契和融洽，我心情不由得大好起来，见谁都笑眯眯的。

岳萍在解散的时候，特地跑来问我："良缘，我没有其他意思，咱们一起旅游的时候，你能看着点喻宇笙吗？"

我朝她真挚地点头，举手保证："我在他后面寸步不离，你们就放心地玩吧。"

"辛苦了！"她有些不忍心的样子，伸手在我手上用力握了握。

她真是惧了宇笙，回宿舍的时候，宇笙一路送着我，还一回头恶作剧的对着岳萍笑一笑，岳萍立刻吓得抱头狂奔。

"一起荡秋千吗，哥会把你甩上天呀，妹子？"喻宇笙恶劣地大声叫她，她跑得更快了，我们还听见她自言自语地低低骂了一句不要脸。

拐角无人的时候，喻宇笙拍着我肩膀大乐："她这是质疑我的人品呢，还是质疑我的审美呀！以为我真的会单独陪她荡秋千？"

"……"蛇精病，我朝他习惯性地翻白眼，他学我作剪刀手，猛戳过来。我吓得一哆嗦，把眼睛给闭得紧紧的。

足足五秒是寂静的，而后我感觉有湿润的柔软在我的眼皮上轻轻吻了吻。

"良缘，有你真好。"

不等我有反应，宇笙便把手插在口袋里，急急转了身大步流星地向男舍那边走去，我看他扬起手来，随便挥了挥："好好睡觉呀，别胡思乱想的，明天长途跋涉呢！"

这个家伙，这样让我还怎么好好睡觉。

我捂着有点发热的脸，上宿舍的时候，好几个同事路过我都问我："脸红得这么厉害，不会是身体不舒服吧？"

我有点不好意思，朝热心的同事摆摆手。

原来我居然还脸红了，那么刚刚宇笙一定也看到了，难怪叫我不要胡思乱想，这么一想，我的心就冷了，他那是当我是小妹妹一样哄着吧。

跟回答欢沁那句"宝贝儿，别闹"道理是一样的吧。

# PART 11

## 像表演的事实VS不寻常的夜戏

我看见他眼睛湿润了，他拼命地在掩饰，死命地眨眼睛，睫毛上都有细细碎碎的泪花。好半天，我不忍心注视他，让他难堪，装作转过头去看入座的其他人，过了三分钟那么久，他才稳定住情绪抬起头，眼圈有点红地朝我笑：“对呀，我这么好，她一定会喜欢我的。”

我以为思绪万千，一定会辗转反侧，可是没有料到的是，我睡得如此之香甜，夜间周女士来看我，朦胧之间，她微笑着，用手摸我的脸。

那个笑容如此温暖，像极了她母爱爆棚时期的样子，对了，她就跟孩子一样，有时当我是碍事家伙，吃玩的东西都跟我抢着对半分，有时候又母爱爆棚，事事替我想得十全十。

“周女士，我跟你说，我遇到了一个可爱的男生，他笑起来十分可爱，就是爱好不能苟同，从见着他到现在，一直想着要自杀……”梦里我拉着她的手絮絮不止。

她十分有耐心，有好几次朝我轻轻笑着叹息。

表情也是欣慰的。

“周女士，你一定见着宇笙了吧，你喜欢宇笙吗？”我拉着她的手问她。

梦中，她的手一下子顿住了，我和她对视，她朝我笑得更甜，就在她对着我要点头的一刹那，我被人从梦中摇醒了。

“周良缘，快起来，集合都要迟了。”摇我的是住在我下铺的同事。

我利落地跳下床，洗漱完毕，舍友还有落后于我的，等到我们赶到集合点，大家早已经寻了座位坐得好好的等我们了。

喻宇笙的旁边是空着的。

他戴着耳机闭目抖着腿，我往他身边一坐，他立刻皱眉睁开眼，看见是我，又眉目弯弯地朝我笑了笑：“昨天睡得好吗？”

我乐呵呵地回答他："当然不错，我家周女士夜里还来探视我了，我好久没有在梦里见着她了。我跟她还提起了你，问她喜不喜欢你呀。"

我见着宇笙拍我头的手一下子就顿在了半空中了，好半天他才急促地问我："她怎么回答？"

我逗他，挑挑眉头，同他对视，却发现他异常紧张的样子。

"她朝我点头了。"其实我没有见着周女士点头，但是潜意识告诉我，宇笙很在乎这个答案。我觉得他这么可爱，周女士没有理由会不喜欢他呀。

宇笙像是被什么击中一样，一瞬间低了头。

我看见他眼睛湿润了，他拼命地在掩饰，死命地眨眼睛，睫毛上都有细细碎碎的泪花。好半天，我不忍心注视他，让他难堪，装作转过头去看入座的其他人，过了三分钟那么久，他才稳定住情绪抬起头，眼圈有点红地朝我笑："对呀，我这么好，她一定会喜欢我的。"

我朝他翻了个白眼，正打算嘲笑他。

他却抿着嘴，朝我使眼色。

"人数过多，座位下有加座可以拉出来，大家都互相帮助一下，帮旁边没有坐的人把加座拉出来。"带队的教练指挥着后来的几个人。

我终于懂喻宇笙的眼色了，因为我看见吕子建眼睛就盯在了我们这里。

"这是要糟呀。"我暗叹。吕子建先生对宇笙现在简直是盲目崇拜的脑残粉呀，眼瞅着有空位坐，这还不往我们这里挤。

宇笙站了起来，拍我的肩膀："良缘，窗口坐去。"想必他也想到这点了。

等他抽好座位下的加座，吕子建果然直奔过来，一边坐一边朝着宇笙贱兮兮地笑："那啥，老大，咱们一路可以好好聊聊。"

喻宇笙朝他也笑嘻嘻地挑眉头："可以嘛。"

他大概是积攒了无数个问题，听见喻宇笙这么妥妥地就答应下来，整个人都欢乐起来。我懒得听他们聊天，偶尔传入耳中的无非是郝助理那么骄傲的女生，该怎么样用欲擒故纵的手法稳妥妥地搞定。

宇笙大多时候是嗤笑，等到他实在不耐烦的时候，他伸手打了个大大的哈欠，然后他就用高超的神演技给演上了。

“我下巴给我打哈欠打掉了。”他口齿模糊地向我求救。

我看他张大嘴巴，一双眼睛咕噜咕噜乱转，貌似很慌张的样子，忍不住哈哈哈大笑出声，周围的同事也都或站起来或探头来探究竟。

他表演得太逼真了，眼泪和口水都无意识地往外涌现，滴滴答答要掉的时候，他歪过脸，让它们回流，动作倒是挺滑稽的，十足奥斯卡金像奖级别的演绎。我更觉好笑，却装作很紧张的样子，朝周围求助：“这可怎么办，喻宇笙的下巴在他打哈欠的时候给打掉了呀。”

“还能这样，让我瞅瞅。”

“艾玛，这是奇迹呀。”

“掉下巴什么样？

车内昏昏欲睡的气氛一下子被打破了。

这目的可算达到了，就连吕子建都转移了话题，这里没有人有下巴脱臼的经验，教练要过来试试给他安上，被宇笙杀猪一样的号叫声给吓回去了。

教练只能无奈地对他说：“你要不坚持一下，到了目的地，咱们找个医生给你看看？”

“好！”他流着口水表示赞同。

宇笙两只眼睛露出痛苦的神色，维持着一手托着下巴，一手向外推的动作，他的口水顺着下巴往下滴，就算这样，他还不忘推我的脸，不让我看他这副狼狈的样子，我这才觉得他这装得也未免逼真过了头。

我压低声音问他：“你是不是为了避免跟吕子建啰唆，故意装成这样的？”

问这话的时候，已经离他下巴脱臼足足有二十分钟了，他前襟被口水浸渍了一片，听我这么问，他一下子怒了，摁着下巴的手条件反射地一用力，随着一声咆哮，我听到清脆的一声“嘎嘣”，他的下巴居然就这么给他硬生生地掰上去了：“我去，到现在你还当我是装的！”

真是叹为观止的咆哮声，围观群众愣了好一会儿，又将话题变成了诸如：哇，这么就可以托上去了吗。

又或者是岳萍绿着脸喃喃自语：嘎嘣一下是脆骨的声音吗，哎哟我以后都不要吃骨肉相连了。

大家的联想能力是丰富的，每一句话都无形中击中了喻宇笙的心。我瞅着他一副恨不得钻地洞的样子，然后，他就将头埋在我肩膀上，死也不肯再抬头了。

他在我肩膀处闷闷地说："我痛苦这么久，你就当我在演戏，一直在旁边笑得可开心？"

我憋了许久，还是忍不住噗嗤一下笑出来，这下他真的跟我别扭了，戴上耳麦，闭上眼睛谁都不理了，一直到目的地，他都一直一副生人勿扰的气场。

车子在荒山峻岭中穿行，一路目所能及的地方都是荒芜，所有人都对未知的旅途产生了怀疑，就快到目的地了，还依然一片荒草丛生，就连宇笙都在我身边低低地嘀咕："这要是去发配边疆啊，拉练还是怎样呀，这还怎么愉快地玩耍。"

"对呀，这一路的路况简直是残忍呀！屁股都颠开花了。"我出声赞同他，他却装作没有听见一般别过脸呼一下趴在前座位儿上假装调节手里的播放器。这小样，还真跟我赌气上了。

我索性一把扯掉他的耳麦，他动也不动地伏着。

"喂，男子汉大丈夫呀，你再这么跟我胡搅蛮缠地闹，我也要发脾气不理你了。"我弯腰偷偷从他伏着的臂弯下偷窥他的表情。

刚一触及他的眼睛，我就知道我被他骗了。

他哪里在生气呀，正眉眼弯弯地朝我笑呢，一双大眼在暗处扑闪扑闪的。

"那好吧，咱们就和好呗！我不跟你赌气了！"见我揭穿他，他索性伸出一只手，假装探出橄榄枝。

我不疑有他，刚伸出手，他就坐直身体，自己探出的左手飞速握上了自己的右手，自言自语："好吧，和好了，以后咱们就是愉快的小伙伴了！"

我手就这么悬着，顿时恼火了，啪的一下打在他交握的手上，他乐了，两只手同时伸出，将我拍下去的手裹紧了："嗯，这是第三个小伙伴，咱们一起认识一下，以后记得一起愉快地玩耍。"

我被他彻底逗乐，忍不住用头拱了一下他的胳膊，他哈哈笑了起来，随即又问我："良缘，咱们来个严肃的话题呀，你说，我在你心里就这么会演戏呀，你怎么看我的一切都跟看猴子戏一样。"

自从我认识他，他每日都是神神叨叨的，每做一件事，都有极大的反转结果，我还真不敢把他按常人琢磨。

"你这是在看放弃治疗的小伙伴的眼神吗？"他朝我呲牙。

我用空着的手一拍他的头，他哎哟一声假装很痛。吕子建在旁边瞅了我们半天了，这时才急急地打断我们的互动，艳羡地感慨："你们兄妹感情真好，要不说你们是表兄妹，我还真以为你们是一对小情侣呢。这眼神，这表情，这温情……啧啧啧……"

我跟宇笙对视的眼同时瞪大了，紧握着的手也僵住了。

几乎在同时，我们放开了彼此的手，呵呵笑了一声，一起极有默契地看向了窗外。

我听见宇笙干笑同吕子建解释："良缘就是个小孩，我跟她的打斗是小朋友间的沟通，跟感情无关，你别瞎琢磨。"

吕子建哦哦了两声，又把话题往郝助理身上带去了，他俩总算嘀嘀咕咕聊开了，我看着窗外，路况越发艰难。

横过一条小桥，巴士车就像个杂耍选手一般从窄窄的小石板桥上碾压过去，开过一片淡褐色的野草，突然一片豁然开朗。所有人哇一下子惊叹开来。

我想所谓的世外桃源也不过如此吧。

石桥那边是荒草丛生的郊外树林，那些古树越接近古镇越是年岁长久，暗绿葱葱，长得直直高高连成一片，遮住了石桥那边的光景，从林中小石桥穿梭而过后，入眼的却是小桥流水，袅袅炊烟的小镇，景色落差之大，就好比海沙之中蕴着的珍珠。

"哇哦，这里好漂亮！"喻宇笙跳下车，响亮地吹了一个口哨。他敞开手臂，大力呼吸了一下，作陶醉状："空气真好，一定要好好深吸一口。"

我跟在他后面也张大手臂，正要呼吸。突然滋溜一声，清脆又响亮的声音将所有正被美景陶醉着的人们给震醒了。我呛了一口口水，吓得赶紧把鼻口给捂上了。喻宇笙瞄了我一眼，无声地咧开嘴笑开了。

我见着岳萍的脸瞬间就红了。

“不好意思，空气太好，让我体内浑浊之气蠢蠢欲动，它们先一步接触美好的大自然了！”喻宇笙面不改色心不跳地将大家整个注意力给笼回来了。

他说得这么坦荡荡，大家都以为真的是他所为，每个人都面色古怪，却又找不到抨击他的词语，只有岳萍又诧异又感激地看了我们这边一眼。

好在风光实在美好，不一会儿，大家又各自跑开，指着新鲜的东西嘻嘻闹闹。

小镇的居民大多是穿着古朴过时的布衣，年纪较大的比较多，接待我们的当地导游就是一位中年汉子，一笑就抿嘴，嘴角的皱纹拢起来能夹死蚊子。

他向我们介绍古镇：“这里多数建筑建于康熙年间，因为地处闭塞的山区之内，这里的建筑也好，民风也好，都还未受到外界太多的影响，大多数生活习惯还同解放初期甚至更早期一样。”

他瞄了一圈张大嘴巴四处打量的我们，十分自豪得意地道：“你们所看到的一切，都同以往景区里人工堆砌的伪古物不同，因为它们真的是一代一代存活在历史之中的。在咱们这里是可以触摸可以近距离拍照的！”

有来来往往的老人路过同他打招呼，他满脸堆笑一一回复过去，又不忘回头解释给我们听：“不过呢，这里的年轻一代倒是心思活络的，大多数人出山寻事做了，留在这里的都是老人家和结了婚的妇人。”

喻宇笙似乎特别喜欢这里，他四处张望，一边用胳膊碰我的手臂：“哇哦，良缘，这里真好，一切都跟外界隔离了一般，要是真的能在这里生活该多好！”

导游听见了笑他：“你在这里住上一月两月尚可，你要是长期居住，估计得厌烦。”他取笑了大家片刻，又自嘲，“像我这样的，要不是少年不学习，也不会想着留在镇上做个小导游混日子。”

吕子建朝他挤眉弄眼：“哎哟，商导，你别客气了，咱们可是听说你混得风生水起，这里村村镇镇都有你的丈母娘，处处都有依门的媳妇等你回去呢。”

商导显然荤素不计的，听到吕子建打趣他，哈哈哈哈大笑了好几声："这里小媳妇多，大家同我打趣可以，可不能在妇女同胞面前乱说话，会被按村规镇规处理的。"

他同我们介绍了晚间吃饭的处所，又提了好几个要去的景点，拍手示意我们解散之前，特意板起脸来叮嘱我们："我们这里处于山林之中，镇上还算人口密集，如果不慎步入山林，那里可不是闹着玩的，通常走上几个小时才有一户人家，我主张大家晚饭之后就不要到处跑了，在镇上的度假村好好娱乐。"

众人都答得响亮干脆，唯独宇笙，手插在口袋身子摇摇晃晃的不知道在想些什么。

我怕他又起什么古灵精怪的念头，用手一拱他的手臂，他冲我笑了笑："没事，你乱想什么呢，我今天正常着呢。"

也不知道自己是个什么性质，关键时刻尽显蛇精病本质呀。

他见我不相信他，又指天指地地发誓了好一阵子。而后商导游领着我们去镇上唯一的度假村。说是度假村，其实也就是比其他房屋建得稍微整齐点，稍微有点儿新时代的感觉。一栋一栋的独立房间门口设了台阶，门上挂着不伦不类的欧式门牌，上面写着类似罗密欧庄园，朱丽叶庄园的中西结合的称呼。

我跟宇笙比邻而住，他那栋小楼离我五步之遥，打开窗户能传给我一个苹果。

他显然很满意这个安排。

晚饭的时候，他抓了一把饭后水果，金黄色的小金桔，饭后躲在自己房间里朝着我的窗户咚咚咚地砸。

我被吓了一跳，一打开窗户，看见他依着窗户对我笑："良缘，真的吃饱了睡吗，我们要不要找点可娱乐的事情来做？"

我想起饭后导游再三关照不能四处乱跑，于是就朝他翻了个白眼。

他又来引诱我："我刚跟送饭的小妹聊天，她说这里有户人家夜间唱大戏，只要赶得好，可以听全场呢。"

哎？我见过有资料描述这里的村戏，类似罗戏一般，传统中带着神秘。但是这次旅游并没有安排村戏，心中还是有些遗憾的。

## 童趣妙想

**骑龙的少女1**
海琳娜 15.00元

**怪怪学院漫游指南1**
绯帘夜 15.00元

**奥拉勇士1**
紫龙晴川 18.00元

## 名家精品

**与魅共舞1**
裟椤双树 29.80元

**雌雄怪盗（上/下）**
裟椤双树 29.80元/册

**陌上桑**
裟椤双树 29.80元

**降灵家族（十年纪念版）**
裟椤双树 36.00元

**浮生物语前传·浮珑**
裟椤双树 29.80元

**浮生物语外传·七夜**
裟椤双树 25.00元

**蔡骏随笔集**
蔡骏 29.80元

**穹顶之下（上/下）**
刘慈欣等 29.80元/册

**公主凶猛（上/下）**
橘花散里 29.80元/册

**美人难做**
橘花散里 35.00元

**龙与少年游**
江南 29.80元

**无心法师1-4**
尼罗 29.80元/册

**民国异闻录·妖僧**
尼罗 29.80元

**偷星1**
周洪滨/江南 25.00元

**偷星2-3**
周洪滨/江南 38.00元

**偷星4-5**
周洪滨/江南 18.00元/册

## 异界幻想

**紫星花之诗1-3**
E伯爵 25.00元/册

**全职军医1**
绝世猫痞 26.80元

## 游戏小说

**轩辕剑外传之苍之涛**
碎石 68.00元/套

## 悬疑小说

**超维幻界之惊悚乐园1-3**
三天两觉 29.80元/册

**造物者1-2**
微不二 29.80元/册

**天使街9号店**
微不二 35.00元

**蓝帽会**
原晓 28.00元

**灵魂摆渡（上/下）**
小吉祥天 29.80元/册

**少年夜不语（罪恶游轮）**
夜不语 22.00元

**少年夜不语（记忆失控/危险身份）**
夜不语 22.00元/册

**少年夜不语（时光包裹/梦幻黑晶）**
夜不语 29.80元/册

**少年夜不语（奇迹森林/伤心涂鸦）**
夜不语 29.80元/册

**少年夜不语（童话镇/倒计时）**
夜不语 29.80元/册

**夜不语诡秘档案3（上/下）**
夜不语 29.80元/册

## 青春小说

**近战高手1-6**
蝴蝶蓝 25.00元/册

**非人执事**
白饭如霜 28.00元

**封印师**
两色风景 25.00元

**休止符**
由·得林洛斯 28.00元

**怪客书店1-3**
春十三少 28.00/32.00/29.80元

## 推理系列

**原罪之承诺**
周浩晖 25.00元

**把自己推理成凶手的名侦探**
亮亮 25.00元

**影渡者**
水心沙 25.00元

**推理笔记丨1/2傲娇侦探**
早安夏天 20.00元

## 影视小说

**青丘狐传说1**
王莉芝/多多 29.80元

## 漫画系列

**天才J①-②**
CMJ&白猫 12.00元/册

**烈火青春①-②**
极乐鸟 12.00元/册

**怪物大师①-②**
于小发 12.00元/册

**蔷薇缭乱①-②**
HeHe 12.00元/册

**我怎么这么可爱①**
拳头伍壹 12.00元/册

**虹色妖姬①**
ROCKY君 12.00元/册

**逆转仙师①**
正月 12.00元/册

**深国物语①**
魔王s 12.00元/册

## 绘本画集

**你好，薇薇安**
GOLO 42.00元

**小王子**
变质牛奶 32.00元

**少女萌法则大画集**
ROCKY君 48.00元

**梦想之路**
28.00元

**不想长大**
FEFE 35.00元

**大人为什么不高兴**
亚亚 35.00元

**怦然心动**
布果 38.00元

**暗夜协奏曲大画集**
魔王s 48.00元

**周洪滨教你画漫画·少年篇**
周洪滨 28.00元

**周洪滨教你画漫画·少女篇**
周洪滨 28.00元

## 青春言情

**木樨香（上、下）**
风魂 29.80元/册

**爱情只是过来说再见**
白饭如霜 25.00元

**捡到一条龙**
侧侧轻寒 25.00元

**仲夏蔷薇**
侧侧轻寒 25.00元

**爱上男神经病**
苏素 25.00元

我不免心动。

犹豫间，他又眯着眼睛压低声音探身劝我："你想想，当地的小妹带着我们俩呀，又不往深山里去，听完了咱们就回来呗，我还塞了那小妹一张毛爷爷呢，你不去，岂不是很浪费。"

这么说他都安排好了，我想起以往他不靠谱的举动，想了又想，但是村戏的诱惑实在太大，我从旅行包里掏出电筒又加了一件外衣，一切准备妥当以后，我终于下定决心应承他："那咱们走吧。"

他得了我的肯定，欢呼一声，单手撑着从窗户里跳出来，直接站在我住的这边楼房前了。我出了房门才知道，他一定是摸清了我的想法，笃定我会答应，那收了钱的小妹正羞怯怯地站在拐弯的地方向我们看来。

彼时天色已近暗下，山间的夜晚十分动人，漫天星幕，映着乡间小道一片清辉，我们俩跟着小妹后面走。

那个小妹走得十分匆忙，道路越走越是偏僻。

渐渐离了镇，往山间探入。

我有些纠结，不愿意继续跟着，哎了一声，两人同时转身看我。我说："这样不好吧，貌似已经离住的地方太远了。"

小妹也不说话，她乡音太重，极少说话，只是站在离我们十步远的地方，眼睛眨也不眨地看我们。

喻宇笙大笑，一把拍在我肩膀上："你怕什么呀，良缘，我们还没有进山呢，只是走了稍微远了那么一点点。"

他怕劝服不了我，一伸手，抓住我的手，紧紧握住，他的手心暖洋洋的，让我忐忑的心平静不少。

他怕我被枝条刮着，稍稍先于我走。一只手伸出去撩开那些枝桠，另外一只手牢牢地抓住我的手腕。还生怕我有闪失，往往走上几步就回头指点我脚下路有不平。

那带路的小妹越走越快，我们常常还在仔细辨别脚下的路程，她就已经大步流星地跑到前头去了，如此数次之后，我和宇笙惊恐地发现，带路的人不见了。

这下我彻底傻眼了，揪住他问：“怎么办，宇笙，这里是哪里？”

他也有些不确定，来回扭头看。这一带已经离我们居住的乡镇有一段距离了，山间怪石嶙峋，少有泥土地，原先还有断断续续的小路，现在连像样的路也没有了。

我们被包裹在干枯的树枝中，稍稍一动就是哗啦哗啦十分可惧的摩擦声响。似空穴来风的脚步，又似动物于暗处偷窥。我吓得一把抱住宇笙的手臂，他适时地拍拍我的肩膀：“良缘，别怕，有我在呢。”

这话等于没有说，偏偏此刻云朵挡住了天。四周一下子都笼罩在了黑暗之中。

我从包里掏出手电筒，喻宇笙立刻乐观地释怀了：“良缘，你真聪明，我就知道你什么都搞得定的，手电筒都知道带着，乖。”他大乐，把我用力抱了一下。

然后他做了个嘘的动作，啪嗒把手电筒给熄灭了。

有人家在乡间唱戏，锣鼓声依稀可闻，他一下子乐了：“良缘，快到了嘛。你跟着我来。”他张开外套，整个把我裹在怀里。

其实我刚刚又冷又怕，浑身打着哆嗦呢，此刻只想回到住宿的地方睡觉。但是听见夜戏的声音，骑虎难下，揣摩着可以让老乡送我们回到度假村，也就由着他推着我往前走。

走过三个小土坡，在凹地那块，终于看见了灯火。

那里有一户人家，房子还搭得挺大，门前好大一片院子，上面挂着暗橘色的小灯，在这些昏暗的灯光下，有七八位脸涂油彩的汉子咿咿呀呀地唱戏。

旁边还有人敲着小鼓。

我们俩走过去的时候，那些唱戏的汉子都顿了顿，露出一副见鬼的样子，打鼓的那个甚至停下来想要说什么，但是旁边锣儿一敲，他不再说什么，跟着打了下去，台上咿咿呀呀不停，完全无视掉了我们两人。

这家人特别怪，门户大开着，连主人都没有。

门口摆着板凳，宇笙头探了里面瞅了一眼，很奇怪地问我：“哎，这都唱给谁听呀，这地方的老乡真怪异呀，摆这么一个台子唱戏，连个人都没有。”

我四面瞅了一下，看见里面正屋堂处放着端端正正的长条形物什，因为隔得远，看不大真切。

我问宇笙：“那是什么？”

他已经抓了门口小桌上的一把瓜子，端坐在门口的长条板凳上了。

然后他闻言过来朝那里一看，立刻热情洋溢地招呼上了。

他举手打招呼：“哟，大爷好，一个人屋子里呆着做什么？”

咚，敲鼓的大叔一下子鼓槌下去，把自己的鼓皮戳了个洞。

他被身边敲锣的瞪了一眼，浑身抖索着从地上的行李里挑了个鼓重新摆好，又抖着手打起来，唱戏的好几个汉子都喘了词，在那里你看我我看你地哼哼唧唧，好在没一会大家又有条不紊地继续着。

我推了宇笙一把，压低了声音问他：“哪里有大爷啊，我怎么没有见着呀，你就瞎掰掰呗。”

他也学我压低声音对我说：“我琢磨着靠门的饭桌上有烟斗，那烟灰都积了厚厚烟渍了，肯定有些年月了，这里男性吸烟较多，不叫大爷叫什么？估计主人家困了，又不好意思对唱戏的言明，偷偷在里屋睡呢。咱们就捡了便宜听包场呀，这种事情真是想想都是开心。”

哎哟，真是机智的小伙伴，我赞赏地给他一拳，又觉得得跟他一样机智起来，于是我也站起身来，假装看到了屋里的主人家一样，挥手：“哟，大爷还没有睡哪？屋外夜凉，您就在屋子里面听吧，别出来了。”

这下敲锣的哐当一声，把锣鼓也掉地上了。

他苍白着脸从地上捡起来锣鼓，不知道为什么，我总觉得他们的演绎方式更加歇斯底里了，锣鼓敲得跟放鞭炮一样，毫无点发可言。

台上唱戏的大汉们不知道是不是太过于投入了，还是剧情的需要，每个人都夸张地扯着嗓子唱台词。

“哇，这是用生命在演绎呀。”宇笙开心地大笑，戏歇的间隙，他欢乐地鼓掌，大叫：“我和我的小伙伴们要一起赞叹民间的艺术呀！”

这本来是一句极为流行的网络用语，结果成了压垮大伯们心理防线的最后一根稻草，所有人都尖叫了一声，然后丢鼓的丢鼓，丢锣的丢锣，唱着戏的索性甩开戏服，一路喊叫着跑出去了老远。

昏暗的灯光下，我跟宇笙还一人手执一把瓜子，呆呆地坐在门口。

“良缘，太想不到了，这些山间的老乡，比咱们城市来的还潮流，这种艺术的表达方式不就是最流行的快闪吗？”他感慨。

我也跟着感慨：“你看，他们把遇到奸人的那种愤懑，恐怖和惊慌表达得淋漓尽致呀。”

我们忍不住一起鼓掌。

我们俩又等了一会儿，我问宇笙：“宇笙，他们还回来吗？不会就这么走了吧？”

宇笙用一种很有经验的口吻对我说：“要回来的吧，主人家都还没有出来道谢呢。不都是有谢幕的，然后挥手致谢吗？”

对哦，我们嗑瓜子等着这队人回来，顺带还要打听一下怎么回到度假村。

远远的有人举着火把带着哭腔大叫：“就是你们家里头呀，来了俩人，说是看到了，太可怕了。”

我和宇笙站起来极目远眺，恍恍惚惚间，只模糊瞅见有一群人都手擎着火把，站在不远处指指点点。

火把明晃晃的，把半山腰都照亮了。

“这是要夹道欢迎我们吗？”喻宇笙丢掉了手里的瓜子，敞开胸怀，对着远方畅意地抒怀，“嗨！那边的群众，你们好吗？”

人群都沸腾了，不知道为什么，有一种不祥的预感袭上我的心头。

“宇笙呀，我觉得不像是热情欢迎的呀，你看他们手里还拿着棒槌，不不不，还有铁锹。”我不算是近视眼，我真见着好多人手里提着铁锹。

喻宇笙仍然保留有天真的幻想：“你想太多了，良缘，你要知道山里的乡亲都是朴实无华的，他们辛勤劳作，听说城里来了懂行的，都带着农具来一发俞伯牙摔琴谢知音。”

“摔铁锹吗……”我总觉得不是这么回事。如果我没有看错的话，那群人脸上又恐惧又惊奇的表情是闹哪样？

那群吵吵嚷嚷的人虚张声势，不知道在叫着什么，带头的那位是个精神的大眼青年，一见着我们，唰一下，从胸前掏出风油精瓶那么大的玉观音，对着我们高高举起。

喻宇笙目瞪口呆地想了半天，也手脚麻利的从口袋里掏出自己钥匙扣上的吉祥猪高高举起。

“太令人惊喜了，这是艺术的碰撞！他们在暗示，这是与古老宗教有关的戏种，有着悠久又纯正的历史，如同他那块绿得快要滴水的观音像一般，值得探究。而挂坠的意思是，演得吉祥喜庆！”他扭脸暗示我，脸上洋溢着单纯的兴奋。

哦哦哦，艺术的碰撞，言辞已经不能形容它们的意义了，必须用动作表达我们的感想，我立刻从我口袋里摸出一个贱狗的挂坠也举着。我挂坠的意义代表了忠诚并且对艺术的臣服。

咱们一群人就这么在烈烈风中沉默着，对视着，用手里的东西做着最原始的交流。

青年的表情大概是啊？嗯？哼！

我们的表情是虔诚并且赞叹。

然后他终于开口了：“又是猪又是狗，难道是暗示有人不守孝道，猪狗不如？”

他身后的中年大伯和妇女顿时掩面大哭，大伯哽咽着：“一定是这个婆娘不好，惹得爸不愿意升天，咱爸一定是咽不下去这口气呀，临死还在跟咱媳妇斗嘴，多喝一口酒，多吃她一口，她能骂一整夜呀。”

那个妇女听到这话，立刻把手放下来了，带着眼泪恶狠狠地回驳：“胡说，要不是你把爸要寄给小叔子的钱给吞了，爸能气得一口气上不来吗！”

他俩也不顾其他人，你一眼我一句的尽挑平时做的损事刺着对方，旁听的群众们表情越来越愤慨。

有指着两人骂的，有感慨人心不古的。

就连举火把的青年都啐了一口，骂他们：“难怪骂你们猪狗不如，你们真是愧为人子。”

他说话还真古典斯文，我和宇笙此刻也感觉到了不对，都讪讪地放下了手里的挂坠，互相对视了一眼，都从对方的眼中看出了惊慌。

咱们这是卷进了什么事端了吗？

“等等……”喻宇笙打断吵得火热的中年人，他用一种探究的口吻问：“咱们这不是在探讨夜戏的魅力吗？”

“……”乡亲们的表情可谓丰富多彩。

那个浓眉大眼的青年人问我们：“夜戏？魅力？小哥，你走错场了吧？”

宇笙干笑，指着那边空地儿：“刚刚来，就是听夜戏的，我见着有人敲锣打鼓，戏唱得正酣，就带着我妹坐下来了，难道不是你们这里有名的夜戏？”

那个浓眉大眼的青年露出一个啼笑皆非的表情，有点哭笑不得地问：“那你又说见着屋里的老人家了？”

后面那对中年夫妻也停止了对骂，但面上的表情可不是那么和善的。

“对呀，我瞅着屋里应该是有一位老人家的……”宇笙犹犹豫豫的。

他捏捏我的手，在我手心悄悄写：“如果不对，你就先跑！”

我反手握住他的手，看他满脸纠结的样子，对着他微微一笑。这个时候哪能自己跑呀，不管如何，都是共同进退的嘛。我可是有义气的周良缘呀，我都快被自己的这种正能量情绪给感动了。

“你这个样子让我很为难呀，万一我跑起来带着你碍手碍脚的……”他压低声音朝我哼哼。

我恨恨一丢手，决定不理他了。

那个浓眉大眼的青年带着我们去看屋里，明晃晃的火把让我终于看清了屋里那长长的，像个盒子一样的东西是什么了。

“这是张老爷子，刚过世，按咱们这里风俗，过了六十就是喜丧，家里要请人唱戏，屋里不能留人的。”浓眉大眼的青年解释给我们听。

我跟宇笙都干咽了一口口水。

“你们外乡人，不懂这个风俗，本来不能完全责备你们，但是你们把人家好好的喜丧给搞砸了是事实呀，看着办吧，谈谈怎么收尾。”那个青年貌似也不想多说的样子。

“对，要赔偿，最起码要赔偿全部损失！你们得一条龙全包！”刚刚还在哭泣着的妇女神奇的又昂扬起斗志来，冲在我们前头，指手画脚的。

“我还包你洗剪吹一条龙咧，多了没有，顶多戏班子钱我付了。”喻宇笙瞪了她一眼，突然态度强硬起来。

其实我想着山村丧葬也要不了多少钱，索性答应下来吧，他用手指死命地掐我，不让我说话。

“先说说你们要多少？”他冷着脸，我从来没有看过这么冷峻的喻宇笙，脱离了嬉皮笑脸的他，居然隐隐带了些从未见过的威严。

那个妇女举起手来，一个手掌那么多。

“五百？可以呀，现在就能给你。”宇笙皮笑肉不笑的，淡淡地回她。

她立刻撒泼：“你家死人只用五百吗，横死的都不止这个价格，更何况咱们这是喜丧，按照办喜事大办的，没有五万下不来，咱爸泉下知道自己这么大的事情被搞砸了，该多难过呀。”她又拍大腿哭，声音比刚刚的戏唱得还有节奏。

宇笙一下子眯了眼睛，不知为什么，我总觉得那泼妇的话刺中了他心底最难以愈合的那处伤疤，他冷笑几声，抬高声音回答她：“横死和喜丧怎么就不一样了，不都是失去了他们吗？人要是去了，原本都是一场空，就算活着的时候印象再深刻，也是会被亲人们慢慢地淡忘掉，就算原本他的存在再重要，也是会有新人慢慢地替补掉他的位置，死，原本意义却都一样的，没有区别，没有特别，懂吗？”

我看他眼中有泪，但是就这么倔强地蕴着，他声音都有些嘶哑，却努力挤出一个嘲讽的笑：“人活在世上的时候，你们都不给他省心，死了再多的弥补又有什么用，你们怎么知道，他就喜欢这样的形式？你们用自己觉得体面的方式来弥补最后的悔意，就以为他能感受到你的悔意？”

“他们走的时候，根本不会知道，今后你会变得越来越好，也根本无从得知，他的消失对于在乎的它们的人是那么痛苦，对于不在乎的人来说，其实是完全毫无意义的……”

“你们什么都不知道，愚蠢！”他浑身都在颤抖着，眼睛都红了，脸上却依然在微笑。

我有些害怕，那撒泼的妇女也被他的歇斯底里彻底惊住。我尝试着去拍他的背，他扭头看我，猩红的眼睛与我一接触，便闪避开来。

然后他便一声不吭地朝着暗角走去，扯住了头发，沉默着蹲在了那里。

我走过去，摸他的头，刚想要说话，却听见远处高地有人唤我们的名字。

那声音异常熟悉，带着点甜丝丝的尾音，清脆又不腻耳，我的心一下子就提起来了，是郝欢沁的声音。

走在她前头一声不吭的就是先前带我们来看夜戏的小妹，她的小脸都吓白了，哆嗦着用眼神示意我们不要出卖她。

“哦，不，宇笙宝贝，你在哭？是谁在欺负你？”欢沁一向是霸道的，一开口就咄咄逼人，扯着宇笙的手，将他尽力拉起来。

喻宇笙此刻已经平静下来，淡淡地甩开她的手，低声说：“别闹，欢沁。”

我朝着欢沁身后看，她的身后一如既往站着叶老大，虽然一脸疲惫的样子，但是眼睛却异常明亮，见我朝他看，居然破天荒用轻松的笑容回应了我。

这个笑容带着丝解脱的意味，同前段日子压抑着的那些微笑不同。

“嗨，良缘，一刻不见，你们就闹腾得满山遍野都欢腾。”他大笑起来，走过来，将身上的长外套脱下来，披在我的肩头。

我突然发现，他不再保留他的温柔，对我比以往更加体贴，他的动作小心翼翼的，却又带着怜惜：“小良缘，脸都冻红了呀。”

我有些受宠若惊，朝着宇笙挪了两步。

宇笙立刻脱了他的夹克替换了我身上的大衣，他自己挑起叶重台的衣服给披上了：“小人穿大衣，搞笑。”他还嗤笑了一声。

叶重台也不恼，问我们：“到底发生了什么事？”

那个浓眉大眼的青年立刻口齿伶俐地把我们追求艺术的忠诚行为形容得跟两个神经病末期的弃治患者一样，中途好几次，我见着叶老大握了拳头假装咳嗽。

欢沁可没有那么内敛，她仰起头，笑得清脆悦耳：“宇笙，你真是……

太可爱了。”

喻宇笙朝她挑挑眉头，却不作声。

“然后呢？”

“该怎么办？”他问。

欢沁扑过去，响亮地在他面颊上印上一个亮眼的桃红印。

“让我来帮你解决吧，宇笙宝贝。”她的语气甜丝丝的，即便我一个同性，都忍不住腿软。

可是我的心，却可耻地沉了下去，沉到了最低点。

我觉得，我好像，又似乎，是蛮介意他们如此亲密的行为的。

“别闹！一边玩泥巴去，乖！”宇笙轻轻地把欢沁给推开了。

这次他倒是干净利落的，袖子一卷，披着叶重台的大衣，抖着腿，像是早期农村非主流的黑社会一般，过去同那个泼妇商谈：“五万呢，是绝对没有的，顶多五千，你要再闹，我就不走了，你就算搬石头砸我头顶，让它开花，我也拿不出那么多，你看着办！”

他翻白眼作无赖的样子也是一流的。

他还特地强调：“哥哥我在城里，也是个有地位的，最讨厌别人威胁我了，把我逼急了，我就不要命也不要脸。”

比起无赖耍泼皮的，他这种不要命也不要脸的显然段位更高一筹。

浓眉大眼的青年，倒是个见风使舵的人，他这会儿又将所有人的话头揽过去了，将中年夫妇又训斥道：“得饶人处且饶人嘛，人家是远道而来的客人，你们那些事情我们乡里乡亲的就不追究了，先把客人的情绪给照顾好，要不然下次还有谁来到咱们这里旅游听戏。说了多少次呀，咱们这是文明的村镇。”

叶重台同他握手，称呼他为宁同学，我倒是想起来了，早些年这个区调配了一位大学生村官，将这里的旅游业推上了网络，搞得风生水起的，还在省级的报纸上作了报道，难怪看着这位浓眉大眼的青年有些眼熟。

那位年轻的村官露出一个憨厚又爽朗的笑容，握着叶重台的手，说：“以后叶先生还要多带团来呀，上次带着培训的学员到村里果园采摘，给咱们创收不少呢。咱们这里交通闭塞，又少宣传，只能靠着你们这样的文化人口口相传的宣传了。”

得了，这是利益关系，难怪态度一下子就变了。

能用金钱解决的问题，通通都不算问题， 咱们走错场，扰乱了人家喜丧这事，直接大事化小小事化了，在众人的愉快欢送中，我们终于寻对了方向，往度假村返回了。

# PART 12

## 叶老大，伴手礼，姻缘桥

嗓子眼里像是塞进了一团棉球般艰涩，我的眼泪被冷意冻结在了眼眶里。我终究没有落下一滴眼泪，而是回到了嘻嘻哈哈的人群中，偶尔还会假装被商导诙谐的介绍逗乐。

带路的小妹这次再也不敢快步行走了，她双手都打着大号手电，生怕我们看不到一样，将前路照得无比光亮，走几步都要回头确认我们有没有跟上来。

欢沁将喻宇笙整个人都给霸占了，她撒娇一般，将大半个身子挂在他的臂上，同他叙述过来途中被夜风的声音惊着的事情。

“那些风吹过来，都带着风哨子，我为了你，什么都不顾的，一路就这么寻着过来了。”她的脸上有单纯的讨好之色，即便是圣人，估计都拒绝不了这样酥软又贴心的嘟哝。

宇笙任她挂着，在她抱怨频繁的时候，十分没有良心地问她：“我和良缘有让你们过来救吗？”

他嬉皮笑脸的，这话问得薄情，但是看着他嬉笑的脸，欢沁被噎得怎么也说不了下面的话了，她发泄一样，啪地打在他的胳膊上：“笙哥哥说话真不好听。”

宇笙伸手一巴掌把她就给拍开了，欢沁就跟个甩不掉的膏药一样，愣了一下，又欢乐地蹦蹦跳跳着扑过去。

还十分可爱地朝着宇笙呲牙。

这次宇笙再也没有把她推开，我看见他有意无意地将一路上的树枝枝条暗暗地都挡开了，就如同来的路上对我那般。

枝枝蔓蔓的树枝随山风舞动，在暗夜里如同千年老妖延伸过来的魔爪，有好几次划住了我的衣服，让我寸步难行，我并不吭声，赌气一般自己用手拍开。

等到再次被挂住，叶重台做了一个让我惊诧并且尴尬的动作，他伸出手来搂住了我，却一点都不尴尬，表现得大大方方，极为自然。

“不、不用，老大，我自己能走。”我觉得自己的脸一下子就充血了。

叶老大只是微笑，执拗地用大手包裹着我的肩头。这样很滑稽，我就像一截僵直掉的木头一样，心不甘情不愿地被拢在他的手臂内。

我莫名其妙地很想让宇笙回头看一眼，可能是出自心里奇异的报复心理。

等到宇笙真的回头了，我却发现，我并不是那么开心。

宇笙听见我的声音，真真略微偏转了头，他的眼光落在我肩头的大手上，眼睛眯了眯，但是他没有说什么，我却觉得他的眼神其实是有近乎五秒钟是呆滞状态。而后，他反而装作没有看到一样，将头转了过去，继续护着欢沁一路向前走。

不知道为什么，我顿时有了破罐子破摔的沮丧感，觉得其实被叶老大这么搂着，还真不赖，最起码前面的枝蔓不会划伤我的脸，挂住我的衣服。

“老大，你没事帮我也拍拍蛾子吧，有蛾子往电筒光这里飞呢。”一旦接受了这个设定，其实做什么说什么都已经无所谓了。

我甚至还主动往叶老大那里靠了靠，伸出一只胳膊跟他勾肩搭背，作兄弟状，果然不再有枝条擦着我的衣服了，我被他保护得心安理得的。

叶老大似乎很享受我对他的依赖，我见着他的嘴角弯了弯，果然帮我赶了慕光而来的小飞虫，他压低声音悄悄问我：“良缘，刚刚的矜持呢？”

我想起咱们以前合作过的时光，想起被拒绝的场景，觉得最尴尬最羞愧的时候他都见过，实在没有必要同他有小女儿的娇羞，于是有些泼皮无赖地回答他：“叶老大，我其实觉得我还是有点优点的。”

他挑眉微笑着示意我说。

我清清嗓子，举例给他听：“我这几年观察了一下，大概是我喜欢的人，最后都能被我处得跟自家兄弟一样自然吧。”

“我是一个极具个人魅力的女性呀，能够化情侣间缠绵的小爱为兄妹之间浓厚的骨血之爱，十分正能量，这点值得赞扬。”我自嘲的本领倒是越来越强了，刻薄起自己来简直是草稿都不用打。

我见着前面的宇笙僵直了身体，脚步顿了顿。

而本来搂着我，后来和我勾肩搭背的叶老大，却陷入了无尽的沉默中。他不再吭声，直到度假村，我们四人除了欢沁一路大笑着自娱自乐或感慨夜凉令人毛骨悚然外，其他人都出奇的沉默。

“良缘，如果说……”进度假村大门的时候，叶老大拽着我的胳膊将我留下了。

他用十二分深情的眼神凝视我，问我：“如果说，再给你一次对我表白的机会，成功率为百分之五十五……你会再次尝试吗？”

我想也不想，便严肃地拒绝了他：“老大，这不可能，烈女不吃回头草。”

而后我自己笑得前仰后俯。

想拿我逗趣，嘿嘿嘿，没门，还以为我是以前那个无限做笑豆的良缘吗，我的智商和情商都已经有质的飞跃了好嘛。

我还特正经地拍他的肩膀：“别试探我了，我智商没那么低，咱们很久之前就该是兄弟了！”

然后我特潇洒地将他甩落在风中了。叶老大还担心什么呢，经历了年少无知，谁不知道亲友的情谊要比爱情来得亲近。我不会再让这么好的良师益友陷入尴尬境地。

没想到，我们这次闹的风波把商导都给惊动了。

他领着那个带路的妹子一早就来赔礼道歉，一边搓着手一边解释：“这里的夜戏，其实也不是常常有的，也跟祭祀有关，咱们山里有些说法和顾忌的，怕大家贸然去，触了老乡的忌讳，所以索性就没有提，没有想到小姚擅自带大家去了。这孩子刚来度假村工作，什么都不懂，要不是这样，也不会造成这么大的误会！”

那妹子泫然欲泣，吓得在商导后面垂头直扯衣角。

欢沁挽着宇笙的手，笑得极为爽朗，我发现她真是个极为单纯的女生，什么都会在脸上表现出来。她此刻心情很好，大方地抢在众人前面回答：“没事的，是我们不对，该赔偿的重台会赔偿的。放心吧，你也别为难小妹妹。“

她一边说一边还问宇笙："宇笙宇笙，我说的对不对？"

宇笙笑眯眯地夸奖她："嗯，欢沁的心地最善良，说话也得体，不错不错。"

他眼睛看见我，突然挑了挑眉朝我眨眨眼，眼神一溜，溜到我旁边站着的叶重台身上，带了点戏谑地笑了笑。

我顿时觉得心里很不舒服，冷着脸将视线转到了别的地方，不愿意再同他对视。

这日的旅游地点是当地的某处古宅群。

因为地处山区，这里的古宅保护得比外面的一些风景地的古宅要完整得多，而且没有后期雕琢的痕迹。

大家都对这种依山而建的古宅很感兴趣，尤其是欢沁，像只兴奋到飞起的小麻雀，一路笑着在各个古宅里穿梭，她同喻宇笙大概在玩一个你躲我找的游戏。

大多时候，宇笙像是对待孩子一样，伸出一只手就把躲在犄角旮旯的欢沁给拎出来了，每每这个时候，欢沁就欢乐地大笑，真的像个孩子一样粘着他要求失败的奖励。

当然，我已经当这些是情侣间的互动了。

我觉得我们没有理由也不能这么大喇喇地偷窥他们的甜蜜。

走在后面的叶老大不禁莞尔，我见他走过去同商导耳语，很快商导拍拍手，集合了人们："从这里开始，一直延续下去都是之前咱们山里古代土豪住着的豪屋，刚刚有朋友提议，想要分开去探索，我琢磨着这里不存在不安全的因素，所以也同意了这个提议，这么说吧，如果想留下来听我满嘴逗乐的，可以留下，其他的朋友们，一切自便，两小时后，还在这里集合。"

欢沁欢呼一声，扯着宇笙的胳膊，就拉着他往前冲。

明晃晃的太阳下，宇笙脸上那个笑容生动极了，他不经意扭头回来看我，只是一眼，笑容就淡了下去。

我心里觉得失落，朝后面的房檐阴暗的地方退了一步，让暗色遮盖了我，商导说了什么，大家怎么欢笑，都像是在十步之外。

等我回过神来，大部队已经前进至下一个明末状元家去了。

只有叶重台静悄悄地站在我旁边，也不催促我，见我回过神看他，微微一笑问我："良缘，你发什么呆呢？"

对呀，我发什么呆呀？

我振作精神，朝他勉强笑了笑。

他果然也不再追问，他是来过这里好多次的，于是，便一路同我细致又温柔地解释每个古物的用途和来处，有时走到闺房小姐的绣床前，他会感慨："你看看这些布幔上的绣品，简直是神作。"

他还会同我玩笑："良缘，你要是在那个年代，能不能嫁出去估计都是个问题。"

我给他白眼，他也不介意，伸手接我手里提着的东西。

"不过没有关系，爱情两方，只要有一方强势就可以了，男强则女弱，反之则亦然，不存在谁服了谁的说法，只有爱你的人，才会无限包容你。"他靠过来，状似在同我闲聊一样自然。

我跟在他后面若有所思。

好长时间都在想这个男强女强的问题，然后我问他："叶老大，那你说，宇笙和欢沁是怎么回事？"

我们停的地方恰巧是小姐闺房，处处细致，却又有条不紊的令人压抑。

叶重台沉默了一会儿，回答我："良缘，我不想隐瞒你，欢沁的确回家传达了要和宇笙在一起的意愿，虽然突然了点，但是她倒是有理有据的为自己申辩了不少。"

他叹了口气，又接着说："这么说吧，我是郝家领养的长子，爸爸当初不孕，寻遍名医也没有任何转机，索性领养了我，但领养了我的第三年，就有了欢沁，虽然是个女孩，却在郝家顺风顺水地长大了，一来，她没有心计，被保护得性子直来直去的；二来，她一直长在别的城市，很少回来，我陪着她这么多年，像她的哥哥，也被默许为她未来的伴侣。"

这个我倒是揣测过。老大拒绝我，很大原因估计是因为郝家对他的束缚，本来我是不明白的，我认识欢沁后，对叶老大不再有一丝丝怨念，存在的只是怜惜。

不错，即便是他如此优异，事事都像是顺风顺水的，可是我却总觉得他的人生，是活在别人的规划里。

“我也以为自己就会这样下去了，我曾经因此伤害过自己爱着的女生，更因此，在第二份真爱来临时，我选择了逃避，但是良缘，我从来没有想过，转变会在欢沁身上。”他突然转过身，很开心的样子，“良缘呀，欢沁回来说，对我永远只是兄长的尊敬时，我的心就像是解了枷锁一样。我知父母对我恩情深厚，但是我也是渴望着一份不掺杂质的爱情的。“

我假装看不到老大的表情，干笑了一声。

他也不以为意：“但是，父母肯定不会让欢沁嫁给一个做保安的社会青年，即便是他有迷惑小姑娘的高大，英俊和幽默，但是这些不足以让长辈们欣赏。我想，我该提醒你，最近郝家或许会派人细细追查宇笙的家底，不免会连累到你，我希望良缘你能撇清关系，保护好自己就可以。”

宇笙的家底呀……

我突然就想起那个满脸不耐，却又始终追着宇笙絮絮不止的男子，和眼角梢高高吊起笑起来像只狐狸的少妇，那样复杂的家庭，不知道郝家会不会认可。

即便是不喜欢我这样的女生，我也希望宇笙喜欢的人单纯一些。

“啊，要是欢沁不喜欢宇笙就好了。”出了状元家大门，我看见高高的门槛，有一种莫名的烦闷情绪从心底蔓延开来，“我们家的宇笙从来也不愁妹子呀，从来都是他挑人的，也不是家境好，他就会喜欢上的，说不定你父母不用那么担心，宇笙压根就当欢沁是小妹妹呢。”

我像是为他争面子一样，用一种骄傲自豪的表情同叶老大争辩。

叶重台斜睨我，嗤笑一声：“你这么维护他，他知道吗？”

我又怎么会告诉叶重台，维护宇笙，从来都不是刻意，他就像是一个时刻让我心生怜惜的存在，如果不是一起住着，我想大多数人会认为宇笙又神经质又夸张，公司里的同事虽然人人都喜欢跟他说话，但是愿意深交的却实在没有几个。

“得了，你现在的眼神就跟护犊的母狼一样，我要再说喻宇笙不好，你是不是要扑过来咬我呀，真让人心寒，好歹我还是看着你长大的叶老大。”他半开玩笑半指责我。

我倒是不好意思了。

他跟我是亦师亦友的关系，他曾经在他力所能及的范围内，帮了我那么多，就因为想要抓住这浮萍，能够身边有个知冷暖的亲人，然而我头脑发热去表白了——知道什么事情是最糟糕的吗？是尝试着把好友变成恋人，成功了倒也算了，万一中途崩了或者就跟我这样被扼杀在摇篮里，好友的情分都不在了。

就算是热乎乎地想用朋友之间的口吻关怀一两句，都要自省许久，生怕说了让对方误会的话，让岌岌可危的友情彻底崩裂。

“老大，是我错了，其实我非常后悔自己那时候跟你表白，就跟猪油蒙住眼睛一样，当时只想着乱七八糟的事情。”我特真诚地向他道歉，我那时真的是鬼迷心窍吧，把和老大之间的一点点默契都亲手扼杀了。

他拒绝了我三次呀，次次打着哈哈，不动声色地想糊弄过去，我怎么就不明白呢。

叶重台手插在口袋里，肩部挂着我之前背着的水壶，幽深幽深的眸子看着我。

然后他轻轻笑了一声：“良缘，你跟我在一起聊天，总是会想着被我拒绝的事情吗？为什么总是用这么决绝的口吻提起当初的事情？”

我不想同他纠结这个问题，哈哈笑了一声，转过话题，将视线投注于古宅内的对联上去。

叶老大是聪明又知冷暖的人，别人不喜欢的话题，他一向是从善如流地替你圆过去，不会让人有半点不舒服。

但是这次他却跟我较上劲了。

他不接我的话茬，伸手拽住我，问我：“良缘，当初我拒绝你，你对我可是一直怨恨着的？”

我连忙摇手，想了好半天才酝酿出最和善的词句：“老大，我一直都是懊恼着的，你有你的难处，我那时是真的不懂事。”

他的表情变得十分古怪。

他抓着我的手，像是憋了许久，终于忍不住一般，他直接而简单地问我：“所以你现在懂事了，喜欢上了喻宇笙吗？”

这个问题真是简单粗暴。

我张口结舌地同他对视，完全不知道要怎么回答他。

“哈哈哈哈……你搞笑吧。”我干笑，他也同我微笑，似乎还要继续说下去。

突然从屋子的后廊跳出一对异常欢脱的青年男女，满屋子你追我躲的，那男青年跑得飞快，女青年追得气喘吁吁的，跳进来看见我们俩，指着大笑：“咦，重台良缘，你们手拉着手，在做什么？”

原来是一直在躲猫猫的欢沁和宇笙。

我刚想回答她些什么，她突然尖叫一声，大笑着朝着我后面的过道扑过去，我看见缩在阴暗过道处的宇笙，木木的，似乎毫无防备的，被欢沁逮了个正着。

欢沁骄傲着：“多不容易，从早间自由活动逮你逮到现在，才给我抓着，换你来追我。”

“好，追你。”宇笙的声音却并不是那么欢乐，但是却真的追着欢沁跑了出去。

被他们一闹，之前的话题总算是不用继续下去了，被叶重台抓着的手也松开了。我们俩沉默着并肩走在这古朴的旧宅子里。

或许怕我尴尬，叶重台故意落下几步，背手走在我的后面，身上依旧挎着我的茶壶和小手提包，遇到门槛儿，他会小声提醒我：“别绊一跤，小心点。”

他同宇笙不一样，如果他愿意，他是能做一个世界上最温柔的男伴的。可是此刻的我一点都体会不到暖意，只是心乱如麻地四处张望。

等到集合的时候，我混入人群中，同时和他们三个都保持了距离。

商导游用热情洋溢的声音问我们："听说过咱们这里的新茶吗？"

果然有不负众望的傻子争着彰显自己的学识渊博，也不看看时间开口就回答："当然听说，好有名咧。"

商导用兴奋异常的表情，挑动着眉头，伸手远指。

当地的山民真是太机智了，就在我们参观古宅短短两个小时里，连绵不绝的沿山住宅都挂起了喜气洋洋的红色布幔。

上面用各种热情洋溢的词语欢迎着我们，一律商业化地打着广告：欢迎城市来的远客，茶叶一律八折。

或者是：因为你们是美女帅哥，茶叶七七折优惠。

反正是能想到的谄媚之词统统用上了。

喻宇笙乐坏了，哈哈哈大笑了好一阵，胳膊上挎着欢沁就朝着我移过来了："良缘，你要不要买点茶，回去丢给办公室的同事呀。"

欢沁就跟他的小挂件一样，寸步也不愿离开他，听他这么说，也点头："良缘，你跟宇笙都买点吧，宇笙你得多送点人，咱们这次回去，就让爸爸给你调动岗位。"

这是平步青云的节奏呀，我抬眼看了一眼宇笙，他满脸不在乎。

商导巧舌如簧地介绍："咱们山里的东西都便宜，据我所知，这样的茶叶在不远的镇上，就你们住着的度假村就要翻三番呢，当然了，我们不提倡旅游中促销商品，还是全凭大家的意愿。"

他说得极为诚恳，连欢沁这样来过好几次的人，都不禁蠢蠢欲动。

她冲在第一个，欢乐地在老乡家里挑挑拣拣的，居然又买了好多当地特色的野菜，分作两份，一份给我 ，一份给宇笙。

"良缘，你不要推辞啊，咱们以后都要亲如一家人。"她叽叽咕咕地帮我盘算，"这份给年长一些的长辈，对啦，给你们办公室主任嘛，这个给小妹子，养颜的……"

还真是用了心的在帮我打算，我在她埋头下去盘算的时候，抬头看宇笙，他恰巧也向我看来，我们的视线在空中相交，他像是有些疲倦一样，垂了眼，回避开来。

“呐，宇笙这里的还有给我爸爸妈妈带的新茶呢。”她满足地一抬手，这些当地的乡民显然已经初步具备了奸商的品质，在山外印刷了精装版的盒子，将所谓精装版的茶吹得天上有地上无，也只有欢沁这种不谙世事的，一次买上五六盒。

“啊，你还帮他买了探访你父母的礼物呀。”这下我再也维持不了自己冷静的状态了，这位大小姐可知道拜访父母意味着什么？

我不依不饶地站在宇笙跟前，用眼睛逼视他，然后很严肃地问：“这也是欢沁跟你商量过的吗，你确定要去拜访欢沁的父母了？”

他哭笑不得，双手一摊：“这都哪儿跟哪儿，她疯疯癫癫的，你也跟着闹，她喜欢替我做主，我就托她帮我带去呗。”

他语气如此轻描淡写，顿时让一旁欢沁的动作停了下来。

我以为她会大吵大闹，谁知道，她只是将买好的茶叶细细捆绑了一下，拎在了自己的手里。

“宇笙呀，你知不知道，跟我在一起的时候，我说的话从来不是征询别人的意见，它们是……命令。”她带着笑容一字一顿地说。

顿时觉得周身的空气都冷上了好几分。

我觉得要糟，像宇笙这样的带有极大反叛精神的蛇精病青年，向来只能顺着摸他的毛，要是跟他对着干，他绝不会像电视剧里面演的那样，带着被虐得很爽的心情，臣服于大小姐的石榴裤下。

我偷偷窥视宇笙。

他脸上那个嘲讽的笑容加深了几分，表情比以往的玩世不恭更加令人生气，他笑着，就像以往一样，挑衅地走过去，从口袋里掏出钞票，一张一张数给卖茶叶的老乡。

而后他指着欢沁手里提着的五六盒精装版的茶叶问老乡：“我付钱了，那些东西归我？”

老乡不明所以，点点头。

他拍拍手，一把把欢沁手里五六盒精装茶叶拉来了，欢沁睁着一双圆溜溜的大眼，嘴角含着掩饰不住的笑意，又得意又羞涩地看他。

突然喻宇笙扬手大笑：“朋友们，年中大惊喜，6 盒茶叶免费送，我甩出去，谁能抢到就归谁。”

他还真的这么干了，大家先愣了一下，起先谁都不敢相信，直到吕子健带头冲出了屋，在屋外接到了第一盒，于是大家都一哄而上地开始抢夺，开开心心地抢剩下的几盒，然而宇笙是天生的爱捉弄人，通常假动作到东边，一下子又甩去了西边。这倒也是让所有人情绪高涨，心情愉悦了不少……除了郝欢沁。

我悄悄偷窥欢沁，她一直笑着的脸僵在那里了，表情是难以置信的。

等到最后一盒也被抛出，她突然就爆发了，跺着脚指着宇笙，气急败坏地问：“你什么意思？你这是故意给我难堪吗？”

喻宇笙笑嘻嘻地看她，凑过去压低声音对她说：“欢沁，我忘了告诉你了，哥哥我最不喜欢别人对我指手画脚了，不管它是命令还是调情，哥哥我就喜欢反着干，你喜欢也好，不喜欢也好，我就是这样的人。”

他响亮地吹了一个口哨，双手背在头后面，也不管欢沁是怒还是伤心，一个人走到了屋外的山脚下，放声大笑：“哟，山里的妹子，喜欢哥哥这样洒脱的人吗？”

欢沁站在屋子里愣愣的，好半天才反应过来，擦着眼泪，死命地跺脚：“神经病，喻宇笙是个神经病！”

我站在门槛这里，她从屋里冲出来的时候，猛地伸手推了我一下，我一个踉跄，她又气又急地转过脸，挂着眼泪同我道歉：“良缘，对不起，我不是故意的。”

而后，她一个人拎着小包，滴滴答答地踩着高跟鞋就这么跑远了。

叶重台沉默了一下，还是条件反射地追上去了。

唉……我忍不住叹气。

宇笙扭头朝我眨眨眼：“良缘，你叹什么气呢？”

我斜睨他：“宇笙哪，你要是喜欢欢沁就直接对她说，不喜欢也请直接对她说，这么古古怪怪的忽冷忽热算什么呢？”

“呵呵，你管得真多呀！”他嘲讽地对我笑，表情很古怪，英俊的脸上，丝毫不见以往对我的和气。

“周良缘，这是你的不满，还是在替她不满？”他逼近我，手插在口袋里，弯腰仔细看我的表情。

“哦，我忘记了，你一直当我是自家亲哥的嘛。站在那里和叶重台一起亲亲热热的时候，怎么不记得介绍我这个大舅子呀？”他吃吃地笑，加深了那个“哥”字，“你甜蜜你的，你管我做什么？”

他顿一顿，又继续带着满满恶意对我笑：“周良缘，我对谁好，可不在补偿你的范围内呀。你不喜欢看我这样，就当作看不到好了，帮别人伸张正义的时候，为什么代入感这么强？你以为郝欢沁就是你，你就是郝欢沁了？”

当他对我也露出自我保护的利齿时，我觉得鼻头酸酸的，估计我也要像欢沁那样流眼泪了。

“不许哭！”他一掌盖在了我眼睛上，冷冷地说，“等我走开了再掉你那些无用的眼泪。”

嗓子眼里像是塞进了一团棉球般艰涩，我的眼泪被冷意冻结在了眼眶里。我终究没有落下一滴眼泪，而是回到了嘻嘻哈哈的人群中，偶尔还会假装被商导诙谐的介绍逗乐。

他走开了好远，而我的心始终都是冷冷的，尽管导游带着我们走在了阳光下，极目远眺都是满满暖意的山丘，可是我的心终究没法在阳光下恢复暖意。

商导游带我们走过一座小小的绳索桥，只有上下两根绳，上面是手抓的部分，下面那根就是脚踏的部分，他嘻嘻哈哈地介绍：“要是单身走过去的男女，我们称之为英勇，但是这桥的意义不是这样的，它还有个名字叫生死与共——互相有爱意的一对男女，彼此贴着，走路的频率都一样，一路走到头，我们这里的山神爷就会为他们的爱祈祷。”

有情侣跃跃欲试，男生贴近女生，两人行至中间，就控制不了彼此的速度，桥晃动得厉害，女生很快就被抖掉下去了。

这绳索桥其实离水不高，掉下去，正好坐在及膝的水坑里。

但是桥的寓意不错，于是常常有三三两两的情侣上去尝试，却没有一对能够走到桥头，说起来也奇怪，但凡是单身的男女，都能顺顺当当地走过桥。

我兴致乏乏地站在桥边，等大部队走过去，打算一个人单独慢慢挪步过去。

“来，咱们试试能不能过去嘛。”喻宇笙表情夸张地对我笑，一边用手肘轻轻碰我的胳膊：“刚刚就算我发神经嘛，你大人不记小人过，不要真的跟我生气了好吧？良缘妹妹，良缘美女，我家的小良缘——”他卯足劲跟我撒娇。

我就跟白米团堵住了胸口一般，一口气怎么也顺不过来，他来道歉，我反而更委屈了，赌气不想理他。

他有意示好，抬头扬声问商导：“商导，看我们兄妹走过去给你看。”

商导大笑，站在桥那端直摇头：“这怎么可能，这是一座有灵气的桥。咱们的山神爷可是一个梦想要成为月老那样存在的神，不是情侣不可能搂抱着过得了的。”

喻宇笙朝他乐，伸出两根手指：“赌赌看，输掉的人晚上请吃饭。”

商导是个爱热闹的人，此时被宇笙逗乐，也学着他伸出根手指摇了摇：“一言为定。”

宇笙突然一把把我抱了起来，我吓了一跳，结结巴巴也顾不上跟他赌气了：“干、干什么，难道你要抱着我过去？”

“你应该没有那么好的平衡感，你和我面对面地站，双脚踩在我的脚面上，双手抱好我的脖颈。”走到桥前，他放我在他脚面，低低地叮嘱我。

彼时他已经跨上桥，绳索抖动得厉害，我吓得一把抱住他的脖颈，视线所及，只有他，他的眼睛是那么亮那么黑，带着笑意，一眨不眨地和我对视：“没错，良缘宝贝，就是这样。”他低声安慰我。

他一步一步带着我挪动，极为稳妥，先前笑着的人们，都静了下来。

我听见商导结结巴巴地感叹：“这怎么可能，山神爷要是真让你们走过去……”他意味深长地停住了话。

我不觉得诡异，因为心里有期盼，反而心中莫名甜丝丝的。

宇笙也是一副无所畏惧的样子，甚至脸上还带了笑意，抱着我的手，微微有些颤抖，因为极度认真，我见着他额角渗出了些许汗水，等到真的走过了整个桥，他的眼睛一下子就亮了，眸子里像是燃了火花，异常黑亮，他神采飞扬地将我抱着从桥头跃了下来，甚至还得意忘形地在我唇上亲了一小口。

“多谢山神爷成全。”他笑嘻嘻的，却又异常严肃地压着我的头朝着山脚恭恭敬敬地鞠了一躬。

“哎呀，蛇精病！？这玩笑能乱开吗？！”我想起在外咱们彼此间都称作表兄妹，这样的动作简直是爆炸性的，索性一巴掌拍在他的肩膀上了。

所有人的表情都怪异无比，就连吕子建都张大着嘴巴，商导一副目瞪口呆的样子，指着我们：“这这这……唉，真是无法用言辞形容，还是先恭喜两位。”

他也不说什么了，像是窥到了什么要不得的秘密一样，一个人举着旗子跑前面去了。

“多谢祝福！”宇笙还是神经兮兮地开心着。

我这才后知后觉地害怕起来，喻宇笙这个神经病，他让公司的同事们以后怎么看我们呀。

“其实，不是那样的。”我站在那里解释。

大家都：啊，哈哈哈，山里风光多美，又或者一路小跑看古迹去，一时间居然没有人愿意相信我的说辞，甚至还十分默契地快步走到了我们前头。

喻宇笙像是心情很好的样子，伸手拍拍我的头：“别纠结了，都那样了，好好放松吧。”

他倒似没事人一般，跟着一众队友们有说有笑的，到了晚间吃饭的时候，商导果然守信，带了我们去了镇上最豪华的一个土家菜馆。

土菜馆的老板娘显然跟商导是有些交情的，见着我们落座，扭着腰肢朝着商导使眼色，商导乐呵呵地回答她：“今天我请客呀。”

她哦了一声，啪从腋下把另外一份菜单给抽出来了。十分热情地给我们推荐了不少山中的野味。

都是些不贵又平时吃不到的地方菜。

宇笙笑嘻嘻地点了大概有十几道菜，正要耍宝，饭店的门铃一响，换了一身粉红的欢沁跳了进来，她貌似又恢复了好心情，下午的事情丝毫没有对她有任何影响。

我瞅着宇笙的眉头跳了一跳，而后他朝着叶重台和欢沁笑了笑：“一起来吃点吧。山间的野味一般时候吃不到。”

谁也不提下午的事情，就像是之前的不快没有发生过，只是众人的眼神不免带了诡异之色，叶重台和欢沁将我和宇笙挤开来，隔了大半个桌子，我一抬头，见面对的还是宇笙，不免有点啼笑皆非。

“宇笙，咱们不赌气了哦，好好在一起玩，你不喜欢繁文缛节的拜会，咱们就先不去见长辈。”欢沁丢了骄傲，如同小猫一样摇着宇笙的手哼哼。

喻宇笙被她烦得吃不到一筷子菜，伸手夹了个猪蹄，直接往她小嘴里一塞：“欢沁，补充胶原蛋白，好好专心吃饭吧。”

欢沁被他塞得愣住了，我以为她会大发脾气，没料到，她真的欢天喜地地从嘴里取下大猪蹄，细细地啃起来，一边啃着猪蹄一边含情脉脉地看宇笙，整个一副阳光灿烂的表情。

“唉，真是关系太复杂了！”我听见身边的吕子建摇头叹息。

他像是十分同情我一样，又叹了一口气，居然也夹起一块猪蹄丢我碗里：“周小姐，你也补补胶原蛋白吧，本来就没有人家白嫩。”

真是士可杀不可辱，我真恨不得把整只猪蹄扣他头上。

“镇定镇定，周小姐。”吕子建小眼睛一眨，显然也看出我在暴怒中，他又夹了最后一只直接甩我碗里了，“一只不够，两只补……总有一天……就算不够白嫩，胸部也可以二次发育呀。”

我实在听不下去了，哗啦把碗碟一推，以我从未有过的失礼向大家致歉：“对不起，我有点累，先回去休息了。”

大家都似很理解我一样，齐齐点头。

# PART 13

## 霸道白富美 VS 叛逆小保安

暗淡的床头灯下，他的笑容足以温暖整个世界，眸子璀璨如星辰地看着我，像是等待我的夸奖，我伸手接过他手里的荞麦馒头，捏着角一点一点咀嚼。

我推开门，抱臂一路走出去，山间的月光实在清冽，投射在路上，有一种清冷的凄凉，有不知名的鸟在林间嘶哑地叫，我听得心烦意乱，直接捡起两块石头，朝着鸟儿砸过去。

"良缘，你肚子会不会饿？"有人跑过来，将外衣披在我的肩头，我一抬头，朝他笑一笑，又摇摇头。

"你这是在发脾气吗？"追赶而来的重台问我。

我拍拍自己的衣服，装作无所谓的样子，问他："叶老大，我发脾气是什么样子？会是这么平静？"

他没有正面回答我，而是深沉地盯着我看了一会儿，提起了一件往事："我记得你刚入职的时候，表面上装作什么都不在乎的样子，背地里每天都早起看那些以前的案例，期许从前辈那里得到成功的经验，多拉到一点订单……"

嗯，我也想起来了，我大学的专业是出了名的假大空，名号好听，但是却异常不落实处，每次去应聘，都不知道该投向哪个职位，能够面向我的永远只是销售和后勤。我没有工作经验，也没有可以拿出手的资历，应聘的往往是极小的私营公司，但即便是销售，也分三六九等，等我认真地去跑订单，付出了更多的精力时，才发现公司自己本身就是一个皮包公司。不足以接纳更多。

我应聘进叶老大所在的那个公司其实是一个机遇。那是一家涉猎十分广泛的公司，新人在那个公司里，能够学到许多平时接触不到的知识，能够有大量的培训机会提升自己，我真心珍惜来之不易的机会，想要留下来，想要更加好……

可是，我应聘的岗位是末位淘汰制的。

业绩画在办公室的小黑板上，每周都会排出销售量最低的三位。

前两周，我不得其法，周周都垫底，一个人不愿意回去，坐在公司里看那些产品资料，寻找失败的原因。

“我记得，第三周的时候，你比以往更加努力，甚至不去求订单，而是跟在我后面去看我怎么样去同客户交流沟通，你进步很快，拉到了一笔大订单。”

像是想到了我往日愚蠢的样子，叶老大的眼里都带了一丝笑意：“签单的时候，小组长劝你回总公司拿更多更完整的资料回来，却在你走开的这段时间，将客户分配给了有裙带关系的小赵。”

我抿嘴，听他说，不知道他提起这段往事是什么意思。

“你回来的时候，虽然在笑，也装作无所谓的样子，但是眼神就跟今天一样，是暴躁并且绝望的。”

“胡说。”我不愿意听他说，打断了他，“没有那么糟糕好吗？”

叶重台不再说些什么，和我并肩走在月下，他叹了一口气，对我说：“良缘呀，宇笙不是你的亲戚对不对？”

我没有回答他。

他继续说：“欢沁是真的喜欢他，你要是想跟她抢，几乎是不可能的，从小到大，她喜欢的，都会是她的。”

我转过头，在月光下，细细地看叶老大，他是那么的陌生，他不再是那个微笑着，鼓励我一切皆有可能、只要用心去做的老大，他也不再是高不可攀的，像星星一样无法攀摘的叶重台。

今晚，他只是个胆怯的，并且莫名退缩着的男人。

我不是他想的那样怯懦，我告诉他：“重台，我不是你家欢沁的爸妈，做不到事事学着让着她，是我的，我绝对绝对不会放手。”

顿了一顿，我一字一句地告诉他："除非是对方明确地对我说，不，良缘，我不要你，那样才会击垮我。"

他的脸在月下立刻变得苍白，像是被击中了一般呆呆站在那里。

我不想多说，将他的衣服甩给了他，抱臂一个人向度假村走去。

我睡得极早，却十分不实在，辗转反侧，一直清醒地听到屋子外面所有人归来的谈笑之声。睡到半夜时分，忽然听见窗户有闷响，像是有鸟翅膀扑棱扑棱地往上扑。

我披上睡衣，走到窗前，看见几步之遥的宇笙那栋小别墅灯都大亮着，他穿着驼色的毛衣站在正大开着的窗户前，用小番茄果一个一个地砸我的窗户。

见我走到窗前，他笑嘻嘻地伏在窗口上，伸出手臂递过来一个白塑料袋。

"良缘，这是山里人做的黑荞麦馒头，你吃吃看。"他大半个身子都要探出来了，像个小孩子一样看着我，眼睛还眨巴眨巴的："你今晚没有吃几口，我刚刚从度假村小妹那里要来的，还热着。"

我伸了手也接不过塑料袋，他索性跳窗出来，手一撑又从窗户跳进了我的房间。

"嗨，美丽的良缘小姐，你愿意和我共进夜宵吗？"他笑眯眯，眼神甜丝丝的，问我。

暗淡的床头灯下，他的笑容足以温暖整个世界，眸子璀璨如星辰地看着我，像是等待我的夸奖，我伸手接过他手里的荞麦馒头，捏着角一点一点咀嚼。

"良缘，你今天是心里不舒服，还是身体不舒服？"他还是开口问我了。

我哼了一声，将荞麦馒头恨恨咬了一口："关你什么事，你不是跟欢沁大小姐你侬我侬的正开心？"

他随意地靠在我床上的被子上，双脚悠闲地荡呀荡，用一种十分惋惜的口吻回答我："两个蹄髈，你不吃一口就走了，好可惜，我一直瞅着，人太多，不好意思帮你节省食材，好在吕子建后来帮你全啃了。"

这都歪到哪里去了？！宇笙呀，你问话的重点呢？我差点将手里的馒头挥他头上了。

“等等，良缘，别气，先等等，听我说，我今天跟欢沁回来的时候说清楚了。”他作势挡着我，笑嘻嘻地看我，像是知道我要问他一般，话说了一半，吊着我的胃口。

我还是忍不住问他：“你跟她说什么？”

他眸色沉沉的同我对视，深情得一反常态，让我有一种下一刻就要被表白的错觉。我的心儿跳得简直是反常规，下一刻就仿佛要蹦出体外一般，只能捂着胸口等他回答。

“我告诉她，我可能不会把她当做恋爱的对象来相处，因为……”他含笑看着我，漆黑的眸子看得我十分不自在，他像个文艺青年在咏叹，“因为，啊——我深爱的姑娘不能为我所有，所以我根本不想再有任何感情的羁绊。无论是谁，无论何时，天涯海角，都不会有我的感情归属了。”

如同以往一贯玩世不恭的语气，却奇迹般的能从中听得出认真。出奇的失落，却也让我松了一口气。

我想我一定在脸上表现出来了，宇笙伸手摸了摸我的头，依然还是笑着：“我说清楚了，你可以开心一点了，良缘。”

“搞笑！你泡妞耍花枪关我何事？”不是我要的答案，我十分低落。

我为什么要开心?

这和我又有什么关系?

我一边悲愤，一边将他手上正啃着的荞麦馒头夺了下来，一口气不停歇地啃了三个馒头。就像演默剧一样，他纵容着我对他凶巴巴的，含笑看我凶猛地啃着馒头，等到我吃完所有的东西，他帮我盖了被子，又熄了灯，从窗口又悄悄爬回去了。

我就不该相信他的话，因为第二天早晨起来，我看见郝欢沁脸上压根儿都没有一丝伤心的痕迹，依然活力满满地满口叫着“宇笙宇笙”满场拖着他的臂弯跑。

这次车往市内跑，路过稍稍繁华的县级市，有朋友嚷着要下车买当地的土产。

欢沁也来了兴趣，扯着宇笙下车，宇笙一副没有睡醒的样子，懒洋洋地被她拉着踉跄了一下。她又蹦又跳地指着柜台上的皮草大衣，让宇笙看：“宇笙，人家好喜欢这个颜色。”

宇笙抬头看那件粉色的皮草大衣，赞同地点头：“嗯，颜色漂亮。”

过了一会儿，他眯眼睛一看价格，同样赞叹：“价格也漂亮。”

欢沁甜丝丝地笑着摇他的手臂，撒娇：“你还没有送过礼物给欢沁呀，宇笙，给我买一件吧，还有半年就要到我生日了呢。”

宇笙哈哈哈大笑，一把抽出自己的胳膊：“妹妹别逗了，我自己还穿着皮革的外套呢，哥哥我也想搞件毛皮大衣呢。等明年生日，哥哥给你做小蛋糕。”他特无耻地用手比画了一下，让欢沁明白他口里的小蛋糕就巴掌大小的儿童蛋糕。

“讨厌！不跟你开玩笑。”欢沁娇嗔着打他的手。

我站在他们不远的地方，挑着手串，不想听他们的对话，却又无可避免地听得见他们在说什么。

欢沁压低声音说：“宇笙哥哥，你是不是手头紧，才不愿意送给我礼物呀，没有关系呀，我这里有钱呀，我可以借钱给你买了送我呀。”

她其实就是想要宇笙宠着她一点吧。

“那你自己买呗，又不缺钱，白富美跟我一个做保安的小屌丝开什么玩笑。”宇笙笑嘻嘻地四两拨千斤。

我忍不住偷偷窥欢沁，她脸上红一阵白一阵的，眼泪都要掉下来了。

“唉……”宇笙做了个投降的动作，过去拍她的肩膀。

我们都以为他要妥协了，谁知道宇笙这个神经病只是很同情地劝欢沁：“欢沁呀，心里不痛快吗？不痛快，就哭吧，哭出来会舒服点。其他的事情，我能力有限，真是爱莫能助呀。”

“……”我简直对他的神补刀佩服得五体投地了，不由得同情将眼泪生生吞回去的欢沁。

她闭了眼睛，眼泪蕴在睫毛上，欲滴未滴，一副梨花带雨的样子，她虽然压低了声音，但是依然能被大家听见，她的声音都在颤抖了：“宇笙，你太……”

“等等，欢沁，你眼皮上有脏东西呀，别怕，哥哥给你弄干净了。”宇笙根本就不给她机会抒情哭泣，伸手哗啦一下，把她右边眼皮上的双眼皮贴给撕下来了。

欢沁愣了愣，张开的眼睛一双一单的，她呆了呆，放弃了悲伤，然后捧着脸就慌慌张张地奔车里重新打扮去了。

宇笙感慨地捏着双眼皮贴，自言自语：“女人呀，要关注的东西太多了，稍稍转移下目标，眼中就完全只有她自己了。”

“……”我用一副服了的表情，由衷地表达了对他的膜拜。

他对着我挑挑眉头，摊手做了个无奈的表情，用口型对我说：“相信我，我昨天跟她说清楚了的。”

因为这个闹剧，欢沁似乎同喻宇笙真的赌了气，从县级市开往 Y 市的余下时间里，她一直闭目沉默。

只是到达目的地的时候，她拦住了懒洋洋的宇笙，用斩钉截铁的语气告诉他：“宇笙，我喜欢你，我不会放弃的，你让我再难堪再生气，想让我知难而退，都不可能让我退缩。”她甚至为了表明决心，还冲着我挥了一记拳头。

这让我很是莫名其妙。

喻宇笙回她以不停跳动着的眉毛，这个面部表情似乎藏着很深的寓意。

回家的时候，他主动告诉我，其实那是他由于过度紧张，导致面部痉挛造成的。

我忍不住呸了他一口。

这个蛇精病，终究还是个惹祸精。

我们从郊外回来，各自都给人带了礼物。

宇笙那里直接人手一袋苦荞粉就打发了同伴，我临走的时候，他倒是帮我精挑细选了好几样适合老人家的保健野生产品，对我说：“你们同办公室的老主任对你可谓关怀备至，去好好答谢人家吧。”

我盯着他乌黑贼亮的大眼睛，取笑他：“如果是帮你转达，也是可以的。”

他哈一下笑出来，拍我的肩膀：“嗯，就算是帮我转达。”

那位老人家，其实对他照顾的比对我的还要多吧。我知道他们之间可能有千丝万缕的亲戚关系，可是我真没有兴趣去深掘，他要是不想告知，我又何必去惹人嫌。

我将礼品交到老主任手里的时候，她笑得眼睛都没了，一边同我客气一边问我："那个保安小伙子，这次表现得怎样呀？"

我对她翘起大拇指，告诉她："特别棒，喻宇笙团队个人都是优异，就是在途中发了点少爷脾气。"我可不敢把他寻死觅活的事情告诉老太太。

老太太一把握住我的手，摇了摇："良缘，我没有看错，你就是暖人心的孩子呀，谁跟你一起都开心着。"

吕子建在旁边贱兮兮地插嘴："对嘛，良缘本事大着呢，你不知道她那个表哥对她可宠着呢，放着郝小姐都不哄着，就偏偏为了她得罪人。"

老太太一脸困惑的样子："又是哪个小姐呀？"

吕子建就哎呀一声凑过来，用一种亲戚间特有的热络凑过来问我："良缘，咱们以后反正都会是亲戚的，你跟你表哥那档子事情，我就当做没有看到过了，以后工作的地方多少忌讳点呗，同事看到了会怎么想。"

他还真蹬鼻子上脸了。

老太太一脸的不理解，指指我，又指指屋外，突然一副恍然大悟的样子："小吕呀，你说良缘的表哥，是不是那个小保安呀？"

吕子建特贱地冲我乐，一边对着老太太点头："对，就是长得挺俊的那个，你不知道他们两个呀。"他伸出两只手指一并。

老太太特开心，把我肩膀拍了又拍："干的好呀，良缘，就该把你表哥治的服服帖帖嘛，那个野猴子也该有人这么对待着，多好的事情。"

吕子建一对小眼都对在一起了。

他用特不能理解的语气夸张地压低声音问老太太："我说主任，您这是老年痴呆吧，他们这可是兄妹关系，乱伦的呀！"

老太太特不开心，瞪了他一眼，骂他："多事！"

想想又不解气，主任干脆从桌上拿起自己的香水，对着吕子建一个劲地喷。

吕子建一边躲一边问："主任，你这是做什么呀。"

老太太一脸的奸邪，意味深长地冲他笑，问他："下班要跟郝助理约会不？"

吕子建洋洋得意地点头。

老太太笑得更加邪恶，这笑容绝对是家族系的，看着太熟悉了，她索性把剩下的香水都招呼在吕子建身上了："那就带着香水味儿跟郝助理逛街呗，算是主任我免费赞助。"

吕子建这才回过神，哭丧着脸嗅自己身上的衣服，一边嗅一边愁眉苦脸地嘀咕："老太太你也太阴险了吧，这香味非得洗澡才能去掉了呀，你让我跟郝助理怎么解释呀……"

老太太一摊手，做了个爱莫能助的表情，顺带同我对视哈哈大笑起来。

一起吃午饭的时候，老太太犹犹豫豫地开口问我："良缘呀，我一个人在家也怪冷清的，今晚你要不约上小保安一起来我家吃个饭吧。"

大概她不知道，每每她转着眼珠儿想事情的时候，那个表情那个神态，同宇笙一模一样。我看着奇异般觉得亲切得很。

她像是怕我拒绝一样，拉着我的手，故作悲哀地叹气："人要是年纪大了，就很珍惜每个生日，过一个就少一个……活着吧就想着折腾，也折腾不了两年了……"

我怕她继续说下去，心情真的会变得糟糕，索性打断了她的话，一口答应下来："没问题，主任，今晚我一定拉着宇笙准时到。"

她欢天喜地地约了时间，连地址都没有告诉我就匆匆告假去买菜了。

我去问宇笙的时候，他惊愣了一下，又大笑出来，拍拍我的头发，夸我："我家良缘果然人见人爱的，我今天还本来打算一个人过去呢。老太太这么快就邀请你了呀。"

我问他："地址你可知道？"

他嗯了一声，沉默了两分钟，又补充说："良缘，她，其实是我外婆呀。"

我心里猜过老太太或许是他的亲戚，却没有想到两人的关系这么亲近，大吃一惊，却又在暗地里开心。

这么说吧，以前宇笙对我是一种补偿的态度，什么都顺着我，不开心的时候他常常出丑耍宝也要让我开心，我想要的，他尽全力帮我去实现，对我尽管如此百依百顺，可是我却总觉得没有走进他的心中。

我想知道的，他什么都不愿意跟我说。

他的家庭，他的过往，他的喜好，我从来不去问他，却并不代表我不介意，我只是想要他心甘情愿地接纳我慢慢走进他的世界。

我从来没有想过这一天来得如此的快。

我结结巴巴地问他："为、为什么又打算告诉我了？"

他玩世不恭地朝我笑："觉得都快被猜出来了，瞒着一点意思都没有了。"他伸手拍我的头，正要同我嬉戏两句，手机铃声打断了他的动作。

我听见电话里欢沁在问他：你要不要早点出来买蛋糕呀？

"？"我用疑惑的眼神看宇笙。

宇笙一边用内疚的眼神看我，一边举着手机回答她："欢沁呀，我在等良缘下班一起去呢，今晚她也去我外婆家庆生呢。"

我顿时觉得有点尴尬。

这都什么呀，原来他早已约好了欢沁呀。我有点无地自容，打消了跟宇笙一起买礼物的决定，想要自己出门买点礼品。

"良缘，你别乱想。"宇笙伸手一把拽住了我。

"哈，没有没有，我只是想要出门看看能买点什么生日礼物给主任。"我一边干笑，一边不动声色地用力将他的手指从我手臂上给抠下来了。

他十分无可奈何的样子，跟在我后面解释："良缘呀，她本来约我去好好谈一次话，我同她说，今天不行，我有长辈过生日，她自己非得跟着要凑份子，我……"

我朝他点头，自觉还带了微笑，不知道为什么笑得有点吃力："嗯，所以我去单独买份礼物去，总不能咱们三个人只送一份蛋糕吧。"

"良缘呀……"他长叹一口气，却不知道说些什么了，只是用告饶的眼神可怜兮兮地看我。

我有些不忍心，顺着他给的台阶下："那你也得陪我挑一份你外婆喜欢的礼物呀，挑完以后咱们和欢沁汇合买蛋糕。”

他的眼睛一下子就亮了，扑过来把我一把搂进怀里，簇拥着我出了公司的大门。

“良缘，你真是心地比我妈还善良呀。我就喜欢我妈这样的女人。”他又换赞叹的词句了，还真一次比一次肉麻。

蛇精病！我一把把他推开了。

我本来打算买一大束花配合着他们的蛋糕，但宇笙一直在我后面摇头：“她花粉过敏，买了这些东西，连她家大门都进不了。”

我还真没有给长辈买东西的经验，我的外公外婆过世的早，长辈最年长的就是大舅，唯一的嗜好就是喝酒，要是寻到好酒往他怀里一送，他顿时眉开眼笑的。

“那我该买些什么？你外婆喜欢什么？”我向宇笙求助。

他冲我眨眨眼，向我招手。

街边有一个装修得跟天宫一般的首饰店，卖的可不仅仅是珍贵的金银珠宝，更是卖一种设计理念。

我这样的消费水准，一贯都是从街边贴着首饰店的玻璃一路撒着口水路过，还真没有勇气进去近距离观赏过。

“太、太高档了！”我一进去，眼睛就情不自禁地闭上了。

喻宇笙又好笑又好气，一巴掌拍在我背上：“你闭什么眼睛呀，陶醉成这样。”

我哆嗦着，小心提醒他：“宇笙呀，我所有工资积蓄加上也买不起这里一根细细的手链呀。”

这里是土豪的天堂啊，数字就扯着一连串的零。

他莞尔，牵我的手，扯着我往前。

“把你的眼睛给我睁开！”他指点柜台服务小姐把一根青翠欲滴的玉兰花状的胸针拿出来给我看。

我被那后面的零给震惊了，看着那朵玉兰花就只剩下咽口水的劲。

“德性！看这根怎么样？”他就跟常常购买这些奢侈品一样，将每个绿得惊人的饰品都拿出来细细摩挲一番，最后还是相中第一根胸针。

“小姐，就这根帮我做个礼包，来，良缘，把卡拿出来结账吧。”他轻拍我的肩膀。

我整个人都不好了，开始想那一串零什么时候能够从信用卡里还清。但是这么一想，觉得更加纠结了，一张信用卡我们俩可以还的额度似乎都不足以支付这一根胸针呀。

“宇、宇笙呀，就算你办理的那张跟我办理的这张加一起，说不定都不够还的啊！”我悄悄拉他，然而他的眼睛正在手链区穿梭。

彼时他正中意地细看一条扭成中国结的黄金细手链，就像是没有听见我的话一般，示意我抬手起来。

我不明所以，看看那根手链的价格，心中一喜，貌似价格尚且在可以接受的范围。

他替我细细地戴上，问我：“喜欢吗？”

我想着那个价格，立刻喜从心来，由衷地自带陶醉的光环回答他：“十二分满意。”

他也开心了，跟服务员小姐示意：“对了，再加上这条。”

哎呀，天哪，这得多少钱？我哆嗦着，腿一软，戴着那根细手链就坐在水磨石的地上了。

“哈哈哈哈。”蛇精病笑得比以往更开心，他甚至不忘蹲下来打趣我，“良缘，你别介意呀，这两样就当我自己要买的，咱们那块坟就彻底算是给你买的成不，我以后入住付你租金？”

这都什么跟什么，这个时候还跟我扯这个。我怒从心中起，一把揪住他的耳朵，再也不会觉得他装疯卖傻显得可爱了：“喻宇笙，你听见我说的了吗，咱们两张信用卡透支都还不了这些，你还给我又多添了一条。”

“良缘，不怕，说好了养你，怎么能真穷到赊欠墓地去呢。”他笑嘻嘻地看我，从我手袋里挑出之前开玩笑时塞给我的卡，交给服务员小姐。

我眼巴巴地看着服务员小姐结了账，包装好礼物交到我的手里，一切如坠梦中，毫不真实。

等等，那卡里的余额到底有多少？我用惊恐的眼神看着宇笙。

“也就是一个数字而已。”宇笙淡淡地回复我，像抱孩子一样，把我从地上扯了起来，顺带亲了一下我的脸，“好啦，能够为你消费，我们一家子都会很开心的。”

我结巴了许久还是没有忍住问他：“喻宇笙你出门消费这么叼，你父母知道吗？”

他还真严肃地回答了我：“报告周良缘小姐，我在家汇报了父母才敢出门这么叼。”

这不要脸的话，一下子把我震惊的情绪给彻底打散了。

我从来没有想过宇笙会有这么多钱，我只知道他的父亲娶了个跟他差不多年纪的小妈，也看得出他们出手挺宽裕，但是当他在我面前不动声色划掉了那么多带零的数字后，我还是不可避免地觉得自己和宇笙在不知不觉中有了点距离。

“傻样，想什么？”他一伸手，把愣愣的我勾进怀里。路上有些起风了，他今早出门时随手挂了一条淡米色的长围巾，见我抖抖索索的，伸手将脖上的围巾扯了下来，给我围了上去。

“宇笙呀，你家一定很有钱吧。”我还是忍不住问他。

他微微一笑，问我：“你觉得郝氏集团是不是大集团？”

我捂胸口朝他迟疑地点点头，觉得他一定石破天惊地想要震撼我，我已经想象到他会如同无数篇总裁文写的那样，拽爆了地对我邪魅一笑：郝氏不过是我家的卫生间。

但是我低估了喻宇笙的不正常态，他朝我傻呵呵地一笑：“对嘛，郝氏真的很大嘛，我家绝对不是你想的有郝氏那么大。”

我等着他下半句呢，他朝我挑挑眉：“以后告诉你。”

我朝他翻白眼，我平生最讨厌说半句留半句吊着人胃口的了。

“好了，宝贝儿，别闹。”他伸手揉我的发，我想我的表情一定是呆滞在脸上了。

“怎么了？这个表情？”他顺势捏了一下我的鼻尖。

我愣了好久，才找到自己的声音，我觉得我无法用开玩笑的口气来回复他：“宇笙，我很讨厌你用这种同每个人都说过的亲昵口气或者称呼来称呼我，同我说话。我介意，如果没有独一无二的，那么从来没有也可以。”

他笑容僵在了脸上。

“你可以不用对我说这些，我又不是郝欢沁，我不需要你哄着。”我像是吃错了药一样，一句又一句地往外冒着酸水。

他居然很认真地同我点头，并且承诺我：“嗯，我知道了，良缘，以后会注意。”

都怪我，气氛一下子沉寂下来，有点尴尬。好在蛋糕房离得不远，欢沁已经在蛋糕房里等待着了，看见宇笙搂着我，她大眼睛眨巴了一下，突然如同只小乳燕一样，甜甜地扑过来，将宇笙另外一侧怀抱给占领了。

她同宇笙撒娇：“不要厚此薄彼，你不是也叫欢沁妹妹吗？”

宇笙扯了一个淡淡的笑，拍了拍她的头，颇有点对待小孩子的意味，我却心里像是吞了一只苍蝇一般，慢慢地不动声色地从宇笙的手臂里挣脱出来。

他余光瞄了我一眼，似乎有些不满，手臂却从欢沁的肩膀上撤下了，将双手都插进了自己的裤兜里：“好了，蛋糕挑得怎么样？”

欢沁指给他看，整整三层，花朵做得跟真的似的，奶油边儿都雕成了繁琐的花纹。就连配套的蜡烛都是撒着金粉的。

“哇哦，选得漂亮，金光闪闪的。”宇笙表现出他的满意。

“好、好高档呀。”我笑着看宇笙，欢沁的品味都是跟宇笙一个样，东西都选择最养眼最昂贵的。

“是呀，良缘，你买了什么礼物？”欢沁伸手挽住了我的手，摇了摇，笑嘻嘻地撒娇：“我跟宇笙哥哥送一份礼物，让你自己买一份，你不会生气吧。反正你们是兄妹，之前那么多年一定没少一起凑过礼物，今年就让让我吧。”

这么多人里面，也只有她霸道得如此直率，我朝她笑了笑，表示不在乎。

“好啦，蛋糕店里师父会开车帮我们送去小区，我们先走。”欢沁反而舍了宇笙来挽我的胳膊。

她一边走一边小声地问我："良缘呀，你哥平时喜欢什么呀。"

我想了想，觉得自从见到他，他就没其他爱好，隔三差五的来个终极心里考验，于是我问欢沁："他喜欢挑战极限，算是个爱好吗？"

什么跳海，跳楼，跳高塔……还真是什么极限就去做什么。

欢沁抿嘴笑，摇我的手臂："我也喜欢呀，以前经常就在脚上栓根绳子，从好高的山崖跳下来呢。有次三根保险带断了一根，可刺激了！"

我用看蛇精病的眼神打量了她，果然这就是传说中的共同语言吗？于是我又用真诚而又羡慕的语气称赞她："这点宇笙肯定会跟你有共鸣呀。他也爱登高远……跳！"

她甜丝丝地回眸瞄宇笙。

宇笙手插在口袋里，看我们俩同时回头看他，嘴角浮现出一个淡淡的笑意，眼神恍惚得很，似乎透过我们俩在想什么事情。

"你看，他就这么看什么都不在乎的样子才吸引人。"欢沁娇羞地扭过头，一个劲地掐我的胳膊。

我面无表情的给她掐，她回过神来后，又忙不迭地跟我道歉："良缘呀，你痛不痛嘛。话说回来，你跟宇笙长得一点都不像哦，难道各自偏向自家外亲？对了，你跟我大哥什么时候定下来呀？"

"……"我回她以茫然的表情。

当初跟叶重台你侬我侬月下感叹青梅竹马的时候，就叫人家重台，现在有了宇笙又叫人家大哥，这还转变得真快。

我用尽量轻松的语气回答她："欢沁，我跟你大哥缘尽友谊长，我们早就不是喜欢和被喜欢的关系了。"

她仿佛陷入了无限自责里一样，看向我的那双大大的眼睛里都似乎一瞬就蕴了薄泪，一个劲地道歉："都是我不好，我年少时候太依赖大哥了。"

"……"我回她的依然是茫然的表情。

"上车再聊吧。"幸亏宇笙及时拦了的士，否则我还真不知道怎么接下她的话。

# PART 14

## 生日，旧照片，肇事者

当那个熟悉的名字真的出现在调查报告中的时候，我还是不由自主地想要逃避了。只一眼，我便觉得天地为之旋转，身心都疲惫了。

老主任家住在郊区外的别墅区内，我偶尔在电视上见过这片别墅群的广告，那广告做得美轮美奂，似乎每个入住的人都是精英，身后不扯上一连串的名号都不配入住。

老主任早就披了红色的披肩站在门口等我们。

见着我们，还想假装客套两句，结果被宇笙一个拥抱就给击碎了。宇笙走过去，以最热烈的拥抱将她抱住了："外婆，生日快乐！"

老主任惊愕了一瞬，眼睛朝我看了看，便笑开了："笙笙宝贝，外婆好开心。"

宇笙抿嘴，从我手里接过小首饰的袋子，递给老主任："这是良缘买给您的，我做的参考，她的诚意。"

老主任也是个直率的人，就站在屋外把包装打开了。

那一抹青翠欲滴着实让她的笑容更深几分。

"好漂亮嘛，来，良缘给我戴上吧。"她朝我招手，顺势亲热得把我的胳膊给挽上了。

大概是怕欢沁尴尬，宇笙又同老太太介绍："这是我最近认识的欢沁妹妹，听说你过生日，一定要来帮你庆祝。"

欢沁闪着大眼睛，十分乖巧的样子，朝着主任甜甜地笑。

老主任像是被吓了一跳，又仔细打量着欢沁，带着十分客套的微笑点头："你好你好，以前宇笙小的时候也爱把小伙伴往家带，家里一直挺热闹的。后来……就不常带人来了，他自己都不怎么来了。"她像是感慨一般，还十分怨念地瞪了宇笙一眼。

我们跟着她走进去，见着墙壁上挂着好大一幅全家福，她见我目不转睛地看，指着介绍："宇笙小时候就像个小姑娘，拍照都要站在最角落。"

照片上的宇笙大概十岁光景，穿着一身小白西服，像个小媳妇一样害羞地缩在角落里，头发短短碎碎的，还有些婴儿肥，十分可爱，他的脸上的笑容却是阳光明媚的，那对标志性的小梨涡显得尤其深。

半搂着宇笙的是一位长得十分知性的女性，头发松松地挽在脑后，几丝碎发垂落在颈边。她身穿高领的竖琴领白色衬衣，配着暗褐色的高腰长裙，唇边一抹淡淡的笑，嘴角也有小小的梨涡，她不是传统意义上的美人儿，但是她端庄地坐在那里，自然有一种说不出的美，内敛而又沉静，这种美是需要用心去体会的。

"真漂亮。"我赞叹，同时觉得照片上的这位极有风韵的少妇有些眼熟。

"什么？"宇笙顺着我的视线看去，脸一下就白了，他有些不安地看我："你看这个干吗？"

我同他嘀咕："搂着你的就是你的妈妈？好漂亮，像明星一样。"

他沉默着伸手摸摸我的头，静了一会儿才说："她不算漂亮，一直都是那样淡淡的，直到过世，都是这样，在我记忆里从来没有过变化，要说像明星，估计也只是我一个人的明星。"

我大概心里约摸知道他的母亲过世早，听他这么伤感又骄傲自豪地夸赞自己的母亲，有些感动，也伸手抱了抱他。

"好啦，不想故人了，来看看我从小长大的地方。"他向我招招手。

欢沁比我还要快地跟过去。我就慢了一拍，被她挤在身后。

老主任有些无奈地朝我笑，无声的用眼神怂恿我挤开欢沁，我有些不好意思，默默地跟在他们俩后面。老主任笑着摇了摇头："欢沁和良缘呀，你们要不要来尝尝宇笙小时候最爱吃的山楂糕？"

欢沁顿住了脚，看看宇笙，眼里含笑地问他："你小时候爱吃的？"

宇笙啊的答应了一声，他眼睛一溜桌子上的山楂糕，带了点回忆的迷茫："外婆，你现在还做这些呀。"

“是呀，你们娘儿俩都爱吃这个，每次一回来，你妈吃的比你还多……”她说着说着声音就低下去了，然后双手有力地一挥，终止了这个话题，“哎，不说了，老阿姨出门帮买菜，到现在都没有回来，我到门口迎迎她。”

她说的老阿姨，据宇笙解释，是请来的钟点工。

欢沁吃着山楂糕，一边啊啊啊地惊叹一边递给我一小块：“我原本都不吃这些的，谁知道这样的爽口。”

“宇笙童年好幸福，能吃到这么好吃的东西。”欢沁笑起来的时候，眼睛弯弯的，十分娇憨，那满足的神态会让人觉得空气里都有甜味儿。尤其一脸真诚的冲你傻笑时，让你都不忍心反驳她的意见。

宇笙手抄在口袋里，站在门口微笑着看我们俩塞山楂糕。

我问他：“宇笙，你不来吃点吗？“

他含笑摇摇头：“早就过了吃这个的年纪了。”

欢沁还是忍不住，走过去，恶作剧一般，强塞了一小角到他嘴里，我看宇笙的眉头紧紧皱起来，整个脸上浮现起一种可以称之为苦涩的表情，吃着的样子竟然是十分痛苦。

我走过去，低低问他：“你这是怎么了，吃个童年记忆至于这样吗？”

他苦着脸告诉我：“我妈过世那会儿，我一边流泪一边吃这个，直接吃腻歪了，现在只要碰到这个，就会觉得胃里翻酸水。”

“哦，宇笙……对不起……”欢沁的表情变得可怜兮兮，像是做错事的小狗狗一般。

他还不想让欢沁内疚，引我们进屋子，给我们看他小时候的照片。

他的小屋布置的很有风格，估计是他十来岁时候的品味，大致基调是海的颜色，床铺做成跟即将要探险的小帆船一样，吊灯是一溜边的救生圈围绕着的，天花板是星光闪烁，地板是蔚蓝色的海浪，墙壁间或有波涛汹涌之意。总之，设计房屋的人一定有一颗调皮而又聪慧的心，才能将这么一间小男孩的房子布置得如此可爱又充满童趣。

“是我妈的手笔。”宇笙斜靠在墙壁上，含笑指给我看，哪一处是当初他跟母亲从旧货市场淘来又重新上色的，哪一处又是他的母亲将某个旧物改造过来的。

处处有温情，他的笑容越是温馨，我心中越是酸楚。

他跟我一样，都是最依赖母亲的时候失去母亲的，我能理解他那种抓住回忆不肯放的心情。

欢沁拿着一款小八音琴问他：“宇笙，这是什么歌？很好听，从来没有听过呢。”

她用力扭动发条，宇笙还没有来得及阻止，我们都听见啪嗒一声——发条断裂的声音。

欢沁吓得愣住了。

我悄悄地打量宇笙，生怕他会伤心得发作起来，谁知道他只是叹了一口气，伸手将那个八音琴接过来，安置在了小衣柜的角落里。

“那是我小时候，自己瞎捣鼓的一首小曲子，我妈听了觉得不错，找人做了八音琴送我，都是多少年的东西了，坏了也是难免的。”他像是解释给自己听，又像是在安慰欢沁。

欢沁脸憋红了，乖乖坐在小帆船的床边，睁着一双明媚的大眼睛看宇笙。满是讨好的神色，像是怕他生气一样。

“好啦，没有怪你。因为旧物而迁怒别人，我可不是这样的人。对吧，良缘，我记得洗了你家周女士的睡衣时你也没有怪我，但是你伤心了很久吧？”他冲我眨眨眼睛。

原来他是知道那件睡衣对我的意义的，我冲他也眨眨眼睛，表示对此事已经释然。

欢沁坐在那里咳嗽了两声，打断了宇笙同我的“眉目传情”，她又好奇宝宝般地发问：“宇笙，为什么照片上都没有良缘跟你的合照？”

宇笙冲她挑眉头，她不明意味，吞吞吐吐地解释：“你们长得太不像了，我就是想看看你们小时候像不？”

宇笙哈哈哈大笑起来，走过来一把抽走了欢沁手里的相册，耸肩说：“她要是同我长得像，那才糟糕了。”

我白了宇笙一眼，刚要嘲讽他两句，他突然作侧耳状，像是听到了外面有什么动静一般，嘘了一声。

而后迈开长腿，拉了门出去。

原来那位老阿姨摔了一跤，虽然身上无大碍，但是终究受了惊吓，老主任不忍心，让她早早回去休息了。

老主任提了好几袋食材，见着宇笙，苦笑："笙笙呀，今天恐怕要自己动手了，外婆都好久没有自己做过菜 。"

欢沁像一只蝴蝶一样扑过去，帮着拿菜，安慰老人家："没事，外婆，我和良缘可以一起下厨，你跟宇笙聊聊天就可以了 。"

她真像一个天使，宽慰人的本领又升级了，就是有一点让我不满——她连问都不问我，就直接将我推进了厨房间。

然后，她很严肃地告诉我："良缘，我跟你说，我是不会做菜的，如果你也不会做，那么真是一场灾难了，但是你想，总不能让外婆在生日这天还自己辛劳做菜吧。"

我双手举起表示投降："好吧好吧，这里的菜，我来做。你可以站在那里帮忙洗洗菜。"

她参与感极强，我还没有说完，她就捧着塑料盆去洗菜了。

一看也不是经常做事的，洗菜手法大致同宇笙一开始雷同，搓揉摁掐，一顿蹂躏下来，菜叶简直像是进了粉碎机一样惨不忍睹。

"好累。大概这样应该可以了。"她朝我憨笑，脸上还粘了一片菜叶。

我看着她的样子，忍不住想笑，心想其实欢沁也蛮可爱的，像个长不大的小女孩。

"嗯，可以了，你去休息休息吧。"我见她一副累惨了的样子，指了一张板凳，让她去坐着。

她坐在板凳上不安分，身子扭来扭去的，眼睛像是又瞄到了什么一样，好奇地看了又看，然后走过去，问我："良缘，要不我把碗碟都洗一遍吧。"

其实老主任家的碗碟都放在消毒柜里的，我看着她百般无聊，便点头同意了她更加无聊的举动。

她开始像个孩子一样将满池子的水都搅拌成泡沫，然后开心不已地吹泡泡，打泡泡。我在这头洗菜做菜，看着她欢乐的样子，颇有一种年轻妈妈带着幼女在厨房大作战的感觉。

等我炒好菜起锅，我这才发现她已经把碗碟都洗好了摆在了台板上。

“我做事利落吧。”她弯着眼，笑嘻嘻地问我，就差身后长出尾巴来摇动。

我好笑地看了她一眼，嗯嗯两声算是回答她：“欢沁呀，把菜端出去吧。”

她手上还有泡沫呢，表情也有点愣愣的，我不放心，还是截过菜自己端了出去。

如此数次，菜上齐了已经是一个半小时之后，汤煲得不算完美，菜做得差强人意，好在欢沁之前订好了一个三层蛋糕。

灯一关，明晃晃的蜡烛吓了我一跳。

喻宇笙还真是个蛇精病，这么大的三层蛋糕，他没有用金灿灿的那种高级蜡烛，而是把所有能插的地儿都插满了那种五彩的小蜡烛。

宇笙笑嘻嘻地同老主任蹭脸，最后将两只金灿灿的蜡烛点上，放在了最顶端的中间，然后，他十分陶醉地闭眼问老主任：“有没有星星点灯的感觉。“

老主任的表情别提多哀怨了：“看着就觉得自己老透了。”

她貌似真的带了气，一口气吹过去，连同蜡烛都吹飞出去了。

宇笙赞叹：“外婆，你真是老当益壮，一口气吹跑小喽　。”

老主任哭笑不得地拍了他一肩膀，气氛总算是调动起来了。

老主任甚至还贡献了两三瓶据说年份很久的白酒，瓶盖一开，酒香四溢，宇笙嗅了嗅，赞叹：“真是闻香便知是好酒，这得多少年份。”

老主任笑一笑，对他说：“这酒跟你差不多大，你妈妈在世的时候，买了两箱，说是等你长大了，拿出来同你炫耀。”

宇笙的手顿在那里，唇角挂了个浅浅的笑。

“我想着平时我也不喝酒，难得这么多年了，你还能回来陪我过生日，咱们今天就喝点酒吧。”老主任感慨万千的样子。

宇笙还没有来得及搭话，欢沁就把手摇得跟小风扇一样：“我不喝酒的，我平时只喝饮料。”

宇笙嗤笑了一声，指着桌上的豆奶对她说：“你就在一边喝奶，大小姐就不要学坏了，来来来，良缘，你今天一定要陪着外婆和我多喝几杯。”

“对嘛，良缘你陪我们多喝两杯，小笙这几年都没有什么朋友，看到他这么喜欢你，事事都想着你，就跟当初我家老头子对我一般好，我心里真的开心。”老主任笑得十分之荡漾。

哎？这整句话听起来没有问题，但是这么类比，真的没问题？

我站在那里不吭声也能被她提出来说事，我嗯了一声，自己倒了一杯酒，为了表达出我跟宇笙是真的关系很好的朋友，我一仰脖子，把酒就这么滋溜喝了。

“痛快！”宇笙也一口而尽。

那酒杯不似以往的小杯，略大，一杯都有三两的份儿，我是知道宇笙的酒量的，他就是一个看着能喝不少，实际上几杯就倒的货色。

大概是在外婆家的缘故，他比上次在大排档喝得更猛。

老主任带笑拍他的手，想要劝他喝慢点，他一扭身，状似撒娇一般躲了过去：“外婆，给我喝几口嘛，你看良缘都在，回去她会带着我的，实在不行，我们还有不喝酒的欢沁，她有车送我们回去的。”

在一旁自斟自饮豆奶的欢沁，听到提起她，别提多开心，双手举起来表示宇笙的话没错。

喝了酒以后，大家也有了食欲，本来卖相不怎么好的菜，被抢得满桌掉得都是，老主任喝了点酒，脸红红的：“这菜一定很干净。”

“哎？”我表示不解。

她晕晕地称赞：“都能吃出洗洁精的味儿。”

宇笙吓了一跳，彼时他还在酒醒状态中，就是眼睛有些对不准焦距，听到主任这么说，一把夺过她碟子中的菜，给她盛了一块大大的蛋糕：“你就吃蛋糕吧，挺好吃的。”

他自己把那盘据说沾了洗洁精的菜全部拨进了自己的碟子里。

他频频同我碰杯，我喝一小口，他必定一干二净，等到喝到第二瓶快结束的时候，他舌头已经大了，在那里跟我们胡侃。

“良缘，这是我妈妈给我备着的酒，你，你多喝几杯，她该多开心。”

他眼神迷离地四处打量了一圈，突然扯开嗓子大叫：“妈妈呀，妈妈……”

老主任露出一个悲伤的表情，还没有来得及安慰他。

他突然撕心裂肺地趴在桌子上继续大叫：“你再也不用担心我的学习啦……”

老主任那个要安慰他的表情顿时僵在了那里。

欢沁笑得一口蛋糕都喷出来了。

这蛇精病，我翻了个白眼。

他哽咽了一会儿，突然摇摇晃晃朝我走来，走近我以后，突然把头埋在我的肩膀里，我抖抖肩膀，问他：“又发什么神经，没事瞎感怀什么？唉，算了，你到底怎么了，可以跟我吐露两句。”

他茫然地一抬头，啊了一声，回答我：“没感怀呀，我在擦嘴呢。”

我怒从心中起，一撤胳膊，他失去了重心，踉跄了一下，欢沁赶忙冲过来伸出手臂把他给接住了，笑着骂：“好好的生日氛围，给你歪到哪里去了？”

他嘻嘻笑了一阵。

老主任却越喝越高兴，一杯一杯地同他对饮，喝到正酣的时候，她突然问我：“良缘，咱们宇笙是不是长得特漂亮？”

哎？我还酒醒着呢，这么赤裸裸地夸奖喻宇笙，我还真有点不好意思，我偷偷瞅了他一眼，他正开心地大笑着，往嘴里不知道塞着什么，脸颊像只龙猫一样鼓鼓的。

“嗯，挺可爱。”我应了一声。

老主任开心地拍桌子，赞叹：“对呀，因为他基因好呀，你别说，我年轻的时候也是个美人，到我女儿那会儿，基因被我丈夫拉下去一半，但他妈妈嘛，远看也是个气质美女……这不是吹的。”

欢沁被她的语气逗乐了，哈的笑了一声。

“哎，小姑娘，你还不相信吗，我找照片给你看！”她像是觉得我们不相信，摇摇晃晃站起来，到处找相册，那相册她一定常看，边角外皮被摩挲得已经破了皮，又小心地用透明胶给贴了一层。

她小心地翻开第一页，指着少女时代的自己问我：“你看这笑得狐媚不？”那是张黑白色老照片，照片中的少女巧笑嫣然，眉目之间自有那个时代的韵味。

但是说到狐媚……

“……”这词用的，我都没法接口了。

欢沁一竖大拇指，接口：“妖娆！妩媚！”

老主任开心了，又翻一页，同样是少女照，是彩色的，少女笑得十分腼腆，眉目之间有老主任的影儿，但唇角多了两个小浅梨涡。

“这是……宇笙的妈妈吧？”欢沁凑过来看，啧啧称赞：“阿姨年轻时候可真有气质。”

“对！这就是宇笙的妈妈，这对梨涡继承了我丈夫的优点，但笑容就没有我蛊惑人心了。年轻那会好多人骂我狐狸精呢！”老主任骄傲地大笑，打着酒嗝，还想说些什么，突然宇笙扑了过来，一把夺过相册。

他的脸色居然是前所未有的恼怒和恐慌：“你给她们看这些干吗，都是老照片，给人家看这些有什么意思嘛。”他舌头还打着哆嗦，但是看向我的眼神却十分奇怪，竟然是带着畏惧的。

他将相册揣在怀里，耍酒疯一样摇头：“这都是我妈妈的照片，不给你们看。”

老主任有些不开心了，像小孩子一样伸手讨要。

宇笙伸手摸摸她的头，像劝小朋友一样劝她：“外婆，你要知道，你现在依然风韵犹存，看过去的照片干吗，只有老年人才会活在回忆里。“

“外婆，你看你，还这么年轻……”宇笙夸张地冲她眨眼睛，一副被迷住的样子。

老主任又眉开眼笑的了。

她如同少女一般捧着脸对宇笙嗔怪道：“哪有人这么往自己脸上贴钻石的，就算是实话也好肉麻。”

宇笙严肃着脸，眼神迷离地纠正她：“这种称赞，您值得拥有。”

我再也忍不住，哈哈哈地同老主任和欢沁笑成了一团。

于是席间又是一团和气。

再也没有人提出要看相册了。包括欢沁。

那次生日聚会以后，欢沁同我更加亲热几分，如果是缠着宇笙要出门逛街，总是将电话事先打到我这里来撒娇："良缘，我要是自己打电话过去的话，宇笙哥哥估计多半又不理我，他每次回绝我都可快了，你帮我劝他嘛，我看中一双鞋子，就想着让他看看我穿着好不好看呢，我也给你带一双去？"

我捏着手机，有万般不情愿。

老主任在我旁边直摇头。

等我挂了手机，去打电话给宇笙，她忍不住夺过手机就张口大骂："臭东西，你怎么跟人家小姑娘说的，又吊着我家良缘，又踏着小姑娘的船，我看不起你。"

不知道宇笙在电话那头说了什么，老主任的表情越来越悲戚，许久之后，她叹了一口气，把手机又交到我的手上，无限伤感地感叹："别人家孩子是高中毕业叛逆期，为什么我家宇笙一把年纪了，都快要娶媳妇的时候才步入叛逆期。"

"……"我只能回她以干笑。

老主任用怒其不争的目光回视我。

"老主任，他当我，是朋友是妹妹呢。"我告诉老主任，又像是在告诉我自己。

"绝对不可能！"老主任还是摇头，她走的时候还在嘀嘀咕咕，"跟拍偶像剧似的，有什么不能干脆说的，看不懂。"

于是，我又开始向宇笙转达欢沁的意思。

"宇笙，欢沁她……想跟你逛街。"我说话的语气，连自己都觉得陌生，有一种咬牙切齿的感觉包含其中。

"你以后要是不喜欢，就直接告诉我，不用这么咬牙切齿的。但是事先我得声明，每次我都是干干脆脆拒绝了她的，没有像外婆说的那样……踏着欢沁那只船。"他压抑地叹了一口气。

其实我是知道的，但是欢沁有一种不撞南墙不心死的精神，就算是宇笙拒绝她再多次，她都能嘻嘻哈哈地装作没有听见。等到下一次，她又亲亲热热地扑过去，甜甜地叫他宇笙哥哥。

要是我帮着宇笙拒绝，她又会说："你有恋兄情结的嘛，这么粘着哥哥，以后嫂子见了要吃醋的。乖啦，去找重台玩儿，他见着你可开心呢。"她又一厢情愿地把我跟叶重台视为一对了。

我要怎么告诉她，我跟宇笙根本不是公司资料登记的那样是表兄妹呀。我们从来就不是兄妹。

真是自作孽，不可活。

我捏着手机十分不开心，同宇笙冷冷地说："你要怎么选择是你的事，我的心情你可以无视。不用什么都带着我一起难受。"我一把摁断了电话。

但不出三分钟，他已经跑到我们这层楼了。

他手插在口袋里，满脸无奈地把我叫出去，问我："良缘，你在同我闹别扭？"

我有什么权利同他闹别扭？我们撇去这几次荒唐的营救与被营救的关系，几乎连小伙伴的关系都很薄弱。

"你看着，良缘。"他眼睛一眨不眨地瞪我，有一种破釜沉舟豁出去的决断。

然后，他当着我的面拨了欢沁的电话："郝欢沁，我今天没有空陪你逛街，以后也没有空，你该找一个适合你的男生陪着你，而不是我。我不是你男朋友，没有义务陪着你到处逛。"

他顿了顿，十分明确地告诉她："郝欢沁，我不喜欢你这样的，我对你那种，不是爱，我自己一直知道，你要是再这么下去，连最后当做小妹妹的一点好感都耗尽了。"

不用猜，我都知道欢沁一定在电话里哽咽痛哭了。

"还有，有事直接就来找我，别他妈的一直打电话骚扰良缘，咱们的事情跟她无关！"他咆哮完了果断地摁掉了电话。

"这话也说得太直接了，欢沁哭了吗？"我忍不住问他。

他眉头一挑，很挑衅地问我："跟你有什么关系，反正我们的事情不用拖累你。你不都要我无视你的感觉了吗？"

他就跟之前无声无息地出现在我们部门门口一样，直接手插着口袋又晃荡下去了。

我愣了好半天，老主任在我后面羞羞答答地点我的肩膀点了好久，我才回过神。

老主任夸起宇笙来就如同夸奖自己一样，总是词汇丰富的："宇笙真有我当初的魄力，说话做事都是果断决绝的。"

她又挑眉看我，这动作同宇笙一样："你觉得这样不好？其实这样对那个小姑娘好,细水长流的痛苦,是深入骨髓的,快刀斩乱麻,你以为会疼一辈子，其实那刀斩断的都是壁虎的尾巴。"

她像是很欣慰一样，捧着杯子又感怀了一阵子，吕子建在里面高高地叫她，她又一阵风一般刮了回去。

我呆立了一会儿，也自动回到座位上。

手机又响，我真怕是欢沁又哭哭啼啼地过来求助，等它足足响了三下之后，硬着头皮举起来一看，原来是大舅的电话。

"良缘，我找着当初有同时期的人拍着那个女人的近照了，我跟你说，咱们被人家糊弄了呀。撞人的不是那个自杀的，另有其人。"他在电话里十分生气的感觉。

"可是，良缘，大舅没有本事呀，知道她的长相，那又有什么办法，我们都没有证据证明是她。"他又突然悲哀起来，捏着电话停了一会儿声音透着无力："下班一起来上次那个饭店吃点东西吧，二舅他们都在，就算没法有实际证据证明她，但是总归要让你看清楚恶人的长相。"

我嗯了一声，有点局促不安，又问大舅："舅，你们别私下去找别人报复，到时候吃亏了，真是有理变成无理。"我知道大舅的脾气，年轻时候，有人点着烟来看周女士，弹起的烟灰将我胳膊烙了一溜边的泡，周女士压抑着怒气训了对方几声，大舅却扯起带着火星的煤球要给对方一个爱的回礼。

火爆脾气可见一斑。

大舅气促，长叹一口气，电话被终止了。

我握住电话好一会儿，反应过来才发现自己无意识间将自己大拇指的指甲掐出了白印。

我被这通电话搞得心神不宁的，经常看着资料，莫名其妙地就停下忘记手里做的事情了。

吕子建过来递了几次材料指出错误，他的眼神透露着好奇，终于有一次忍不住问我："良缘，我想问你呀，你家的宇笙到底给欢沁上了什么药哦，把小姑娘迷得死去活来的？我刚去郝助理那里，听她说郝欢沁回去都闹翻天了，非要跟个小保安在一起。结果她爸妈都被气得最近都要跟她断绝关系呢。"

我瞪他一眼，他咽下还要说的话，干笑了两声离开了。

下班时间一到，我站起来，提起包就要跑。

老主任问我："良缘，你这是要去哪里，不等着宇笙来接你吗？"

我朝她摆摆手，示意自己有点事，她哦了一声，但是神色却仍十分担忧，又结结巴巴地劝我："良缘，不要跟他赌气，他孩子气，万一揣摩不透，你就白生气了。"

我又表示自己真的不是因为跟宇笙赌气，实在是自己有急事必须走了，她才犹犹豫豫地冲我道别。

我们还是约在上次的酒店。

大舅和二舅还有舅母早已经到了，大家都沏了茶，团着桌子坐着，桌子中间一堆资料，就这么随意地散在那里。

我捏起资料细细看。

入眼的是一幅清晰度相当高的照片，照片里的女人，吹着一头早期流行过的麦穗烫，满脸的恐慌。

这是一个长得十分漂亮的女人，有着一张年轻又朝气的脸，衣着又装扮得与自己年岁完全不符合，将她的年龄硬生生拉上了十岁。

这个女人我见过。

并且还对视过。

我还记得她跋扈地朝着宇笙笑，用嘲讽的笑容来威胁过宇笙。虽然觉得眼熟，却从来没有将她同之前那些模糊的照片联系在一起。

不知道为什么，我不由自主地觉得恐慌。

像是有什么要破土而出。

“缘缘，你有什么想说的？”二舅问我，他是一个冷静又智慧的男人，我记得那时事情发生之后，大舅冲动地扬言要砍杀对方一家，姨妈哀哀地哭，完全不知道要帮助我做些什么,唯独他忙前忙后,帮我处理了所有事情的后续。

我摇摇头。

叹了一口气问他们：“她是谁？”

我相信二舅他们已经调查了她的背景。

二舅从公文袋里掏出一叠装订好的资料，我强自镇定，从他手里接过来。刚看了几页，就有些头晕目眩。

那些文字，像一个又一个铁钉，一根一根锤进我心中最柔弱的地方，痛却说不出缘由。

“良缘，你的脸色怎么这么白？”小姨妈伸手来拽我的手，又惊呼出声，“你的手怎么这么凉？”

我眼睛落在纸上，家庭关系那一栏。

当那个熟悉的名字真的出现在调查报告中的时候，我还是不由自主地想要逃避了。只一眼，我便觉得天地为之旋转，身心都疲惫了。

“缘缘……”

“快，她这是要倒下了！快托住。”

我手脚都软软地使不上力气，像是慢镜头一样，缓缓地就瘫软下去。

就这么睡下去就真的太好了，我合上眼的时候，是真心这么想的。

再艰难的时候，我都没有想过逃避，却在看见那个名字之后，想要彻彻底底地从这个现实又残酷的世界里逃开。

大舅急起来的时候，就有一种神力。

我不是从昏迷中悠悠苏醒的，我是双颊肿痛着被他抽醒过来了，我睁开眼的时候，正巧看着他又咬牙发力抽过来，吓得我一个激灵抱着他手臂大叫：“我醒了我醒了，别打了。”

他这才转惊为喜，又抱住我啪啪在我后背拍了两三下才大放悲鸣：“缘缘呀，我知道让你知道这些都是残忍的，都是我不好，你二舅和姨妈说商量了对策再通知你来，是你大舅我一门心思想着不能让你不知道这事，不能让你不参与讨论……“

我有点头晕，朝他摆摆手。

咳嗽了一声，问他们：“你们现在怎么想的？”

二舅看上去一副正直又睿智的样子，他停顿了一下，问我：“缘缘，我们接下来要说的话，你可能不会喜欢。”

我不做声听他说。

他有点局促：“我想着阿姐都过世这么多年了，我们都在心里一直缅怀着她，与其拼个你死我活，两败俱伤的，不如……”

大舅立刻急眼了，问他：“你什么意思？”

二舅不说话，把资料指给他看，我视线落在他指的地方，顿时明了。

他指的地方，是一个企业集团的名字，这个名字如此响亮，就连两耳不闻窗外事，整日在家搓麻将的小姨都惊叹地啊了一声。

这个企业，它名声响彻海内外，一跺脚，都会让同类企业震三震。

先前看了喻宇笙的名字又急又痛，一时昏厥，居然没有发现，他的父亲原来这么了得，难怪他这么胡闹，也不见他资金短缺。

就如同宇笙曾经同我开过的玩笑，郝家的这个公司主营业处也不过是他喻家的一处省级城市分公司的规模吧。

或许一开始的坟地相见，便是一个闹剧吧。

我实在想不出，那么一个大企业的太子爷，会负担不起一个小小的坟地，同我死缠烂打地要求死后同住一屋,他又怎会舍得自己的家业,时时想着寻死。

“那又怎么样？”大舅还是没有反应过来。

二舅高深莫测地笑：“那会怎样，当初出面的是他前妻，一个人凄凄凉凉的，又称自己是离异妇女，赔偿都赔偿得那么少。现在知道这么个背景，肇事的又是他千娇百媚的小老婆，为什么不狠狠要上一笔？”

对了，二舅还是一个凡事以金钱来衡量的务实分子。

这点很异于周女士。

大舅的额角青筋暴起，如同一个莽夫一样，他做了个掀桌的动作，可惜我们吃食的这家餐厅桌子是实木的，他实在没有力气抬起来，只能又愤慨地做了个砸桌的动作：“我不同意，我妹妹的生命是能用金钱来衡量的吗？”

二舅问他：“不用金钱来衡量，你能得到更好的补偿？”

大舅冲过来就要揪住他的衣领。

小姨妈在旁边呆呆地重复：“对呀，不用金钱衡量，还能得到更好的补偿吗？给良缘争取点嫁妆也是好的呀。”

真是够了。

大舅的拳头又要落下，我一手托住它，淡淡地开口：“这事先打住，让我缓过一段时间再说吧。”

所有人都如同定格一般，惊讶地看我。

二舅甚至问我：“良缘，你是怎么样想的？”

我沉思了一会儿，对他们笑了一笑：“我想，我需要思考一些问题，在那之前，我不想把我的决定说出来。”

他们的脸上显而易见地出现了失望的表情，以二舅最为明显。

是的，这是我的亲人，却也是利益中的亲人，那年发生了事情以后，赔偿金很大一部分说是支付了丧葬后事，但是就我所纪录的各项支出，小到发丧的回馈物，大到灵堂布置，每一笔我都有认真纪录，所支出报备的，比起实际用上的真是完全不能对得上的两笔费用。

这一切,我的心里是知晓的,但是因为感念所有人的恩情,并没有表露出来。

可是，如果用周女士的事故，一而再再而三地谋利，我也是不允许的。

我一字一顿地告诉他们：“如果不能给一个公道，我要到了那些对他们来说不过九牛一毛的赔偿金，又有何用，我怎么能用得理所当然，用得心安？我不屑赔偿，我只是想要一个真相。即便是有赔偿金，我也会让他们直接打入慈善捐赠所去。”

所有人都垂下了头。

我捡起我的包，十分无力地拉开门走了出去。

# PART 15

## 决心，小情话，身世

他炒菜的手明显一顿，然后我看见他手忙脚乱地把油泼在了火上，轰的一下，火焰斜着往上喷了老高，他捉不住锅把，整个铁锅哐当一声掉在了地上。

他就像个傻子一样蹲下去，用手去抓锅沿，刺啦一声，我都能听见他皮肤被烫着的声音，吓得我从沙发上跳了起来，冲过去拍掉了他的手。

现在已经是初冬，寒风吹得我浑身哆嗦。包里的手机响了好几下，我才缓慢地取出来摁了下去。

“良缘，你在哪里？怎么不在家？”是宇笙的声音，有明显的担忧：“你是生了我的气吗，我承认白天对你那样的态度不够好，良缘我……”

他还要说什么被我打断：“宇笙，你来接我吧，我好累。”我报了地址，寻了附近易识别的车站等他，好在这里并不冷清，星星点点都是高层建筑投下的暖光。

不出十分钟，我看见宇笙穿着他那件咖啡色的夹克，骑着那辆摩托车如同一阵风一样刮来，突突突地停在了我的面前。

他甚至连头盔都没有带，一双黑色的眸子像是点了星辰，愈发地明亮，他紧张地看着我，像是怕我跟他再赌气一样。

富人里惜命的有那么多，为什么他这么无所谓？我越想越好笑，忍不住自己呵呵笑出声来。

“笑什么？”他明显松了一口气，从车后座提起粉红的头盔。那是他后来为我配的，每次坐他的车，他倒是替我戴得严严实实。

“宇笙，你真的不爱惜生命，骑这么快的车连头盔都不带。”我坐上车，将脸靠在他的背上，“从家里来这里要将近二十分钟的路程吧，你十分钟就到了。”

他伸手将我抱在他腰间的手握住，掌心暖洋洋的，他也不发动车，就这么双手都握住了我的手，沉默着。

好久之后，我听见他闷闷地回答我："良缘，没有你，活着只是一种煎熬。我们再也不要因为其他的人赌气了好吗？我的心里除了你从来没有其他人，包括欢沁。"

我的心呀，又酸楚又苦涩。

完全没有了质问他的勇气，只是更加紧紧地抱住了他。

他本来想要发动车，见我这样抱着他，又停下发动，一动不动地任由我抱着。

"傻气，今天怎么这么粘我。"他的口气又恢复了一贯的戏谑，摩挲了两下我的手以后，将搁在把手处的手套取了下来，为我小心地套上，我挣扎了一下，他摁住说，"你生理期要来了，要是被冻着了，肚子又要疼三天了，我开车不觉得冷的，因为……精神高度集中，分不了心感觉冷啊！"

他这次又把头盔扣好了。

我问他："你来的时候不戴头盔，怎么回去的时候，反而带了头盔？"

他用手拍拍我的手，笑着回答："因为回去的时候，我载着你呀，你是千金不换的宝贝。"

他心情好的时候，嘴巴是相当甜的，哄女生也是一哄一个准的。我虽然满心烦闷，却被他这句话哄得松动了些。

等到到了家，我才发现他已经做好了满桌子的菜，大大小小的碗盘，他都用碟子扣着，估计是怕天气冷，食物快速冷掉。

接我回来以后，已经全部冷光。

他又站起来要热。我本来想告诉他自己在外面吃了，但是看他忙忙碌碌的样子，又不忍心开口了。

他一边热菜一边问我："你今天怎么想起来跑那么远？我开车的时候就在想，十分钟能不能到达？怕你站在风口里冻着。"

不知道为什么我突然很烦闷，冷哼了一声，回他："所以你也不戴头盔，也不管行人吗，大概在你们这类人的观念里，撞死个把人，付点钱就可以终结了吧。"

他炒菜的手明显一顿，然后我看见他手忙脚乱地把油泼在了火上，轰的一下，火焰斜着往上喷了老高，他捉不住锅把，整个铁锅哐当一声掉在了地上。

他就像个傻子一样蹲下去，用手去抓锅沿，刺啦一声，我都能听见他皮肤被烫着的声音，吓得我从沙发上跳了起来，冲过去拍掉了他的手。

“宇笙，你怎么了。”我吓坏了，他的手烫出了好一块水泡。

他不觉疼痛一般，呆呆回视我，半张着嘴，身子都在微微颤抖者，却是被吓坏的样子。

我拉着他到水池边冲手，他微微颤抖着垂头问我：“良缘，你为什么这么问我？”

“我只是讨厌别人开车的态度不端正。”我话到嘴边，又咽了下去。即便是他知道整个事情的真相，但是撞人的并不是他，我何必在他这么恍惚的时候再踩一脚?

他松了一口气一样，沉默着将手缩了回来，连笑容都勉强：“你还是坐着吧，我马上就热好其他的菜。”

我又抓住他的手，强行带到沙发边，给他上了药膏，勒令他：“你给我坐着，我来热饭。”

他显得比我还憔悴疲惫，也不反抗，就坐在沙发上朝着我微微笑，一双大眼睛里都是幸福的神采。我忍了忍，还是没有把想问的话问出口。

今天他这么疲惫，我想等到哪天气氛好的时候，我一定要把事情的始末给了解清楚。

我跟宇笙似乎陷入无比微妙的境地。

我们常常一起张嘴，又一起哑口无言，他不像以前那样会问我：良缘，你想问什么。通常我不说，他就讪笑，然后随便找个话题转移过去。

但是他又比以往更加依赖我，更加宠着我。

有次我站在街口的立交桥上，同他一起观赏川流不息的人流，见着街道上有烫着大波浪的妹子挽着老者的手走过去，感慨：“这一定不是父女，你看妹子小手挽着的亲热劲，那个烈焰红唇都快印在老伯的颈脖子里啦。”

宇笙呵呵笑了两声，十分不屑："这样的女人，太多了。"

我又想起他那个年轻的小妈，觉得可以以此试探他："你是不是想到了自己家的那个？我看你跟她相处得并不好？"

他陷入了长长地沉默中。

就在我以为他要逃避这个话题的时候，他突然神奇地回答我了："没有我的同意，她一辈子也做不了我的小妈，顶多算个外养的。"

也就是说，到目前为止，那位牺牲了青春拆散了别人家庭的妹子，居然还处于最初的身份。这么一想，这妹子也肯定怄得慌。我想到这里心里居然十分奇异地开心了一下。

我干笑了一下。

他突然带了一点看透我坏笑的表情，问我："你知道吗，她就算嫁给我老子，也争不过我的，因为我老子已经花到不能生育了。"

哎？我瞪大了眼睛，好半天才回味过来，问他："你的意思是，你爸爸只有你一个孩子，以后都不可能有其他的孩子？"

他有种恶劣的快感需要抒发一样，朝我得意地笑："对呀，如果我死掉，他就断子绝孙了。"

他笑得如此悲凉又如此恶劣，让我忍不住伸手去摸他的脸。

"宇笙，不要用别人的错误来惩罚自己一生。我是你人生中永远的小伙伴！"我心存怜惜，手一触及到他的面颊，才发现他的面颊带了湿度，又惶恐地收了回来。

原来他笑出了眼泪呀。

"真是个善良的小姑娘。"他反过来摸我的脸，然后反手把我搂进怀里，"良缘，要是我真的有资格喜欢你该多好。"他将下巴搁在我的肩膀上，悠悠长长地叹了一口气，又飞快地松开我，展开双臂深呼吸一口……

然后他又开心起来，放声大唱："擦狼黑……擦狼黑哟……"

哼了两句，他顿了顿，突然嘶声力竭地大叫："欧巴欧巴，我为什么不能爱你！我的欧巴……"唰，桥下行人齐齐向上行注目礼。

他这还学上了韩剧的节奏。

我回头瞪他，他双眼笑出了月牙，嘴角梨涡深深，笑得直不起腰：“别膜拜我，我是一个天生自带 BGM 的男人。哟，桥下的观众你们还好吗？”他将身子倾出立交桥大半，大唱：“这里的山路十八弯哦……”

我拍了他一下，这个蛇精病，给他点阳光，他就这么璀璨起来了。

“良缘，你看，我其实活得挺自得其乐嘛，一直给自己寻开心呢！”彼时，他站在阳光里，笑得春风拂面。

可是我就是知道，他一直不开心。

“良缘，你别皱眉头，你皱眉的样子显得特老气。多甜美的小姑娘，学着跟老太太一样皱眉头。”他伸出手来，用力一弹我的眉，痛得我直抽气。

把我对他的一点点同情都给疼光了。

我刚要回他点什么，手机却在口袋里跳得欢乐，宇笙停下动作，示意我接，说真的，不知从什么时候起，我开始惧怕接手机，像是惧怕未知的谜团一般。

我犹豫了一下，才摁了下去。

“良缘，是我。”是重台低沉又不失磁性的声音，他似乎疲惫得很：“能见一面吗？就今天？”

哎？

我愣了一下，走到立交桥边口，压低声音问他：“什么事？”自从度假村特训回来，我跟他疏远到见面只会点点头的境地，原以为以后就这么一直下去了。

他叹了一口气，问我：“良缘，如果欢沁一直跑去缠着你，你会舒坦吗？我是知道她的脾气的，她前半生过得太顺风顺水，总觉得所有人都该让着她的。”

哎？！我更加惊讶了：“欢沁缠着我干吗？”

重台简短扼要地命令我：“不用问了，晚点时候我来接你一起吃晚餐。”他还是那么独断，连让我反应过来拒绝的时间也不给我，直接挂断了手机。

我捏个手机，傻兮兮地问宇笙：“说是要跟我谈欢沁的事情……”

他冷嗤了一声，手插在口袋里满不在乎：“欢沁的事情跟你有什么好谈的，不如跟我约个时间好好谈谈才是真的。真是的，连当事人都不叫上，不就是找借口来约你吗？”

他说了一半，又停下来观察我的表情，问我：“你自己呢，想去吗，想去我陪着你去？”

我冲他摇摇头。

他似乎有点失落的样子，尴尬地解释：“不是我惹出来的事情嘛，我这是想弥补。”

我斜睨他，突然忍不住想笑：“哟，这个时候终于承认你会到处给我惹事了？”

他嬉皮笑脸地给我做鬼脸，用咏叹的腔调叹息：“周良缘，我是你天生的劫难，你是我生命里的天使，让我们彼此救赎，来，快给哥哥亲一口。”他大张双臂等待我扑。他貌似笃定我天生情感慢热一拍，一点都不担心我会回应他。

我突然起了恶作剧的念头，真的冲他飞扑过去，把他撞得后退了几步，好在现在是下午上班时间，这个时间段天桥上人烟罕至，他搂着我退了三四步才停下。

我一直推着他踉踉跄跄地前进，等到他停住的时候，鼓足勇气踮起脚尖用嘴唇含住他的，轻轻咬了咬又松开了。

他是真的被吓到了，瞪大了一双眼，嘴巴始终微张着合不上。

“宇笙，我……爱着你。不知道什么时候，我爱上了你。”我还是勇敢了一次，不论怎么样，在事实来临之前，我有权利告诉他，我对他的感情。

他伸手抚心，一副被惊吓到的表情。

像是在极力抚平自己的情绪般，他咽了好几口口水，才眨巴着他那双常常带笑的大眼睛，小心翼翼地回答：“我也……喜欢你。”

我固执地等待他改口。

于是他又从善如流地改口，对天发誓一样向我表白：“嗯，我也爱着你。”

他眼睛晶晶亮，我朝他一挑眉头，他立刻严肃地保证：“这次没有开玩笑。阿缘，我真的用心爱着你。你是我唯一想要保护的家人，也是这辈子我第一次爱上的，人生里唯一的爱人。”

我的心里甜丝丝的。

我问他："宇笙，你对你的爱人有什么要求呢？"

他偏着脑袋靠在天桥边口皱眉头，想了好久："她要是周良缘。她只能是周良缘。"

这个蛇精病。我嘴角禁不住上扬，这句孩子气的话怎么听着这么动听。

我又问他："你喜欢的女孩子是什么样子呢？"这是最傻的问题，只要陷入恋爱中的女孩都会问自己心爱的男生，我以为自己不会这么俗气，结果也不能免俗。

宇笙浅笑，对着我眨眼睛："只要像良缘那样，哪怕良缘抠脚我都喜欢。"

我哭笑不得，定了定神，问出了我最想问的问题："你会欺骗你爱着的人吗？"

他像是被戳中了一般，神色一下子严肃起来，并且，他朝着我走了过来，伸出一只手，将我一把拽入怀里，紧紧搂着，又像是自言自语一样向我保证："良缘，只要是你想要知道的，我什么都告诉你，我永远不会欺骗周良缘。

"就算生活欺骗了我，就算所有人遗弃了我，只要你相信我，我就永远对你坦诚并且忠实。"

没有更加动听的情话能够像这样让人这样热泪盈眶了。

"良缘，我以为这辈子都不会等到你爱上我了。"他抱着我，百感交集的样子，"我不敢对你太好，我怕，你爱上我，只是因为对我的习惯。"

我仰头看他，问他："那你看我的眼睛，它会告诉，爱着你是不是因为习惯了有你？"

他故作深沉地看我的脸，然后飞快地在我眼睛上啪唧亲了一口："良缘的眼睛真好看，就算是最困难的时候，都是璀璨带彩的，我最喜欢你的眼睛。"

他就像是七窍全通一般，一下子就轻易地掌握了所有甜言蜜语的技能，什么样的好话都堆在我前头。

"嗯，嗯，嗯，喻宇笙，那我之前还以为你喜欢郝欢沁呢。"我在这种甜蜜的时候，还不忘记说话戳他。

他愣了愣，垂头用唇点了点我的额头，不禁莞尔："哟，我的良缘还在吃醋呀。”

“不主动表白，不主动远离暧昧，绝对不会主动来透露出一点点爱上我的信息,你真是打的一手好牌,谋略惊人,就像是温水煮青蛙一般,等到水沸时，恐怕我自己会忍不住跟你表白吧？”我恨恨地掰指头数给他听。

他叹了一口气,像是纠结着,不知道怎么措辞一样,好半天才憋出来:“良缘，不是那样的。我原本打定主意，等着你找到你喜欢的男人，帮你风风光光地打理一切，像个哥哥一样把你用最气派的方式嫁出去，你的嫁妆我都准备好了，甚至婚房都选定地址了。“

哎？我大吃一惊。

他继续说下去：“我想着，只要你好，你有心爱的人，哪怕他是叶重台，只要真心爱着你就行，我又有什么资格想到自己的感情？”

“我是最没有资格向你呈现我的爱意的呀。”他叹息。

我问他：“为什么呢？”其实那个答案呼之欲出，我很想问，难道就是因为你是肇事者的亲属，所以才会刻意来接近我，刻意来爱上我吗?

可是我怎么也想不通，即便是如此，肇事者如果只是他继母的话，那么他那铺天盖地的内疚又从何而来?

“我不想瞒着你，良缘，让我整理下头绪，找一天好好同你坦白吧。”他像是下了很大决心一般，“如果到那时，你依然选择我，我会向伯母发誓这辈子我也不会松开你的手，永远也不。”

“嗯，我相信你。”我将他的双手合上，只觉得他的手凉冰冰的，我手心的热量像是被他一丝丝地抽走了，也和他的成了一个温度。

我想给他一个机会向我坦白，也想给自己一个机会，留下心爱的人。

在他没有想好怎么同我坦诚一切之前，我决定给予他时间和体贴。

由于和宇笙双双调休看风景，下班时间到了的时候，叶重台又打了次电话确认：“良缘，我来接你，你在什么地方？”

宇笙有些不开心，但是他一直挑着眉听我和重台约好了时间。

“要我陪你去吗？”他问我。

我笑着拒绝了他。我想，我大概和叶重台也该有一次私下的见面，将一切都理得一干二净，大概我就是这么一个个性，什么事情都容不得混沌不明。

所以以前和叶老大一起的时候，感情被悬着，暧昧着，我会觉得非常痛苦，哪怕是一口把我拒绝了，也好过一直悬着我。

叶老大说过：良缘，什么事情都讲明白了，就失去了它本来应有的美感。

他还同我举了好几个例子，大致都是历史上袒露了心思，最终不得善终的恋人们，他得出一个可笑的结论，感情若是想要一直保持下去，必须不能戳破那层窗纱。

叶老大来接我的时候，我正跟宇笙手牵着手，站在第一百货面前，看人来人往。我们两个分析着来往人的表情，并且喋喋不休地评价那些打扮得古古怪怪的人们，乐此不疲。

他的手渐渐回了暖，将我的手反过来给捂热了。

他笑嘻嘻地说："良缘，有一个男人朝着你走来了，嗯，目测中年以后，这男人就要头顶变秃，大肚腩，眸光浑浊有戾气……你能离这种人多远就多远。"

他说得这么可怖，我顿时起了好奇心，顺着他目光看去，才发现，他如此恶评着的人，原来是叶重台。

"良缘，喻宇笙。"叶重台捏着汽车钥匙，目光一接触，便顺着我们的手看了过去，他面色沉沉，不知道在想些什么，好半天才开口问我："你们一起来吗？"

我立刻接口："哦，不，宇笙要先回去的，我想，我们该有个单处的时机，把事情都聊聊清楚。"

宇笙朝他笑了笑，笑容十分挑衅，又故意凑过来，用他的唇碰了碰我的，低声叮嘱我："不要喝酒，吃完饭记得打我手机，随叫随到，爱你！"

我嗯了一声，只觉得无限甜蜜，差点就忘了旁边站着的叶重台。

他却像是被我们的动作震惊到了一样，咳嗽一声，硬生生将我的注意力给扯了回来："你们……"

宇笙笑眯眯地不开口，我一举他的手，朝着重台乐："老大，我和他在一起了。"

叶重台被震惊得语无伦次，干笑了一声以后，陷入了久久的沉默，而后捏着汽车钥匙转过身去。

"良缘，跟着来吧。"他丢下这句以后，再也不看我们一眼，像是我们的动作把他给刺激到了一般。

我跟在他后面，走了几步，喻宇笙大声叫住了我："良缘，跟叶哥聊完了通知我，随叫随到！么么哒！"

他表情得意洋洋的，像是打了胜仗的勇士，张开双手来回摇动调皮地朝我乐。

叶重台只得停下来，声音凉凉地同我低语："咱们吃过晚饭，我直接开车送你回家，不必要再麻烦宇笙来接你。"

我哦了一声，朝着宇笙那边也摇了摇手。

告诉他："你回去吧，不要再在街上闲逛了。"

叶重台似乎心思重重的样子，上了车就问我："良缘，你为什么会选那么一个……"他顿了顿似乎在斟酌自己的语句，但是他依然用了最不好听的形容词："痞子无赖做男朋友？"

哎？我瞪大眼睛看他，心中怒火中烧。

我家的宇笙，凭什么被人这么评价？

"你别瞪我，良缘，我对你有点失望。"他打着方向盘，表情淡淡的。

我终于忍不住了，呵呵了两声问他："你对我失望什么？我家宇笙又有什么对不住你，让你觉得他那么不堪？"

他只是沉默着开着车，并不回答我。

这种态度让我更为生气，我还是没能压抑得住我的怒气，脱口而出："我选什么人，关你什么事？"其实我更想用屁事，但是一念及他以往对我的照顾，我实在不忍心用这么粗陋的词语来和他说话。

他果然有些惊诧，此时正是下班高峰期，车辆特别多，他居然还分心扭过脸来，静静看了我两分钟，然后长长地叹了一口气。

他有些郁闷，向我道歉："抱歉，我用了那么不经考虑的词，但是我还是固执地觉得宇笙不是你的良配。"

我不想在这个问题上同他纠结，闷着气缩在座位里。

叶重台向来是八面玲珑的人，见了我的脸色，立刻转移了话题："良缘，你知道吗，欢沁回家闹得多厉害，她从来都挺乖的，居然这次闹着要离家出走。"

我看了他一眼，没有说话。

欢沁那个脾气还真算不上乖，而且我还真不知道，以往这位以公正为毕生追求的叶老大，评价起人来，居然是这么的不公正。

"她这么闹呀，郝家的人就对喻宇笙这个孩子产生了兴趣。"他饶有兴趣地扭脸看我，貌似有些幸灾乐祸，"他们就请了人好好的去调查了一番宇笙。"

我怒了："这关宇笙什么事，他只是当欢沁是一个可以交往的小妹妹。他们调查宇笙，又调查出什么样的结果了？"我真是气得浑身发抖，这样的郝家，全身都有一种我族优越，别姓低等的优越感，想起来调查一个人，估计连宇笙最细小的隐私都给偷偷调查了。

"别怒，良缘，我们今天话题的目录，才翻开了一页呢，你怎么就这么愤怒了。"叶重台放柔声音，伸手拍了拍我气得发抖的手，"宇笙也不像你想象的那么好呢。"他斜睨了我一眼。

不知道为什么，我从他的眼神里看出了同情，还有一种……隐忍的开心。

他挑的饭店比较远，出了市郊，车还在不紧不慢地滑行，而我一如既往地上了路途就犯瞌睡。

叶重台以前是经常和我出差的，通常他开车，我就坐在副驾驶座直点头。

每当这个时候，他就会脱下外套披在我身上，温和地劝我："良缘，路程还远，你要不要睡一会儿。"

得了他的温言相劝，我就会很快放下了那一点点内疚，直接在 3 分钟内睡死过去，等到快到目的地，叶老大才会提前 5 分钟叫我起来，整理妆容。

次次皆是如此，叶老大一味纵容我，导致我条件反射地上了他的车，就有一种进了摇篮的感觉，一边内疚着叶老大开那么久的长途身边却没有一个人可以跟他聊天，一边又渴望着舒舒服服地睡过整个路程。

如此双向折磨之后，我决定去学驾照，打算上了高速由我自己开车。

我自信地以为我开了车就一定是精神抖擞。

所以有一次去隔壁城市检验样品时，我直接要求开车，我还记得叶老大的表情，那表情可是又欣慰又感动又……不放心，他问我：“良缘，你居然为了咱们出差特地偷偷考了驾照？”

我红着一张脸点头。

他又叹息：“良缘，你总是不动声色地为别人做一些事情，但……”他话锋一转，“你真的可以开长途？”

嘁！我鄙视地看着他。

要知道为了考验自己，我特地在游戏厅的模拟汽车上抖擞了一个下午，我一拍胸脯：“没问题，叶老大看我的。”

那次车开得倒是很稳妥，出城市的时候，叶老大还夸奖我了：“良缘开车，打方向盘叫个利落，我看到很多女孩子开车，力气不够大，打方向盘够呛。”

我得意地朝他笑。

车开上高速，正好踩着午饭点，我们在中途的加油站吃了东西以后，就上了车，老大静悄悄地翻着资料，在核实要去检查的样品种类。

我却是吃饱了就困顿的很，一路强睁着眼睛，要说后来怎么了……大概就是我居然坐在驾驶坐上，困得闭上了眼睛，半梦半醒之间，把车给撞上了路边的围栏。

老大扑过来打方向盘时，那脸色白得吓人，从那以后，他就对我开车上长途做了一个重要的批注，我见着他工作的备忘录首页上用红字写着：周良缘不可开车。

“又要睡觉了？”我还正在半梦半醒地回忆着呢，就见着叶老大转脸带着笑问我。

我一下子强作起精神，示意他：“我好得很呢，要不是我不识地图，我都可以帮你开车。”

他估计也想到往事了，哈了一声，哭笑不得地轻轻一拍喇叭，那声音将我惊了惊，倒也驱散了不少睡意。

“就要到了，再坚持十分钟吧。”他见我坐得笔直，不禁莞尔。

“良缘，我们这次去的是农家土味馆，当地人家自己做的菜，你一定会喜欢。”他悠悠哉哉开车，车子滑入乡间新修的水泥小道，开得有点起伏：“上次我心情不好，一个人开车到处逛着，机缘巧合就找着这家了。”

“他家口味真不错的，我吃第一口，就想着，以后一定要带着良缘来吃一次。”他终于将车开进一家农家院，稳妥妥地停了车，彼时已经是华灯初上，他扭头看我的时候，眸子居然是带着笑意的，我只是看他一眼，便注意到他额角新冒出来的白发，再看看他一贯温柔的笑，不知道怎么的，我的心就有点酸。

他下了车，替我打开车门，引我进小屋，找了个干净的桌子坐下，伸手向老板娘致意：“跟以前点的那些都一样。”

老板娘是个憨厚的庄稼人，看他带了我去，十分替他开心：“带了女朋友来呀，给你多加个土鸡煲。”

他抿嘴笑了笑。也不分辩。

“良缘，你记不记得我们以前一起出差回来的时候，总是会找一些风味馆狠狠吃一顿？”他突然问我。

我嗯了一声。

他像是在回忆什么：“我那时每次都是掐了手机再吃饭。”

我倒是记得这个细节，老大的回答是，不想让工作影响了食欲。

“其实是欢沁缠着慌，那时候我迟一点回家，她就会以一刻钟为计量单位，一点一点推算我之前在干吗，如果有空档，你就别想睡觉了。”他叹息，“超级累的。”

我同情地看他。

他却开心得不得了：“我以为我一辈子都要这么下去了，好在她对我移了感情，前几天，她对我说，‘重台，你也不是不好，我也不是不喜欢你，可是我总是觉得你对我少了一点什么。’”

“我问她：‘到底少了一点什么？’她激动地告诉我，‘就是宇笙那种疯狂的劲儿。’”叶重台嘴角一撇，这次的笑容倒是有点嘲讽。

“我小的时候，她跑来跟我说，你就是为我而生的，我喜欢什么，你就必须跟着喜欢，我不喜欢什么，你就不许喜欢。她看电影的时候，觉得古代的才子捏着围棋落棋的样子很好看，逼着我学了两年多的围棋，她也不会，让我在家布棋，落棋，只是为了看我的动作。她看别的男生吹萨克斯好听，逼着我去学习萨克斯，我学不好，她就告诉爸妈，说我不用心，在敷衍她……”

我愈加同情地看着叶老大。

欢沁这是全世界都得围着她转的节奏呀。

“我工作了，申请到的地点跟她不是一个城市，她闹了很大的脾气，爸妈跟她解释了半天，说是让我去练练手，学习学习工作经验，最后没有办法我只能每小时报告行程。”叶老大似乎很感慨。

“所以你甘之如饴。“我想起他每每躲起来简短有力地报告坐标，就觉得好笑。

他叹了一口长长的气，冲我微笑：“这样的……换个男人管着你，你会甘之如饴？”

我换位想了想，打了个哆嗦，干笑：“别开玩笑了，这跟美国恐怖片一个德行了。”

叶老大摇摇头：“我不讨厌她，也不恨她粘着我，养父母对我非常好，有她的一份，就有我的一份。所以我从小就发誓，如果她要什么，我就给她什么。”

我一下子就沉默了。

恩情这种东西，抽象又难以折算，最是难回报的。

“良缘，所以当初你跟我要的，我给不了你！不是不喜欢，而是没有资格喜欢你。”他像是下了很大决心一样，终于说出来了。

我愣了一下，觉得过往的拒绝在我心中已经化为很小的疤：“老大，我现在理解你了。我不怪你，你是个重情重义的人。”

“但是现在我已经不喜欢你了！”我看他眼睛发亮，连忙补上了一句。

叶老大像是知道我要说什么， 伸手一摇，示意他明白这话：“良缘，我尊重你的选择，但是你了解宇笙这个人吗？”

我很实在地告诉他："其实我认识宇笙也不过几月。他其实并不是我的亲戚。"

叶老大嗯了一声，表示一开始他便猜到了。

正因为如此，他才无法忍受我居然和宇笙一起欺骗他。

我把第一次遇到宇笙的情形说给叶老大听，他听着我们俩胡闹，眉头皱了又皱，但是我自己复述起来，完全没有当时的纠结，自己倒是被逗乐了。

叶老大忍俊不禁，皱着的眉头终于松开，也跟着笑了起来。

"良缘，你心太善，要是宇笙是个十恶不赦的，专门骗女孩子的人呢，你这就是引狼入室。"他训我。

幸好我没有把宇笙暂时住我那儿的事情告诉他。

要不然宇笙就已经不是万一，肯定直接被推断成为狼了。

"我养父母也派出人去调查宇笙，他们很是吃惊，没有想到宇笙的身世那么好。你知道喻氏吗？"叶老大问我。

我嗯了一声。

这些我早就从舅舅们的资料上得知了，所有人都告诉了我真相，可是我等待的却是那个人自己来坦白。

"喻氏是一个很奇怪的企业，不知道他们祖上是不是坏事做多了，到了这一代元老们，几乎都无所出，只有喻氏的老大，喻传海有一个独生子，他的名字你应该已经知道了，就是喻宇笙。

"他那个纨绔子弟一样的儿子，在他们那个圈子里很是出名，小时候叛逆，学人家逃学，长大点直接离家出走。聪明倒是挺聪明，跳着级学习，很小的时候就已经研究生毕业了，但出来以后像样的工作倒是没有做过几份。对了，他跟你我一样，也在N市打过工。"

哎？这点我倒是不知道。

"据说因为经常跟客户说实话，前后做了三份工，每份工都以当季业绩为零结束。"

我咂吧了一下嘴，嘿嘿笑了一声。

"调查的人说，宇笙就跟长不大一样，别人的叛逆期是有个头儿，他的叛逆期简直是无穷无尽的。前年的时候，还登报声明和喻传海断绝关系，把喻传海气个半死，但奇怪的是，他居然耐着性子又把儿子哄回来了，现在这个跟喻传海有关系的小三儿，反而被送到喻家市郊的房子里去了。”

“嗯，宇笙性格不太好。”其实我也大概知道点。

叶重台笑了，问我：“良缘，这不叫性格不太好呀，这是性格完全不好呀。”

我白了他一眼。

可是叶重台自己郁闷了：“可就他这个性格，我身边两个放在心上的女孩子，都被他吸引过去了。”

“那话叫什么，哎，男人不坏女人不爱。”他叹息。

菜正好上来了，我笑着帮他倒了饮料，纠正他：“不，老大，你要是熟悉了宇笙，你会知道他是一个很好的人。”

叶老大哈地笑了一声，问我：“他怎么给你洗脑的？”

我指着眼睛对他说：“宇笙的眼睛很透澈，很清亮，人的眼睛从来不会骗人。”

叶老大沉默着，给我夹了个鸡腿，放柔声音劝我：“良缘，作为你曾经贴心的老大，反正我还是想劝你，把宇笙放放，欢沁看上的人和事，很少有她争取不到的。”

哎，这是什么道理，她看上的东西，不是她的也能强抢吗？

我真是被气笑了：“叶老大，你家欢沁是土匪吗，见到好东西就要抢，她怎么不问问当事人的意见？”

叶重台有点无奈，他更加温柔地劝我：“良缘，我只是以一个朋友，一个一直陪着你成长的兄长的身份在提醒你，你不必把所有的毛都炸起来，看起来跟小猫一样。”

他这么个态度同我讲话，我的确没有生气的道理。

于是我也软下来。

# PART 16

## 童养夫，八卦，谣言

那是一首我曾经放给他听的歌，如今听起来尤其心酸，那段日子里，我或含蓄或明朗都向他表白自己少女的心，他也只是含笑跟我更加拉远了距离。

现在想想，他当时一定也在极度纠结中。

这里的菜倒真的挺不错，我嘴里有了食物的时候，通常是性情温和的，所以深谙此道的叶老大乘机又劝我。

他说：“周良缘呀，我认识你的时候也没有觉得你这么倔呀，你可知道，欢沁小时候养过一只小鸟……”

他停下来递了张纸给我，笑了一声：“又跟狗一样的，啃个肉骨头啃得这么带劲。”

我真被他说气了，嘴巴得空便怒斥他：“要不是骨头挺好吃的，我真想用它砸你的头，老大，你真是越来越没有以前那个成熟老大的格调了。”

他伸手摸摸自己的鼻子，咳嗽了一声，说：“咱们回到正题上，欢沁小时候养过一只鸟，那只鸟每日饭点都是我换食换水，所以跟我更亲一点，欢沁不乐意了，她找了个机会，把鸟捉出来，故意在我面前喂它米和水，你想想看，小鸟受惊肯定不会吃那些的，她一怒之下，直接把那只鸟给放了。自己在房里捂着被子哭了好几天，因为她实在太喜欢那只鸟了。”

这就是所谓的得不到的东西，宁可大家一起得不到吗？

我笑了一声，对老大说：“你们太宠着她了，人生里大凡是有些大的磨难和遭遇，就不会过得如此嚣张跋扈了。”

老大居然能够认同我的话，看我的眼神带着怜悯。

我被他看得发毛，立刻住了筷子：“别用那种眼神看我，我不是用自己做比喻，我只是经历过而已。”

他嗯了一声，像是在犹豫什么。

手指沿着大麦茶的茶杯一圈一圈地滑动。

我问他："老大，你有什么为难的话，不能开口跟我说，所以在犹豫吗？"我真的太了解他了，他一直都是这样，但凡是有了无法说出口的话，就会一个人在茶杯口用手指转圈圈。

他的手指一下子停止了。

他问我："良缘，有一件事情你可以知道，我相信其实你大概已经从别的途径得知了，不管有没有，我想给你明确的提示。"

我放下筷子，也严肃起来。

"良缘，我知道你在去N市之前同你的母亲相依为命。你来N市最大的原因是你唯一依赖着的母亲发生了车祸。"他小心谨慎地对我说。

我从来没有把我的过往隐瞒过叶重台，当初两人出差时，也提到过母亲因车祸过世，自己意志消沉的往事。

"你可知道，肇事者便是宇笙的母亲？"他犹豫又犹豫，还是将这个事实告诉了我，尽管我早已经知道，可是还是身子震了震。

"这件事，他告诉过你吗？"重台问我。

"没有！"我直接告诉重台，以无比坚定的语气告诉叶重台也告诉自己，"但是我相信，他会选择最好的时间来告诉我的。我相信他。"

叶重台不以为然，伸手做了一个放弃沟通的动作，给我夹了一块排骨汤里的藕："多吃一点补心血，我看你跟喻宇笙在一起以后，心血耗费的可多。"

我欣然接过来，刚要道谢，他的手机突然就响了。

他一打开，我就听见欢沁的声音，居然透过话筒都能听见叫得那么大声："重台，你在哪儿呀，我要去拿回最后一份资料，找了半天都不见你的人。"

叶重台耐着性子同她解释："我在外面陪一个朋友在吃饭。"

她立刻就尖锐起来："哪个朋友，你以为我不知道你的朋友圈嘛，还不是周良缘，你约她可以，但是你要看看大家的行程呀……"

叶重台手捂着电话，看向我，然后叹了一口长长的气，朝我做了个你先吃的嘴型，站起身，走到了小舍外边去讲电话。

我不由得同情他。

我知道叶重台是个重情重义的人，但是将所有的情义都背在了自己的身上，像是卖给了郝家一样不知辛苦地出差工作，感情生活几乎为零，这样的救赎，到底是郝家施舍了他，还是亏欠了他？

我一个人喝着汤。

手机在我口袋里跳得欢腾。

我擦干净手，取出来一看，原来是宇笙。

“自爆装置引爆倒数 60 分钟……请您准确报告您的坐标，以便让自爆体在爆炸前找到你，停止引爆……嘀嘀嘀……只剩下 59 分了……”

我噗一下笑出声，这个活宝。

“同志，快报上你的坐标呀，我好空中投射，以超人的姿态出现在你的面前。”他在里面喋喋不休。

我依然在笑，觉得生活有了这个活宝，简直是无比精彩。

“周良缘同胞，你这样一直消极逃避，以笑声掩饰问题，是不可取的，快，趁着我心情还好，报上坐标，让我像骑士一般，冲过去守在你的门外！”

他催着我，见我不回答，讨饶着压着声音，从牙缝里哼：“良缘，好想你了嘛，快告诉我地方，我去接你。”

我其实也不知道这是个什么地方，恰巧重台从外面进来，面色不悦，有些憋气的样子，我也不敢问他。

倒是他见到我正在通话，问我：“是宇笙？”

我点点头，他便向我伸手，我把手机递了过去，他对喻宇笙说：“待会儿我把良缘送去第一百货门口，你接她吧，不用到这么远郊的地方来，反正我也要撤了。”

然后他合上手机给我，做了个抱歉的表情：“你是知道的，我得赶回去了。”

我恰巧腹饱，丢掉手里的筷子，朝他微笑：“没事，咱们一道回市内。”我既然知道他的为难，就不会责备他请客到一半催客人走。

叶老大感激地摸了摸我的头，将车开过来，上了车，他打着方向盘对我说："良缘，其实就算你对我来说只是一个同事，我都想以同事的立场来再次劝劝你，宇笙不是一个可以长久相处的恋人。"

我知道他的确是一片好心，宇笙给别人的感觉的确是个玩世不恭还带着点叛逆的人。

于是我保持了沉默，只是脸上带了些笑意。

约摸是我含笑聆听的动作让他觉得无从劝起，他也笑了笑，开始拧开收音机，放了一首五月天的歌。

名字叫《我不愿让你一个人》。

那是一首我曾经放给他听的歌，如今听起来尤其心酸，那段日子里，我或含蓄或明朗都向他表白自己少女的心，他也只是含笑跟我更加拉远了距离。

现在想想，他当时一定也在极度纠结中。

我想到这里不禁长叹了一口气，觉得无法继续深思下去，索性闭起眼睛假寐，直到到了第一百货我才睁开眼。

窗户外的宇笙看见我们的车，欢乐地扑了过来，像只等待主人归家的小狗。大眼睛晶亮晶亮的："良缘，我们回家！"

我将手一伸，他立刻像是李莲英扶着老佛爷一般，把我给扶走了。

我扭头看叶老大的时候，他点了一支烟，懒懒地靠在车门上，面上带着点迷茫，眼神里却是有些羡慕的。

"总是回头看他干吗呢，恋恋不舍哪？"宇笙有些不开心，改扶着的姿势为紧搂，像是宣布主权一样，他也回头狠狠看了叶重台一眼。

叶重台惆怅地笑了笑，丢了烟头，在地上踩了踩，向我们俩挥了挥手，直接进了汽车开走了。

"他还得去接郝欢沁去逛街呢。"我忍不住跟喻宇笙吐槽。

他咦了一声，用很诧异地语气问我："人家陪他的小媳妇儿逛街，你用这么同情的语气说出来，你觉得合适吗？"

他又曲解我："还是周良缘你觉得跟我逛街是件痛苦的事情，由自己揣摩其他人，顿时就觉得悲剧了呀？"

“哎，不行，咱们不回家了，我要扭转你这个错误的观念。”他拉着我真不往停摩托车的地方走了，直接拉着我就往商场里拽。

我哭笑不得，一边拍他的手一边斥他：“撒什么欢呢，宇笙我要回咱们的家！”

“对，回咱们自己的家！逛什么鸟街！”他嗷一下，又欢乐起来，把我一夹腰，拖得我走路踉踉跄跄的，这个疯子，我咬牙暗暗骂他。

他给我新的头盔套，和原来那个粉色的带着卡通图案的不一样。

我没有戴上去，问他：“原来那个呢？”

他有些不开心，头也不抬地答我：“我给丢了。”

哎？又发什么神经呀。

他捣鼓好自己的头盔以后，一抬头看我，解释给我听：“欢沁有次非得搭我的车，她戴过了的，就不显得独一无二了，我想给你的东西都是唯一的。”

这甜言蜜语的级别简直是特级的。

我听了心里觉得特别甜。

“好了，老佛爷，小的给你扣上安全头盔！”他探过身，将我手里的新头盔接过来，仔细地帮我理顺头发，慢慢戴了上去：“真可爱，跟个小黑鸟一样！”我大概知道这形容词的由来，他闲暇的时候就爱打《愤怒的小鸟》，每次看见尖嘴巴的黑鸟就笑得死去活来的，指着那张脸非得叫周良缘。

“哎哎哎，良缘，它幽怨的小眼神跟你可像！”他曾经这么嘲讽过我。

此时这么说，我无法表达我的愤怒，踩着摩托车后踏，直接用自己的头盔砸了他的头盔一下，车子被我牵着倾斜过来，我哎呦一声连车带人就朝他压了过去。

他表情纠结了一下，然后直接认命地一闭眼，被我连人带车就压地上了。

“周良缘，你好狠的心。”他扶着腰呻吟。我爬起来，把他拽起来，他苦着脸抱怨。

其实我知道他当时是可以躲的，为着不摔着我，故意被压下去了，我想到这个心里就暖洋洋的，伸手揉他的腰：“还疼不疼？“

“我记住了，小黑鸟！你连心都是黑的！”他嘟着嘴，把车扶起了起来。

然后朝我一瞪眼："周良缘，滚过来，带你这个黑心黑脸的回家了！"

我真是禁不住想要笑。他流着鼻血瞪眼睛的样子可真好笑。

从那次和叶重台见面以后，他便消失了好多天。

在周五的例行晨会上，他风尘仆仆地赶回来。看见我，有一瞬间的恍惚。

"老大，你去哪里了呀？"我问他。

他无奈地笑了笑，告诉我："欢沁觉得我在Y市有些浪费我的能力，所以向爸妈建议，将我外调到省城去了。"

我啊了一声。

他有些疲惫地朝我笑："不过这里也是可以常常回来的，一般周五的例行总结会议，会由我来主持，这算是我坚持来的一个福利吧。"

虽然我知道那么问他有些不妥，可是我还是悄悄问："老大，她不是放手了吗，怎么还是看不开要将你调走。"

叶重台心事重重的，朝我苦笑了一下，并没有回答我。

倒是回到办公室以后，老主任同我闲聊时提到这事，老主任说："我看着郝欢沁那丫头也不会放过她那个干哥哥。"

我纠正她："老主任，是亲哥哥来着，据说，从小就被郝家夫妇收养，待着可亲了，跟亲生儿子一样呢。"

老主任觉得我在说神话一样，又冷哼了一声，她一旦刻薄起来，颇有宇笙的风采："哈哈，那是童养夫一样的存在吧。我倒是觉得那个丫头，太过于自私了，真不厚道，你知道吗，早些年，我潜伏在郝氏的时候，没少听说过他们的事儿。"

我都不知道老主任知道这么多呀！

老主任见我感兴趣，顿时抖擞了精神，拿出说书人的实力，就差惊堂木一拍了："要说当初我为什么来郝氏，也算是我那个死鬼老头子给的福利吧，他当初嘛，跟郝氏是合作伙伴，我在家里闲得慌，他便向郝老头求了一个闲职，也没有说是我，直接安插进来了。"

"正巧呢，我喜欢热闹，他们便调我来后勤办公室做这里的办公室主任，凡是高层的八卦，都要从我这里经过，多多少少都能听个大概。”

我听得津津有味，吕子健偶尔从我们这里走过，又顿了脚，腆着脸问：“老主任，你不介意我也听听吧？”

他最近正春风得意着，郝助理给他申请了个职称评定，将他的工资硬生生谜一样地翻了三番，他逢人便说：天道酬勤。

宇笙知道后撇撇嘴嘲讽他：天道酬情吗？他也不生气，依然师父师父地叫着宇笙。

这会儿听到有八卦，就凑过来，我有点不快，到底是我和老主任私下聊天，我以为老主任会赶他走，结果老主任只是斜睨了他一眼，十分爽快地说：“想听就搬凳子过来呗。”

这下我们三个人就跟做小偷一般将头凑一处，听老主任讲过往。

“我是知道叶重台上学的时候喜欢过一个女孩子的，那女孩的家境挺惨淡，叶重台跟她还处于朦胧的暧昧期，彼此心存好感，结果郝欢沁知道这事以后，非得闹着要叶重台跟她划清界限。在家闹完了以后，去了那女孩宿舍闹，大概就是嘲讽那女孩儿插足青梅竹马的小恋人。”

啊……我听过叶老大提过这事，但不知道欢沁这样纠缠过。

“这事在 X 大闹得沸沸扬扬，叶重台为了郝家，连一句话都没有帮那女孩儿说过，那女孩子从 6 层楼高的地方跳下来，据说当场就咽气了。郝欢沁吓得不轻，跑去人家灵堂又是同情怜悯又是出钱的，把自己折腾得跟个救世的女菩萨一样。”

老主任推推眼镜，一举手，指着我问：“现在那词怎么形容的，对，叫绿茶！”

哟，看不出老主任还挺与时俱进的，我和老主任同时摇摇头，倒是吕子建很佩服地感慨：“郝小姐这是豁得出去呀，正对我的口味！”

我和老主任一起嗤鼻表示对他的鄙视。

我示意老主任继续说下去，老主任刚开了个头，一抬眼见着门口斜倚着的喻宇笙，立刻拍拍衣角，故作轻松：“不说了不说了，陈芝麻烂谷子的八卦了，再说这些，就更显得我像个老太婆了。”

宇笙笑着斜睨了她一眼："你也说的不少了。"

他是来接我一起吃午饭的，自从我们确定了关系以后，一日三餐，他都要跟着，所有饮食都由他亲手打理。早餐如果在家里来不及做，他会让我先来公司打卡，自己买了早餐巴巴送上来，因为这样，他时常被老主任取笑。

"妻奴没有资格取笑我，小心我告诉良缘你上学时风流的那些事情。"老主任推推老花眼镜。

宇笙的脸立刻有些微红，一副恼羞成怒的样子。

他一把把我拽过去，对我耳语："良缘，咱们无视老太太，你千万别介意，要是不喜欢她那么说，找个时间我跟她私下聊聊。还有我上学的时候，没有像她说的那样。"

我装作面无表情的样子。

他偷偷观察我，估计见我真的没有什么表情有些慌张："良缘，你还真的生气了呀。"

我忍着，看他向我解释："良缘，我对天发誓，说谎让我满口长疮，我跟你保证，我真的从来没有过恋情，我还没有来得及喜欢谁，家里就出事了……"

我听他这样赌咒发誓，有些觉得自己玩笑开大了，伸手握住他的手，刚想说话，他便阻止了我："良缘，我在最想相信感情的时候，遭遇了让我质疑的一切，我想，现在不是对你说一切的好时机，等到周末，我想跟你好好谈一谈我的过往。"

我的心猛地一提，终于要对我说了吗。

"良缘，我想告诉你，不管我们中间横亘着什么，我爱你的心是最纯粹的，从来不掺杂着任何一样杂质，如果说一开始接近你，是为了想要尽自己最大的可能，将所有一切留给你，给予你幸福，那么现在的我，只想好好活着，有希望地活着，看着你在我的庇护之下，得到幸福。

"我存在或不存在于你的生命里，这是我迈开的最勇敢的一步。"他似乎十分自豪自己的决定。

我嗯了一声。

并没有说什么，只是更加用力地握了握他的手。

有的时候，想要走出自己给予自己的束缚和禁锢，远远比别人设置给自己的还要艰难。我一步一步看着宇笙从对生活绝望到激起生活欲望，从来没有哪一刻这么庆幸过，自己恰恰是那个能够给予他希望的所在。

“宇笙，我等你。无论是什么，我都等着你慢慢恢复，即便是你一直试探着前进，只要你能勇敢起来，敢站在我身边，我便与你不离不弃，一起面对未来的事情。”我小心翼翼地给他承诺。

我知他心中应有更大的心结。

我愿意给他足够的信任和时间，这就如同一场赌局，赌上的是我的爱情和对他的信任。

“傻瓜良缘，你是不是知道了些什么呀，怎么从来不来主动问我？”他一把把我抱入怀里，抱得那么紧，双臂勒得我生痛。

我回抱他：“嗯，我等着你准备好了，向我诉说一切。”

这次他选的饭店是离公司有一段距离的土家菜馆，也不知道是怎么被他找到的，他牵着我的手在巷子里穿行，熟门熟路地就找到了隐藏得跟普通住户没有什么两样的菜馆。

“我在网上看到不少评论，说这里的菜不错，早就定了位置。”他扬手给我点菜，居然都是我喜欢的。

“今天什么日子，这么丰盛？”我问他。

他笑得眼睛都眯起了来，小酒窝深深地闪现在唇边，特别稚气可爱：“良缘，今天是我们确定关系两周的纪念日。”

我噗了一口，问他：“之前是 3 天纪念日，5 天纪念日，一周纪念日，一周半纪念日，终于到了两周了吗？”

他啊了一声，慢悠悠地感慨：“要纪念的名目可真多呀，我们可以吃好多好吃的，得到好多意想不到的纪念品，噔噔噔，请看，周良缘小姐！”说话的时候，他执起我的手，深情款款地往我的手上套了个亮闪闪的金镯子，“二周纪念品，好不好看。”

我细细一看，镯子做得有些年份了，搭扣的地方居然做成了一对并蒂莲，古朴又不失温柔，看着就喜欢。

“宇笙，你最近给我的纪念品可以凑成十指戒指一轮，双手手镯各俩，跟土豪一样，别再乱花钱了。”我看了看镯子，又补充，“不过，这次镯子最精致，看着好喜欢，以后会一直戴着。”

他笑嘻嘻地咬着筷子：“这是我妈当初打的一套，说是大的留给自己戴，小的要留给儿媳妇，放我这里好久了。我妈有个习惯，给自己做一套首饰，肯定有带我的，说是为了给未来儿媳攒着的。”

他笑得两只眼睛都亮闪闪的。

我一听是他妈妈的遗物，顿时觉得这纪念品也未免太奢侈沉重了：“宇笙，这个我不能拿呀。”我想的是，我们才是刚刚交往，自己的身份未免配不上这些首饰。

“你不要胡思乱想，良缘，我这辈子的妻子也只能是你呀。”他像是看穿我的想法一样打断我，继续咬着筷子歪着头看我，眼睛里盛满幸福和满足，“它们只能属于你，我的准新娘，如果不是你，我宁可抱着它们一起去青松园里面躺着。”

呸呸呸，我连呸他十几口。

青松园也就是我们刚认识的那地方，他总是旧习不改，习惯性地爱提起那里，但我对那里有种天生的敬畏，每次听他提起就浑身不舒服。

“呸，你再跟我胡说八道，我就不理你了。”我真的有些怒了。

他见状连忙放下筷子，双手合十诚惶诚恐地道歉：“良缘，我以后不提那处地儿，但是我总觉得是我妈妈冥冥之中指点我们相遇的，提到那里不但不觉得阴森，对我来说，反而有些温暖的感觉。”

他还想说什么，突然被一声脆生生的：“宇笙哥哥——哎——”给打断了。

我一抬头便看见满脸喜气洋洋的郝欢沁，穿着一身桃粉色站在桌边。我真是要对她刮目相看了，这么偏僻的地方，她居然九曲十八弯地给寻来了。

“宇笙哥哥，我们又见面了。”她这次已经完全无视我了。

好嘛，我托着下巴，看宇笙怎么处理这事。

宇笙的脸整个都垮下来了。

好在还保留了最后的绅士风度："嗨，欢沁，好久不见了。"

欢沁倒是神采奕奕，双眼璀璨发亮："宇笙哥哥，你知不知道，我这些日子过得可辛苦了。我被爸妈给关在家里了，但我天天都想着你呢。"

宇笙勉强笑了笑。

欢沁自说自话地看了看桌子："哎，宇笙哥哥，我也没有吃饭哪，大家一起吃可好？"她直接撩起大衣，挨着宇笙坐下来了，朝我甜甜一笑："良缘，好久不见，你又比以前看起来更实诚了。"

哎，这是嘲讽我骗过她吧。早些时候公司资料填着我跟喻宇笙是表兄妹，她也相信了，这次调查过后，应该知道我跟宇笙是全无关系的陌生人了吧。

我咬着筷子朝她笑了笑。

"对啦，最近从父母那里知道了好多有趣的事情呢。"她居然拿着宇笙的筷子，夹了一筷子菜放进嘴里。

宇笙明显有些慌张了，他一把夺过筷子，伸手向服务小姐又要了一双。我看着他像是献宝一样，从口袋掏出一个病历，丢欢沁前头。

"有趣的事情包括不包括这个？"他指着病历问欢沁。

欢沁愣了一下，打开一看，立刻脸上变了色，捂着嘴站了起来。

居然这次什么都没有说，甩着小包噔噔噔又走了出去。

"那个，是什么？"我伸筷子一点，其实心里好奇死了。

"你想知道呀？"宇笙坏笑着，把病历又往衣服兜里一放，笑嘻嘻地说："我就偏不让你看。来，咱们不要被闲杂人等干扰，刚刚当做小插曲，现在开始享受美食。"

他让服务员换了一副新碗筷，真的开开心心吃起来了。

我心痒痒的，一直瞄他的口袋，可惜他说到做到，真的把病历收得严实实的，我好几次把话题移到那上面，他都笑嘻嘻地又岔开了。

一顿饭吃得倒也开心。

吃完饭以后，他送我去楼上，双手抄在口袋里，我在前头走，他在后头跟着，头垂得低低的，像是在想些什么。

“宇笙，你在想些什么？”我要进办公室时候，飞快地问了他一句。

他果然沉思着，条件反射地就回答我了：“我得找时间跟郝欢沁好好聊一聊，要不然，她还得缠着过来。”

话刚说完，他就反应过来，朝我笑笑：“这些事情都由我来解决吧，我家的良缘只需要单纯地过日子，开开心心地跟我一起笑，一起享受就可以了。”

他向我承诺着，又随意挥了挥手。

就这么手抄在口袋里又懒洋洋地踢踏下去了。

我还站在那里愣神呢，站在我后面默不作声的吕子建，突然开口，吓了我一跳：“周良缘，你说喻大哥是不是有点来头呀，我听我家那个说，最近上头有意向调他去办公室呢。”

他做了个摊手的动作：“我说我要调出这块，郝助理那里都不同意呢，喻宇笙自己本人都不知道呢，给他的闲职就定了，你说这个世界公平吗？“

我白了他一眼，对他说：“你只要努力……”

他哎了一声，表示接受我的鼓励，我又继续说下去：“一直勤奋地努力下去，然后……你就依然还是这样子，是个小职工。”

他瞪着个眼。我一摊手，学他的样子：“因为这个世界本来就是不公平的。”

他张口结舌，好半天才说了个：“高见。”

他总有各种理由，让别人觉得他是最不幸的，总是有一种生不逢时的沧桑感。每次开会总结，他开头就是：如果不是我在这个位置上，我想大多数人并不知道……

好吧，对于这么一个明珠蒙尘一般的人物，我想我能表达的只有深刻的同情。

“良缘，你不知道吗，明天公司公益活动，去街道做辅警，上头点了你的名呀。”吕子建走的时候意味深长地看我，“那地方可远了，又偏僻，你混得不如宇笙哥呀。”

他信息一向比我们来得早和准，我听到这消息，心里面并没有太惊讶。

果然快到下班的时候，消息正式传达了下来，老主任狐疑地看着通知，同我嘀咕："这个地方好远好偏僻的，再说公益活动也轮不到你呀。"

她要扬手叫吕子建，我们同时进公司，职务相同，要是找一个人代替，他倒是最好的人选。

"我不去我不去，我明天要陪我家达令。"吕子建将头摇得跟拨浪鼓一样。

对了，我倒是忘记了，明天就是周六了，也是他和郝助理甜蜜的时光，这个通知明显是针对我的，即便是老主任替我拒绝了，我估计也有其他事情落在我的头上。

我从老主任手里接过通知，对她笑了笑："没事，明天我去好了，反正进公司这么久，作为新人，一次公司的公益活动都没有参加过呢。"

老主任一拍大腿，自言自语："对呀，我让宇笙陪你去做辅警去嘛。"

她拨电话过去，完全忘记了我跟宇笙下班是可以见面的。

不知道宇笙说了什么，哄得她笑容满面，一边拍我一边哈哈笑。

等到她挂了电话，她已经开始向我抖动她的一双浓眉了，那神态真是熟悉："良缘，宇笙说明天一天都待你身边做护花使者，你不孤单了，对啦，你一定要注意安全呀，那地方可不安全。"

说真的，那个路段是出了名的多发事故地段。我每次都要贴着路牙走路才会有点安全感，那里有个急转弯的街道，街道拐过来的地方，被不知道哪个脑残设计师布置了一大片绿岛，如果车速打得快，就可能撞上绿岛，如果反应快点，车就会打向另外一个方向，直直往人行道冲过去。

也不是没有先例的，有一次，一辆载满东西的渣土车急打弯，司机应该是不熟悉 Y 市这段的路程，为了避开绿岛，直直把车开上了行人道，将行人道上的一行人给撞得伤的伤，死的死，那事以后，政府就经常安排一些志愿者在拐弯的地方做一些引导。

本来做引导的都是一些高个的青年，我倒是很奇怪，到底是谁的意见把我作为新近员工典型给报上去了。

晚间吃饭的时候，宇笙想起这茬，问我："良缘，我得去问问到底是谁的主意，这太损了，从来没有安排过女孩子去那地儿做引导的，要不停挥着红旗呢。”

我无所谓地摆摆手，让他不要惹是生非。

他又不开心：“你是只小包子吗，平时总是什么都吞下去，连这么不公平的事情，都不打算去弄弄清楚，你可想清楚了哦，我要是知道谁在背后乱捣鬼，管他欢沁还是叶重台……”他嘭一拳打在桌上，将我吓了一跳，“我都不会饶过他们。”

“我要他们知道我喻宇笙的女人是不能随便被欺负的，阿达！”他作李小龙状，一脚踹在我的临时衣柜上，那衣柜被他一脚踹瘫，不锈钢的管子直直就往我头上砸了下来。

“哎哟，良缘……”他反应过来的时候，我的鼻子已经流下了苍凉的两行鼻血。

“瞧这眼神可怜的，鼻血流得跟漏馅的豆沙包一样。”他怕我骂他，直接用毛巾把我整张脸给盖上擦拭了。

等我揭下毛巾的时候，他已经冲进自己的房间里作挺尸状了。

我又好气又好笑，自己动手把衣柜给整了整。

第二天醒来的时候，我满心欢喜拉开门，想象着宇笙已经整装完毕在外面等着我，可是整个屋子都静悄悄的。

宇笙的房门是关着的。

“喻宇笙你快起床，说好了陪我去的嘛。”我敲他的门，门吱呀一下就被我拍开了，他的床上被褥折得干干净净的，窗户打开着，一阵阵风将窗纱吹得飘飘扬扬，人早就不知道去哪里了。

我走进厨房间，这才发现，他已经买好早餐，用玻璃罩子罩着，下面压着一张纸条。

上面写着：良缘，乖乖吃早饭，不要饿肚子去执勤。我今天可能陪不了你啦，我临时约了人去解决一些必须要解决掉的事情，等到我回来，你以后都不会有任何的麻烦啦。

我有些忧心，拨打他的手机，却传来柔和的提示音告知我，他的手机已经关机。

我担忧了好一会儿，想起他之前向我保证做事再也不会出人意表人让我担心，又自我安慰了好一会儿，这才吃了早餐出了门。

其实平心而论，做辅警在旁边帮忙引导车辆倒不是很累的，一同去的同事，很是照顾我。我站在那里两小时，他便喋喋不休两小时："周小姐，你可以偷懒的嘛，到路边坐一坐呀。"

我不好意看他一个人在这里挥着小旗子，而且据说也有公司的上级会在暗地里给做公益活动的同事打分。所以我便一分钟十下地挥着小旗子，他只瞄了我一眼，突然将旗子又挥得快了几分。

我见他这么有干劲，也挥得更加开心。

"良缘，你们做公益做得很开心嘛。"老主任过来看我的时候，我正在跟同事挥得不亦乐乎，听到这话，那同事一停手，将满头的汗给擦了一遍。

他苦着脸哀求："周良缘，你能挥慢点吗，我跟在后面，手臂都要摇断了！"

哎？我明明以为他摇得比我开心。

老主任摇摇头，将我领到一边问我："宇笙那个孩子呢，答应了来陪你的，怎么又没有影了呀。"

我支支吾吾告诉她："他去处理一些事情。"

老主任用不赞同的眼神朝我直摇头："宇笙玩心大，又是小孩子脾气，你有时也得好好管着他呢。不能什么事情都由着他胡闹。"

我不禁啼笑皆非，我自从遇见宇笙以后，什么时候都是被他牵着鼻子走，胡闹也好，伤心开心也好，好像他是个天生的领导者，一直将我的情绪控制的紧紧的。

我便朝着老太太笑。

老太太被我逗乐了，留了点蛋糕给我，又折回去了。她以为宇笙会跟我一起来，带了两人份的，我便和同事坐在路边一边吃一边聊。

同事说："我听别人说你满口谎话，还恋兄，这么看你其实也挺可爱的嘛。"

我吓了一跳问他："你这是从哪里听来的。"

这位同事估计是个没有心机的，他挠挠头，想了片刻告诉我："很多人议论，说是你当保安的哥哥本来找了个漂亮又有钱的姑娘，却让你从中给搅黄了。"

我呼一下子站起来，红旗捏在手里，手柄将手心压得生痛。

欺人太甚了。

我只不过想在郝氏安安静静谋一份职务而已。我还有亲人在同集团工作，这样说话，让我的亲人如何看我。

我麻木地待在路边摇着旗子，想着怎么对付这些流言蜚语。

宇笙下午两点多过来陪着我的时候，我还在傻乎乎地沉思。

他问我："哎，周良缘，你摇一上午的旗子摇傻了呀，看我那是什么眼神，一副看仇人的样子。"

对啦，我连他都带怨上了，当然这种怨气带着撒娇的成分在，只是渴望着他来讨好我。

"好啦，良缘宝贝，说给我听听，我又怎么让你不开心了？"他站在我旁边，笑眯眯地问我，心情貌似很好。

我白他一眼。他凑过来，紧挨着我，亮亮的眼睛瞄我，突然弯腰飞快地亲了我脸颊一下。

旁边不识趣的同事一直偷偷地窥着我们，见到宇笙的动作，吓得手里的旗子都要丢出去。他像是做贼被捉到一样，将整个身体都背对了我们俩，把手里的旗子摇得呼呼作响。

"你一来就坐实了谣言了！"我一把掐着宇笙的脸，他眼泪汪汪地看我，十分无辜。

"他们正传着流言呢，说我恋兄，还把你漂亮的白富美女友都给赶跑了，我都还没有分辩呢，你就来跟我亲昵……他们会怎么继续传？我还有亲戚在郝氏呢，你混蛋！"我越想越委屈，踩了他一脚。

宇笙听了哈哈大笑，一把把我搂进怀里，用脸亲昵地更加贴紧我，又朝着那位同事叫："哎哟，这位同事，今天麻烦你照顾我家良缘了，我们不是表兄妹，一直都是情侣关系，进公司的时候，正闹着小矛盾，她随口赌气一说，你们就都相信了。”

那个同事十分尴尬，转过身，朝我们呵呵地笑。

一直到执勤结束，这种尴尬的气氛都始终围绕在我们三个周围，但宇笙是天生的玩世不恭，他毫不在意，一直给我讲他以前发生的各种趣事，倒是我有些心虚，经常偷偷打量那个同事。

下班的时候，我们向各自的公交站台走，那位同事突然对我说：“周小姐，我觉得该相信你们的，你们两个在一起的那种感觉，很温馨美好。”这是个刚大学毕业的男生，还保留有率真的个性。他自己说完，不好意思地挠挠头，手指一指车站方向，走得急急忙忙的。

我愣了一下，宇笙的嘴角却翘了起来，他伸出一只手来揉了揉我的发：“放心，以后都不会有流言流出来了，我把所有的事情同郝欢沁都说清楚了。”

原来他早晨去找了欢沁谈判呀。

“不要用这个眼神看我，我只是不想你过得犹如宫斗。”他搂着我，笑嘻嘻地取笑我：“要是她再继续用几招，我估计你可不是她的对手，你的生活环境可不如她的那么复杂。”

我不吭声，他紧紧搂着我，长叹一口气：“我可是要保护着你的呀，周良缘。”

上车之后，我们就这么肩并着肩，头靠着头一路晃荡回家。

这里离我们住的地方有一段距离，等到我们下车，已经接近黄昏，宇笙伸出手来牵我，半拖着我走：“好啦，是不是累了，回去给你做饭吃。”他笑得极为温柔，扭头回来微笑着看我：“还有，良缘，我想，是时候向你坦陈一切了。”

我嗯了一声，乖乖地被他拉着走。心中却下定决心，无论他说了什么，我都要用极大的宽容来包容他。

# PART 17

## 父子，小三，车祸，谋杀

我看见他带着迷茫的眼神，眼睛毫无焦点地看向我，嘴唇哆嗦着。好半天，他似乎下了决心一般快速吸了一口气，带着平淡无奇如同背书一般的语气说：“良缘，那辆车之所以会出事，是因为我在刹车上动了手脚。是我，害死了你的妈妈和我的妈妈，一切都是我。”

到了楼下的时候，我们才发现，有人早已经等在了楼梯口，见到宇笙，一步赶过来，严肃地问："喻宇笙？"

对方穿着肃穆的警服，一脸的不和善："可是喻宇笙？"

宇笙刚刚嗯了一声，我便看见好几个人拥上来，簇着他，像是把他团团围住了。有人掏出闪亮亮的手铐，咔哒一下将他拷上了。

我还没有反应过来，带着笑嗔宇笙："别开玩笑了，这一点都不好玩。"宇笙皱着眉头，看向我，轻轻摇了摇头，已经有不少邻居怯怯远远地围着小声窃窃私语："是上次那个要跳楼的神经病吗？"

"对呀，那个女孩子我认识，跟神经病住在一处的。"

"不会又是发病伤了人吧？"

我越听越火大，一扭头狠狠地瞪了这些藏于暗处在茶余饭后诟病别人的家伙们一眼，谈论的声音果然小了点。

那群人已经拉着宇笙往前走。

我跟过去，问他们："到底什么事情？下午的时候，宇笙一直跟我在一起。"我急得要命，声音不由自主地抖了起来，虽然没有泪，可是却条件反射地哽咽了一声。

对方有个年纪稍长的，估计是不忍心看我这么急，悄悄低声告诉我："他之前约会的那位郝小姐，被人发现在约会地割喉死亡，报警的人指认了喻宇笙，因为付费的时候，两人用了他的信用卡。"

宇笙本来垂头走在人群中，突然抬起头来，用一种难以置信的眼神看我，他对我说：“不是我，良缘，我跟她说话的时候，她好好的。”

突然有人从后面推了他一把，他们走得更急，我只能急得咬手指。

我看见宇笙扭头对我用嘴型告诉我：“帮我去我爸那里找律师。”他还想说什么，后面的人狠狠推着他，他只来得及温柔地看了我一眼。

一切都来得太突然，我一下子就像是从梦境中被惊醒了一般，在寒风中瑟瑟发冷，又手足无措。

我手抖着，告诉自己，不能惊动老主任，她年纪大，身体不是很好，经不起突如其来的打击，所以得第一时间联系到他的爸爸。

可是我又从哪里得知他爸爸的住所?

我再三喘息，大概五分钟以后，我打了电话给老主任：“老主任，我想问问您宇笙爸爸的电话。”

老主任有些疑惑地问我：“你要那个家伙的电话做什么？”

我用事先想好的理由搪塞她：“宇笙买了礼品想要同他父亲和好，又倔强地不愿意自己送去……”

老主任沉默了一会儿，长长叹了一口气：“是呀，父母的恩怨，却让他们父子失和这么多年，宇笙有个爸爸，可是这些年他过得跟孤儿有什么两样?这孩子性格太倔强了，良缘呀，你要是能让他们和好，这是最好的。”

她慢慢念了个电话号码，我用心记下。

刚一挂电话，我便急急拨了那个号码，电话只响了一声便被接起，是个声音有些尖利的女人的声音：“哪里？”

我结结巴巴地问：“请问是宇笙爸爸的电话吗？”

对方冷笑一声，问我：“他又犯了什么事儿，怎么有空联系他爸爸了?他爸爸心脏不好，不能受刺激，你说给我听听哪。”

不知为何我直觉让我觉得不能将真实情况告诉她。

我支吾了两句，说：“宇笙说想要和伯父一起聚个餐，又不好意思自己开口，让我……让我来帮忙约伯父。你可以让我跟伯父说个话吗？”

我还没有说完，那个女人便笑了起来，冷嗤了一声，打断我：“算了吧，该不会是他在外面又做了什么了不得的大事，让他爸爸帮他收拾烂摊子了吧。我告诉你，不管你是他什么人，让他有事自己来找他老子，他爸爸最近要跟我去巴黎旅游呢，才没有空理这些鸡毛蒜皮的事情。”咔哒一下，她居然把电话就给这么挂断了。

原来是那个骄傲又跋扈的小三，这样看来从电话联系到宇笙爸爸是不可能了。

我又急又无助，突然想起之前大舅他们提起过，宇笙的爸爸是喻氏的管理层，我想要是去集团那里堵着应该是没有问题的吧。

我想到便拎了包，拦了的士向喻氏在 Y 城的综合楼奔去。

已经过了下班点，这时候大厦前已经少有人影了，只有保安抄着手在闲聊。我一头冲进去的时候，他们哎了一声，问我：“哎，找谁的！？”

我又惊又慌，报了宇笙爸爸的名字，对方嗤笑一声，回答我：“都下班了，再说老总很少来这里办公，你该去那里。”他报了个高档别墅区的名号。

我大概听过，有点犹豫不决。

倒是手机在这时响了起来，我听见老主任迟疑地问我：“良缘呀，该不是宇笙出了什么事吧，我这半天心跳得真不正常呀。”

世上应该真有心灵感应这种事情，我犹豫再三，最后还是告诉了她。

“老主任，我不想说的，我在帮宇笙找喻伯父，因为他被扯进凶杀案了，虽然目前是嫌疑人，可是看着他被拷走，我慌得很。”我说着，突然就觉得神定了。

因为电话里老主任突然展现了她不常有的魄力和果断：“你这个孩子，为什么刚刚不告诉我，让我安排吧，你别害怕，要不这两天来我这里住着吧。”

她果然在最短的时间安排了律师。

我跟着去的时候，遇见大舅曾经认识的那位老朋友，他倒是还记得我，指着我问：“良缘，你怎么到这里来了？”

我嗯了一下，问他：“我男友被传讯呢，扯进了凶杀案里……”

他惊讶地啊了一声，而后拉着我的袖子将我扯到一边：“良缘，你知道那小伙子吗？他可是当初来警局闹事，说有人害了他妈妈自杀的那位，你……”

我朝他点头，表示自己知道一些事情。

他有些恨铁不成钢的样子，看着我长叹一口气："每个人有每个人的想法吧，他这次进来挺玄乎的，所有的在场的人都指证见过他。"

他又同我聊了一些无关紧要的话题，大概是见我恍恍惚惚的，倒了杯水递给我。

重台来的时候，我正在颓废地坐在那里等待老主任交洽。他看到我，走过来问我："良缘，你还好吗？"

我勉强朝他露出个笑容。也问他："你还好吗？"

他整个人都憔悴了，有些疲惫地对我说："良缘，欢沁走的时候，是拨着我的电话的……也有短信发过来，只有三个字，是喻宇笙的名字。我有理由怀疑是喻宇笙。"

我们相视无言。

我相信凶手不是宇笙，正如他相信宇笙是凶手一样。

因为之前的证据并不充分，所以并没有费多大波折，老主任的律师将宇笙拉出来的时候，我整根神经都咯噔一下拉紧了，径直从门口的椅子上跳了起来朝着他奔去。宇笙看起来十分疲倦，难得的是，他并没有表现得十分担忧。

"良缘，抱歉，让你担心了。"他一把抱住我，用脸蹭蹭我。

我心一宽，伸手用力啪的一下打在他的肩膀上，想说点什么，张了张嘴，又合上了，只想要贪婪地多看看他。

"放心，真不是我做的，我是无辜的，刚刚也只是协助调查而已。"他一副坦荡荡的样子，伸手摸摸我的头，露出个淡淡的笑容。

但他很快松开我，敛了笑容，又长叹一口气："欢沁，走的时候很痛苦，她还那么年轻……不该是这个结果。"

"不要多想了，跟你无关的。"我劝他。

他压低声音叹息："我最怕的是我不杀伯仁，伯仁因我而死。她还那么小……真不该……"

我看见他的拳在身侧握得紧紧的。

我知道他在感慨什么。

欢沁就像是一朵正在盛开的艳丽小花，可爱美丽又生气勃勃，对一切都有着美好的憧憬，虽然对所有的一切都有着强烈的占有欲，但那也是一种鲜活的欲望，生活于她来说，正是最美好的时候，却那样残忍地被终结在这么年轻的岁月。

即便是去案发现场的警察们，见着她瞪着不甘心合上的眼，都有些不忍心。

“跟你没有关系的，宇笙，别乱想，我相信你。”我伸手握紧他的手。

老主任站在我身后，什么也没有说，此刻见着宇笙除了疲惫其他一切都好，大大松了一口气，走过来伸手拍拍他的肩头，朝他露出微笑：“外婆相信你，相信你应该比任何人都尊重生命，外婆的宇笙是个心地善良的孩子。”

“还是外婆了解我。”宇笙笑嘻嘻地接了话，松开我，挽着老主任的手，有些内疚地道歉，“就是不该再让你吓着了。”

我们回去的时候，直接往老主任家开去，如老主任所说，发生了这么多事情，宇笙还是住在她眼皮下，她比较放心。早些年，她失去了最爱的女儿，如今她更加忧心，生怕这个孙儿被黑暗中那只无形的黑手给扼杀了。

“要不良缘你也跟着一起来吧，我那里大得很呢，宇笙看着你也该安心点呀。”老主任提议我。

宇笙一脸期盼地看我，我想了又想，还是摇了摇头。倒不是矫情什么的，我想这个时候，老主任一定私心希望宇笙安分下来，和她贴心地平缓度过，我要是去了，免不了整日卿卿我我的，在长辈面前这样秀恩爱，我觉得一定会很尴尬。

“不勉强你，小良缘！”宇笙送我出来的时候，伸手拍拍我的头，像拍一只大型犬一般，“时刻记住你的宇笙哥哥思念着你就可以。”他又嬉皮笑脸的了,这下算是彻底恢复了之前的没心没肺的特质了,最起码表面是这样的。

“好好的，别胡思乱想。”我对他的要求只有这么多了。

他又深深地看着我,眼睛黑亮而深邃,含着无限的情意,嘴角蕴着点笑意。

“良缘，好幸福这个时候身边有着你。”

他说起情话来，杀伤力真是百分百，我觉得自己的脸都烧了。

从老主任的别墅区出来，拐弯的地方就有公交站台，我正打算过了马路去等候，突然从黑暗里闪出个中年人来，低低地唤我：“周小姐，周小姐，等一下。”

我吓了一跳，扭头看他。

对方有些面熟，似乎在哪里见过，此刻他穿着一身藏青色西服，头发梳得一丝不苟油光光的，他正努力扯开嘴角，向我露出个笑容：“周小姐，别怕，我是宇笙的爸爸……”

他这么一说，我总算是想起来了那天在包间里他绷着脸训斥宇笙的样子。

我也朝他勉力露出个笑容。

他不等我开口便急急地问我：“宇笙还好吗？”

“暂时没有什么问题，虽然有人之前看见他和欢沁见面，但是并没有证据指证是他对欢沁下的毒手，他也有之后的不在场证明……所以，他现在算是暂时没有事情，住在他外婆那里。”我把大概的情况告诉他。

他语气表现得十分担心，但是从依然平静的表情来看，还是能看出他良好的自制能力：“周小姐，我知道之前你拨打过我的电话求助，我很抱歉，是我没有能好好关心宇笙，也没有能好好约束身边的人。”

我只能尴尬地笑：“没事，她不是还是通知你来了吗？”其实我也不好多评价，毕竟我对他们家那种复杂的情况还并不了解。

宇笙的爸爸立刻露出一种可以称之为愤怒的表情：“并不是她，是其他的人，这算是我的疏忽。”

停了停，他又半是伤心半是叹息地说：“唉，其实也怪宇笙太叛逆，有的时候，想要跟他好好说话，他也用嘲讽的语气回我，外人看着以为我对他已经完全放弃了，其实我对他重视得很，他都不知道他对我有多重要。”

我抿嘴弯了弯唇角，做一个微笑的表情表示虚应。心中却并不认同他的说法，他之前那么个态度，如果不是因为只能有这么一个儿子，估计宇笙只能是被抛弃的下场吧。

他见我是这么个表情，露出得意的笑容："周小姐看来不以为然，这么说吧，他从第一天接近周小姐，做了些什么荒唐的事情，又怎么去骚扰周小姐，并且在周小姐家住下的事情我都知道，你们打打闹闹，并且确立关系，还有和那位郝小姐牵牵扯扯的三角关系，其实我也都知道……"估计是因为看见我的表情变了，他立刻安抚我，"周小姐先别生气，我只是担心宇笙会胡来，才会找人调查了他的情况，并不是故意探查你的私生活。"

我怒得很，倒不是因为隐私被窥去了，于是压着火气问他："你知道他之前一直有自杀倾向吗？"

他愣了愣，有些迟疑地回答我："那其实是做给我看，倒不是真的要去自杀吧。"

我不回答他，想起宇笙曾经满脸灰败着绝望地站在风口，我相信，他是真的要跳下去的，想起他那个绝望而无助的样子，我就只想冷笑。但是他是宇笙的父亲，我不想做得太过于失礼，所以只能绷着脸看他。

他于是又叹息一声："我也没有权利和能力去约束他或者劝得住。不管周小姐相信不相信，我对他的担心，不比普通家庭的任何一位父亲少。"

此刻已经天黑了，路灯橘色的灯光下，这位之前显得有些霸道强势的中年人，居然也显现出几分疲倦苍老之态，他的眼皮耷拉着，双手交握着有些无措，我又心软下来，问他："喻伯父，要不要我们找个地方吃点东西聊？"

他眼睛一亮，顿时开心起来："周小姐不讨厌我？"

小心翼翼的样子一改之前高高在上的态度。

我好笑，回答他："伯父还是叫我良缘吧，宇笙一直这么叫我。"

他得了这个回答，更加高兴，指着路口停着的一辆汽车，向我提议："良缘，我知道有家餐厅，菜式都不错的，宇笙以前最爱吃那里的菜。"

我一看汽车的玻璃窗，立刻啼笑皆非。也不知道这位喻伯父在风口等我们多久，车上被贴了好几张罚单，他也不在乎，伸手扯下，一把都放进自己的口袋，转过脸来对我笑："这不是我的车，只要能够等到宇笙回来，又能跟良缘这么友好地说话，其实多贴几张也无所谓。"

他甚至还挑了挑眉头，笑得生动又恶作剧。

"……"这笑容真欠扁，我终于明白喻宇笙那副贱兮兮的笑容是遗传谁的了。

"我记得以前他跟我关系好的时候，经常每周都会换着地方点吃的，这个餐厅偶尔吃过一次，他就次次去吃，大概吃了有半年吧，都没有腻歪过。"喻伯父打着方向盘，嘴角弯弯，像是陷入了以往美好的回忆中去："宇笙有个坏毛病，他要是喜欢一样东西，会一直不停重复去买这样东西，直到腻为止，那个餐厅到最后从老板到服务员都认识他了。"

他熟练地打着车盘，方向一改，在一家私家菜馆门口停了下来。

门口迎宾的礼仪小姐穿着紫红色的旗袍，旗袍的叉一直开到腰际，一走动，雪白的大腿直接露了出来，喻伯父停了车看见小姐摇曳生姿地走来，居然嬉皮地吹了个口哨，等到反应过来我还在旁边看着，他又不好意思了。

他哈哈朝我笑："以前跟宇笙一起来吧，我们父子两个一起胡闹，一起吹口哨，这习惯居然还没有丢。"

又不是什么好习惯，我脑补宇笙的少年时期，一副玩世不恭的样子，手抄着口袋跟父亲一起对着人家露出白花花大腿的女迎宾吹口哨，整个人都觉得有些不舒服了。

"哎，男人嘛，也不是真的色，只是玩心重嘛。"这位喻伯父十分会察言观色，立刻状似轻松地安慰我。

他带着我挑了靠窗的一处坐下："良缘哎，宇笙以前最爱坐在这里。"

我接他的话："他现在还爱坐在窗口呢，一个不开心就丢东西在自己看不顺眼的人头上，为这事，没少帮他道歉。"

说起来，他要是见着辱骂小女生爆粗口的男人，十有八九是会从窗口扔点馈赠之物，嫉恶如仇的性格倒是依然在。

喻伯父立刻开心起来，哈哈大笑："他以前跟我在一起的时候，也好打不平，经常为了他的义愤头疼呢。"他感慨起来，眼睛眯着，似乎想起了很久之前的事情，笑容里带着一丝惆怅。

菜上来的时候，他多夹了些甜食在我碗里，热情推荐："这些菜都是甜甜的，我猜小姑娘都喜欢这口，你多吃点呀。”

我看着碗里堆积如山的食物，想起宇笙也是这样热情如火地给我夹菜，不禁啼笑皆非。

“对啦，我听说，这次遇害的小姑娘，跟你们都是认识的呀。”他状似不在意，突然问我。

我愣了一下，回答他：“是的，喻伯父，我们是上班以后认识她的。”

喻伯父皱了皱眉，有些意外地问我：“不是通过我那个谁认识的？”

我愣了一下，这才反应过来，他问的是那个跋扈的介入者，也是宇笙心中最大的刺，不禁对喻伯父的问题有些奇怪：“她也认识欢沁吗？”

喻伯父又问我：“那良缘，你是否知道当初那起交通事故是同宇笙的妈妈有着关系的。你不要生气，我是调查了你才来的。”

我总是以为他是担心着宇笙而来，话题突然转到当初的那场交通事故上，我不免有些惊诧。

其实这也是我一直想听宇笙跟我坦白的事情，却总是先由别人口里得知。我的筷子就悬在那里，由于客少，一时间周围都寂静了下来。

“嗯，我知道是宇笙妈妈当初开车……”我踌躇着，不知道怎么组织语言。

突然，喻伯父打断了我：“不是她，良缘，相信我，这一切都与他们母子没有关系。”

我愕然抬头，看见对面的中年人，脸上有一种破釜沉舟的表情，像是欠缺勇气，他扶住桌子的手，将桌布抠得紧紧的，指甲都因为用力泛着白：“良缘，我不是替宇笙开脱，他内疚那么多年，其实都是我的责任，你很不错，一直宽容隐忍着去关怀他，我都知道的，你不要担心当初的事情。我会还他和你一个真相的，不要怪他，也不要怪他的妈妈，一切都是我的错。”

哎？我还想问下去，这位老人突然打断了这个话题：“良缘，这次来找你，一来是想问问宇笙的事怎么样了；二来，是想看看当初那个哭着的孩子现在什么样了，怎么就变成了宇笙的阳光了。”

他目光慈爱地看我：“我就知道，宇笙的审美从来都不会差。”

他还想说什么。

突然哗啦一声，一个黑色的身影冲了过来，喘着气把喻伯父手上的筷子都打掉下来。

“你跟她在说什么？你胡说八道些什么！”来人气喘吁吁的，又一拳敲在了墙壁上。

我惊诧地看去，发现是满脸怒容的喻宇笙，他喘着气，眼睛都红了，指着喻伯父的手一直在颤抖：“你跟她都说了些什么？嗯？你瞒着我找她到底想做什么？”

喻伯父的表情变得十分惆怅。

他怔怔地睁着眼，看着宇笙发怒，大概有五分钟，而后他站起来轻轻地道歉：“对不起。”他垂着头，就这么同宇笙擦身而过，向店门外走去。

我想要帮他向宇笙解释，却发现宇笙的情绪激动到无法控制。

他用双手紧紧摁住我的肩膀，对我说：“良缘，别管他，听我说，良缘，我们的生活里不需要他，以前不需要，以后也不需要。”

他的手在抖，他的眼睛猩红地看着我。

我叹了气，伸手回抱了他。

他在心里有个结，如果不打开，永远只能是将自己禁锢在其中。

“良缘，不要离开我！”他的安全感永远都是这么薄弱，他总是用过激的一切来证明他存在，他获得。

我一扭头，余光看见他手面上的血渍，那是刚刚敲在墙壁上留下的。

他见我看着那处出血点，有些无措，声音压得低低的，像是做错事的小孩：“疼点会让我觉得事情不会变得更糟。”

我摸摸他的头，伸手拍拍他的背，像是抱着大孩子一样，什么话也没有说，只是那么抱着。

窗外月华倾泻，洒满一地银光，在那银光里，我看见躲在巷角满头华发的喻老伯频频伸手擦拭着脸颊。

宇笙又不放我走了。

他突然像是安全感全部都消失了一样，一步不离地跟着我，央求我：“良缘，你跟我回外婆家住一晚上吧，你一走开，我就觉得好可怕。觉得什么都捉不住，一切都快消失了。”

他又开始神经质地咬手指了。

我以前就观察过他，他在绝望或者无措的时候，有孩童一样的反应：咬手指，是他最频繁的动作。

不咬到指尖出血，他是不会罢手的。

我叹了一口气，伸手拉下他正咬着的指头。

“宇笙，你在害怕什么？不管怎么样，我都在你身边支持着你。”我牵着他的手，一起放进他的口袋里，口袋暖暖的，温暖着我们两个的手，他也渐渐平静下来。

“一切都会过去的。”我近似于自言自语，与其说是安慰他，不如说在给自己打气。

老主任像是知道我会折回一样，笑嘻嘻地站在门口等待我们，感应灯一直亮着，我注意到她一直在跺脚。

她一见到我就忍不住长松一口气：“良缘，我说你不要跑来跑去的吧。”

她在这么短的时间把我需要的一切都准备好了。

可见一开始就预见宇笙是会把我拉回来的。

“好啦，你们年轻人该有谈不完的情话，好好聊聊，早点睡吧。”老主任甚至体贴地把我们推进房间，又贼兮兮地帮我们关上了门。

宇笙坐立难安地看着我。

“良缘，我爸今天跟你到底说什么了呀？”他还是忍不住问我，心里到底是介怀着的。

我想了想，谨慎地措辞：“喻伯父听说你的事很着急，跑来想要帮助你……”

他冷笑了一声。

没有任何感动，脸上是很冷淡的表情。

“他说，之前联系他不上，是因为那位作怪，事后得知了，就第一时间赶来了。”我始终小心翼翼，生怕又激怒了他。

“你爸爸说了很多你和他在一起的往事，宇笙，就算是我，也能看出他还是很爱你的。毕竟他是你的爸爸，他还是在乎你的。也有提到过这些年因为那位让你受苦了。”

宇笙有一瞬的恍神，然后朝我抿嘴有气无力地一笑：“他没有提当初车祸的事情？”

我愣住了。

他用一副破釜沉舟的表情问我：“他没提当初开车撞着你妈妈的人，不是我的母亲，没有说那些细节吗？”

我摇摇头。

他像是用尽了全身力气一般，使劲握紧拳头，站起身来，猛吸一口气，鼓足勇气认真严肃地对我说：“良缘，我想，有的事情，必须由我亲口告诉你，虽然现在的时机不对，但是……我不想再让你从别人口里知道一些零零碎碎的事了。”他的神情甚至带着一点破罐子破摔的疯狂，黑漆漆的眸子在不甚明亮的壁灯下显得阴郁而无神，紧紧直视着我。

我愣住了，千想万想，也没有料到这个时候，他会要坦陈一切。

“我说的时候，希望能不被打断，因为一旦被打断了，我不知道还有没有勇气继续向你坦诚下去！”他突然偏转过头，将眸子死死地盯在黝黑的窗外，不敢再看我。

“我是在上学的时候，就知道爸外边有了人。”他开始用极为平淡无波的语调来叙述当初的事情。

我认真地听，决定在往事回忆结束前不再发出一点声音。

“我记得我妈那么端庄优雅的一个人，是怎么样渐渐变得焦躁又疯狂的。她开始频频跟我爸吵架，开始什么都往最坏的方向来揣摩。经常在半夜里带着我穿过半个城，蹲在高档小区的门口，等待爸的车驶来。有次下着很大的雨，她和我就穿着雨衣，缩在花坛里……那天我爸没有回来，我们就蹲了一夜，天亮的时候，我扶着她回家，她几乎不能走路。

“我们看见过那个女人，其实她的年纪比我也大不了多少，但是她却比我成熟多了。”宇笙低头轻轻笑了一声，“她懂得蛰伏，用乖巧和顺从来讨好他，也知道适时露出点蛛丝马迹，让我母亲焦躁，她每次都只留出这么一点点线索，不多，或是某个酒店的打火机，或是一点点香水。我妈是闻不得香水味的，闻着就会打喷嚏不断，所以对这些更加敏感……

“她每次都会留下各种气味，让我爸带回家。她从不明目张胆地挑衅，却聪明地让我们知道她的存在。

“我妈是个典型意义上的贤妻，就算是知道一切，她也只会想着怎么去挽留我爸。她只会偷偷地在人后痛哭，在人前假装坚强，家里到处都是她偷偷写下的遗书，她写一封，我偷偷地毁掉一封，因为我不知道怎么去安抚她……那时的我，太逊了。”宇笙有点哽咽，当初的一切一定让这个一直生活顺当的大男生十分无措吧。

“后来，那个女人开始变得嚣张，有时候，我们能在家里看到长长的烫染过的长发，掉落在各处。而永远盘着头发的妈妈是不烫染头发的，一目了然就知道是谁。我恨她把妈妈逼成那样。她开始在我们都不在的时候，使用老爸买给我们的一切东西。包括生日时我老爸送给老妈的车。”

我心里咯噔一下，因为我看见宇笙提到那辆车的时候，脸瞬间变得苍白。

“我气不过，想着报复她……只是我从来没有想过，会有那么样可怕的后果。”他呆呆地，就这么出神地看向窗外，声音突然就停止了。

我没有去催他，我因为心中某个揣测，血液都要冻结了。

我不知道怎么样才能更加舒适，一分钟内不自觉地换了好几个坐姿。

宇笙突然回头来看我。

我看见他带着迷茫的眼神，眼睛毫无焦点地看向我，嘴唇哆嗦着。好半天，他似乎下了决心一般快速吸了一口气，带着平淡无奇如同背书一般的语气说：“良缘，那辆车之所以会出事，是因为我在刹车上动了手脚。是我，害死了你的妈妈和我的妈妈，一切都是我。”

他说完，大口大口地喘气，从眼里无声无息流出来的泪水，打湿了他的面颊。

他连看都不敢看我，一直垂着头。

猜测被证实，我呼地站了起来，不知道什么时候自己已经是泪流满面。

就算是千般爱他，就算是再多宽容，此时此刻，我也无法心大到立刻宽恕并安抚眼前这个男人。

“良缘……”他像孩子一样无助地来拉我的手。

“对不起，对不起……”他不知道要说什么，只是一直道歉。

我也同他道歉：“对不起……”对不起，我暂时无法说服自己来陪你度过如此艰难的时刻。

他松开了手，并不纠缠我。

我飞快拉开门，脑子里只有一个信念——我要回到我的家里，回到自己的窝，回到那个有着周女士的小窝里，用被子盖住全身，蜷缩在一角，来逃避自己所听到的一切。

夜深的时候，也是我最害怕的时候。我并不怕黑，只是怕一个人独处的孤单。从老主任那里逃也似的赶回来后，我便坐在床角，用被子紧紧裹住了自己。

头脑混沌成一片。

我其实想过宇笙的内疚来源于家里的成员因为车祸所给我带来的不幸，我也想过，宇笙的妈妈顶罪的背后其实有更多的真相。

可是我却怎么也不能接受，周女士的死是宇笙间接造成的。

黑暗里，月光清冷的月辉透过玻璃窗投射在照片墙上，我看见周女士笑得欢乐的样子，鼻眼都有些发酸。

有什么顺着我的面颊缓缓流淌而下。

“周女士，为什么要这么难？”我抱着腿，裹着被子问她，“为什么我爱着的人，是伤害你的人？为什么要让所有人都这么痛苦？”

照片上的周女士定格在了最欢乐的时候，她无法回答我。

而我，终究也得不出答案，惶惶地枯坐到了天亮。

天亮的时候，手机一个劲的在响，我麻木地举起来，看见上面显示着叶重台的号码。

“喂，是我！”我有气无力。

电话里叶重台的声音也很疲惫，他问我：“良缘，你能出来一下吗，我还是忍不住想告诉你一些事情。我想，这是你有权利知道的一些事情，是我从欢沁的资料里整理出来的。”

他约我在市区一家生意很惨淡的咖啡厅见面。

店里的音乐都欠奉，整个店里只有靠近玻璃窗的地方有些许阳光，他便同我坐在窗口。我看见他手头有很大一个牛皮纸袋。

我坐下的时候，他将牛皮纸袋默默地向我这里推了过来。

“我想，你该看看这个！”他示意我打开。

我狐疑地打开牛皮袋，里面是几张大幅的照片，有宇笙妈妈的，也有那个年轻女子的，关于她的详细资料，上面全有。

她是比宇笙大两届的学姐，也是宇笙父亲第一次赞助贫困生的对象。

名字很好听，叫董玲玲。

照片里的董玲玲还很年轻，打扮的很是土气，简单的马尾辫，洗得变了色的 T 恤，一双大眼睛里都是对未来的茫然。

但不得不承认，即便是这么土气的打扮，她也是漂亮的。

“是那个女人呀。”我自言自语。

叶重台并不说话，有些疲惫地看着我，示意我继续往下看。

我看到了舅舅他们也拿到的那几张照片，不过比他们手头更多的是，近期内，董玲玲同舅舅舅妈以及小姨们接洽的照片。

我看见照片里，她从手提袋中掏出信封包裹着的东西递过去，而舅妈舅舅脸上的笑容，是那样的陌生。

“上个月月底，你的舅舅舅妈同董玲玲私下见面，以每人十万块的价格，把这事给彻底封口了。”叶重台解释给我听，“还有一些事情，是郝欢沁找人调查出来的。她固执地认为，这些事情会让宇笙因此有理由远离你，和她在一起。”

“你舅舅他们拿了钱，并保证不会再怂恿你去调查当年的车祸，而且也同意将车祸的责任依然归罪于喻宇笙妈妈身上。”

我眼睛有些酸涩，胸口有些发闷，这就是我的亲戚，这么久以来，每次提起母亲都一派凄苦，嚷着要帮周女士出头的亲戚们。

说是骨肉至亲，却以每人十万的价格，买断了所有的真相和亲情。

“还有，良缘，你有没有想过，将这件事追究到底？我这里的资料不止这一些。”或许我脸上的表情太过于悲戚，叶重台探过身来，伸出手握住了我的手，“良缘，别怕，如果你想为母亲争这一口气，我会替你好好整理资料。”

我的眼泪就这么落了下来。

又无助又茫然，我该去向谁争一口气，我心爱的宇笙，动了手脚，为了报复这样一个年轻的女人，他们的恩怨，却以我母亲的性命来作为终结。

可是我却恨不起来宇笙。

这样的我，根本对不起周女士。

“良缘，为什么不说话？”叶重台的手带着暖意，包裹着我的手，试图将它们捂热，“你不要怕，你还有我。”

“还是因为你在担心喻宇笙？”他问我。

我哑口无言，不知道怎么去回答他。

“是不是帮他解脱了一切，你就能公平公正地对待我对你的感情？”他突然坐直了身子，很认真地问我。

我哎的一声没有反应过来。

他严肃地看我，似乎在下很大的决心要说什么。

他问我：“良缘，你还喜欢我吗？”

我脑袋涨涨地看着他，张口结舌。

“有没有同喻宇笙一样的重要呢？”他继续追问我。

“如果我还有机会，我想，我会有很多事情要做。”他沉默了片刻，像是终于做了决定，“其实，那天，我看到了欢沁被割喉的过程。”

如同闪电惊雷劈过，我一哆嗦，迅速地抬起头，问他：“是谁？”

他摇摇头，对我说：“是个中年人，戴着口罩，骑着一辆改良过的摩托车，我在街对面，看见欢沁被他一刀割破喉管……我来不及阻止。”

他没有阻止，也没有报警。

我静静地看他。

他有些局促和愧疚："我见着有人一边叫救命一边打电话给急救中心，一念之差……"

他想向我解释什么："我以为她会得救的，她匍匐在地上还在摁手机，真的，她看起来没有那么糟糕。因为离医院很近，很快就有救护车来，我以为不会有什么事的，真的，良缘！"

人，真是很复杂的存在。你永远不知道，在这一瞬间，对方做了一个什么样的决定，也不知道，这么一个决定会对你产生什么样的影响。

我大概明白，叶重台的心情。郝家对他有恩情，但是却又自私地抹杀了他所有的人生。他对欢沁大概是又想报恩，又恨着的。

"良缘，我其实不想她死。郝家对我这么好，养我长大，教我学习商场上的东西，欢沁就像个任性的小妹妹一样，但是她有时太任性了，让我觉得要窒息。"他像是压抑了很久，找到了发泄的端口一样，我从来没有见过如此滔滔不绝，神经质的叶老大。

"我有时很矛盾，我看到她倒下，我想我该心痛焦急的，但是我却意外地觉得很放松，有一种说不出的快感。"他迷茫地看我，"我记得当初，也有人这样口吐鲜血地躺在我面前。"

"我知道我不该恨着，但是我控制不了，这么多年，我忘记不了。"

我突然就想起老主任提到的那个可怜的女孩子，因为欢沁的介入，得不到心爱男孩的回应，从 6 楼跳了下来。

这么多年，我很难想象叶重台是怎么样从那幕中走出来的。

"那你那一天，还同我说了那么些话，认为宇笙是凶手？"我冷冷地问他。

他愣了一下，突然就无奈地笑了："良缘，你还是第一个想到的是喻宇笙，我以为你会问我，你内疚吗，你吃得下饭吗，想起那幕，会不会睡得着？以前你都是总想着我的吧。"

我冷淡地看着他。

突然觉得眼前这个男人，我从来没有了解过。即便我以前是那么喜欢他。

"良缘，如果我去帮宇笙开脱嫌疑，你会不会给我一个机会……"

“不会！”我站起来，拿起桌上的油纸袋，十分干脆地告诉他，“不会，我不喜欢你了，我喜欢的是喻宇笙，但是作为你的朋友，我有义务提醒你，知情不报不是好市民。我相信天网恢恢疏而不漏，就算你知情不报，也有水落石出的一天。”

叶重台抓着我的手并不愿意放，许久之后，他才松开，像是很疲倦一般闭上了眼睛。

“良缘，你连撒个谎骗我去帮助喻宇笙都不愿意，你还是这么直率。”他突然轻轻笑了出来。睁开眼，从沙发上站起来，对我说：“好吧，走吧，我送你回家补眠，黑眼圈这么重，一看就是没有睡好，送你回去后，我就会去警局，把该说的都说了。”

我嗯了一声，头也不回地走。

“良缘，其实我叫你出来，只想让你知道，你对于我其实也很重要，我现在作出任何一个决策，都越来越受你影响，我不去警局，是因为你，现在主动去提供线索，也是因为你。”

我脚步顿了顿。

他帮我提着包，站在我身后轻轻地说：“就算你已经不喜欢我了，我也不能让你看不起我。是不是？”他问得很轻，像是问我，又像是在自言自语。

大概是因为叶重台提供的线索，警方很快勾勒出凶手的样子。

有人提供线索，说是最近曾在郊区见到过这个人。

倒是有多人指认出来，说这是郊区违建棚群里的一个酒鬼，年轻时混迹在街道打砍偷，中年以后，摔断了脚踝，走路一瘸一拐的，找不到工作，每天就只知道喝酒骑车发狂。

最近那人得了一笔钱，又照例喝得醉醺醺的。

警方找到他的时候，他的酒还没有醒。

“说是有人给了一笔钱，让他去骑车割喉。”宇笙在欢沁的坟前，轻轻告诉我，“欢沁没有得罪过谁，只是之前同她联系过。”

我看着坟墓上那个笑得天真无邪的少女，有些感慨。

她的青春停留在了最美好的年华。却是以这种方式。

“董玲玲被传讯了，现在还没有什么消息呢。我不知道她有什么把柄被欢沁握住了，要下这样的毒手。”宇笙垂下头，将手里的花放在了郝欢沁的坟墓前，有些难过：“只是不管如何，她都是因为我而遭遇到这些的。欢沁，对不起，我不知道因为我，让你遭遇了不幸，或许我真的是一个不断让人受到伤害，不断让人得到痛苦的混蛋吧。”

“其实没有了我，大家的生活便不会这么糟糕，一定都会幸幸福福的吧？”

他哽咽着。

依然将所有的事情所有的责任都往自己身上揽。

两天没有见，他苍白得厉害，眼睛毫无神采，整个人瘦掉了一圈，死气沉沉的。

我还是没有忍住，伸手握住了他的手，他眼睛一亮，向我看来。

“宇笙，不要这样。对不起，我还是不知道要说些什么。”我不知道自己该用什么话来安慰他。

“不，这样已经很好了。我不会再让你为难，我会彻底从你生活中消失，你一定要好好的。”他微笑着，却带着无奈，黑亮的眸子带着水气同我相望。

我心头大恸，酸涩哽咽在喉头，一时间居然不知道要说些什么。只是流着泪看他，他也只是含泪看着我。

曾经那么相爱的两人，竟然一时无语。

“良缘，我爱你，比爱自己生命还爱。”他轻轻在我额头上吻了吻，然后转身头也不回地消失在墓园的另外一端。

这便是我同他在 Y 市的最后一次相见。

# PART 18

## 羁绊，墓地，神经病

那些手信来自不同的地方，有时候是沙漠的细沙，有时候是草原的格桑花，有时候是温泉边盛产的鹅卵石。

他应该去过很多地方，他对自己的定义一向是发配和放逐。

案件真相大白之后，宇笙就如同没有出现过一般，从我的世界里消失得干干净净。就如同一开始那样像暴风一般侵入我的生活，现在又如同过境台风一样，破坏了所有的东西，消失得一干二净。

不管是在网络上，在最初相遇的街道边，还是我们一起玩耍过的游乐园，我都去寻了一遍又一遍，但是那些地方都干干净净，时间早已将他的痕迹一点点抹去。

喻伯父来找过我一次，问我："良缘，很对不起，不过，我想问，你还爱着宇笙吗？"

我愣了一下。

"你们明明都那么好……其实都是我的错，良缘，我该把一切都告诉你们的。"他忐忑不安地向我解释，不知道为什么，他内疚而又无措的样子和宇笙重合起来。

我想我知道我爱着宇笙有多深，只是提到他的名字，我的眼泪就一下子涌了出来。

"宇笙因为极度内疚，连信息都没有留下，一个人远走他方，但是有的事情，我想我一定要同你说清楚，良缘。"喻伯父叹了口气。

"我这辈子，犯下的最大的错误，便是同董玲玲在一起。"老人自从宇笙离开 Y 市以后，就像被抽走了所有的活力。整个人都衰老了。

他叹气："我总以为男人该事业和女人都拥有的，宇笙的妈妈是个好女人，但是婚姻终究有七年之痒，是我没有克制住自己的欲念，动了那样的念头，犯了滔天的错。”他老泪纵横的样子，让我不知道要说什么，只能静静听他说话。

“郝家的小姑娘调查的信息里，还有她几处不合法的交易，以及车祸的更多照片，如果不是案件告破，我也不知道她竟然藏起了那么多东西去养活她在外面的汉子。唉，这也是报应，报应了我，也报应了她，只是，宇笙不该承担这些。”

“当初，宇笙和她妈妈来捉我出轨马脚的时候，我是知道的，什么都知道，我也知道宇笙恨恨地在车刹上做了手脚。”

我抬起头来看喻伯父，有些惊讶。

“良缘你不用这么看我，我现在想告诉你，当初我是修好了车刹的，万幸因为那场车祸，我把所有发票都保留了下来，你可以看一看。”他推来了发票，那上面是维护事宜，果真日期和内容同喻伯父说的一样。

“所以，出了车祸，并不是他的责任，他一直一直以为是自己的错，让所有的事情变得这么糟糕，我本不知道他内疚了这么多年，我以为他看到发票细节，应该知道的。”喻伯父又叹息。

我简直不知道要说些什么。心疼心酸心塞，全部涌上心头。

“良缘，喻伯伯欠你一个对不起。”他站起来突然在我面前跪了下来，我手足无措地站在那里。

“对不起，这一切本该都是我的报应。但是，宇笙真不该那么痛苦的。”他老泪纵横。

不等我扶他，自己又扶着桌子爬了起来。哀求我：“良缘，你让宇笙回来吧，让我像以前一样对他好。”

我有些无奈。

到了今天，喻伯父依然以为宇笙同我是有联系的。我只能无奈地告诉他：“对不起，喻伯伯，我也不知道他在哪里。他……已经走了好久了。”

喻伯父呆在了那里，自言自语：“原来真的不知道，原来大家都不知道。”

愣了好一会儿，他便又这样自言自语地走了出去。

我一天比一天更加思念宇笙。

其实已经过去一年多了，但每每想起他，心中依然钝痛。

能用的一切办法，都已经用过，却始终没有他的任何音信。他便真的如同最初承诺我的那样，彻底从我生活中消失不见了。

偶尔午夜梦醒，我会怔忪地坐起身来，想起他明亮亮的大眼睛和深深的小梨涡，一脸调皮地朝我笑。

那心中的思念便如潮水般，铺天盖地地朝我涌过来。

宇笙，你在哪里，你过得好吗？

我想你，还是爱着你。

我曾经漫无目的地将他提起过的地方都走了一遍，他爱去的咖啡店，老板娘都已经认识我了；他资助的大学生，开学典礼上，我还送去了鲜花；就连郝欢沁的墓地，那上头的花我都换了好几个季节的花束。

其实我是知道他曾经回来过。只是我找不到他。

郝欢沁的墓地上，隔段时间便会多出不同的手信，那些手信包装得都很漂亮。包装盒上用毛笔写着出处和典故，我是看过宇笙写过对联的，那一笔一划桀骜不驯，像是他的性格。

那些手信来自不同的地方，有时候是沙漠的细沙，有时候是草原的格桑花，有时候是温泉边盛产的鹅卵石。

他应该去过很多地方，他对自己的定义一向是发配和放逐。

墓碑上的郝欢沁甜丝丝地笑，一脸的无忧无虑。

我对她说："欢沁，你忍心看到你心爱的宇笙那样的自虐吗？再看到他的时候，帮我留下他好吗？"

清风吹过，带走墓地前的碎花瓣。

宇笙最新一次带来的手信被吹歪了蝴蝶结。

我蹲下来整理，提起手信，我看见它的另外一面写着：

欢沁，你看过美丽的草原吗，我想如果你来看一看，便知道世界原来这么辽阔，人心可以这样单纯，我喜欢这里，也打开了很多之前的心结。

那一刹那我眼睛禁不住地发酸。

我放下手信，默默看向墓碑上的欢沁，隔着泪花，她的笑容更甚。

“谢谢！”

我向她道谢。

我便上路开始寻他。

所有有草原的地方，就是我的目的地。

我看过草原上盛开的格桑花，看过草原里成群的牛羊，也喝过最纯正的酥油茶、马奶酒。所有的草原，都有广阔蔚蓝的天空，坚毅恣意的植被，每每走过一个草原，我便会想：或许在不久前，我的宇笙也恰巧从这里走过呢。

我渴望与他相见。

魂系梦绕，好几次，梦中的我在翠绿之中见着他眸色亮亮地调皮地对我笑，问我：“你来啦？你喜欢这辽阔开朗的一切吗？”

我坐起身，擦掉眼泪。

在心里回他：“喜欢，宇笙，我喜欢你喜欢过的所有一切。”

又是一年，生活毫无波澜，像一潭死水。

欢沁墓前最后一份手信终止在半年前，我看着上面写着：“欢沁，我从心中梦魇中解脱了出来，恍如重生，想要好好地生活，你也好好地拥有下一世吧，去真正地重生吧。再见，小姑娘。”

我抚摸着他的字迹，心中复杂又失落。我竟然完全不知他在何处，做着什么，想着什么，只是在追思亲友时才能看见他来过的痕迹。

这一年里，发生了很多事情。

叶重台从郝家彻底脱离出来，虽然仍作为养子负责着赡养郝家两位老人的责任，但是却开了自己的小公司，同郝氏再无瓜葛。

偶尔见到他风尘仆仆地为事业奔波着，精神劲十足，我也从心底为他开心。

而吕子建后来又追求过几位白富美未果，一直没有逃得出郝助理的五指山，乖乖从郝氏辞职回家，做了一名光荣的煮夫。他倒是越做越得心应手，经常在微博上发表自己的菜谱。甜蜜快乐之心可见一斑。

老主任那里我倒是经常去，老人家被宇笙伤了心，经常念叨着：这孩子就跟野马一样，再好的缰绳也套不住，你说，良缘，你这么好，他怎么舍得抛下你跑出去游历了，你怎么这么苦？

“良缘，你不要放弃宇笙好不好？”她哀求我。

我反手握住她的手，笑着点头。得到我的保证，她又是笑又是泪地继续抱怨。

她不知道其中的事情，我也不打算告诉老人家这些，这只能让她徒增伤悲。

只是我的心一次又一次地告诉我，我的旅程还未结束，我该继续行走，把宇笙找回来。

年中的某一天，我看见旅游彩页上鄂尔多斯草原的辽阔，不禁动了再一次去旅游的心。说起来，距离上次草原之行，已经过去三个月了。这次回来其实是为了带好新人，接替我手中的工作。等到新人的工作上了轨道，我便辞了职，提了行囊，重新走上了旅途。

这次我跟了旅游团。

随行的导游异常热情，一路上逗得大妈们乐不可支。对了，忘记说了，我报错团队了,这团的名字叫夕阳红娘子军团队,专门为单身老年妇女安排的。

节目安排得悠闲悠闲。

10天的旅程，给掰开了20天，所到之处，除了导游的介绍，还有大片的留白，让大家坐在那里聊天休息，不过我也乐得有空逛遍这里的每一处。

“各位旅客，待会儿我们会去牧民家参观，咱们大草原上可是有风俗的，大家要紧跟部队，万一哪位漂亮的美女被咱们草原上的小伙子看中了，抢回家做……”

导游没有说完，前排张大妈就撇嘴：“抢回家做老干妈？”

“是做老婆呀，大妈！”导游干笑了一声，岔了一个话题，把这事就揭过了。

“要不要尝试着骑马？”从牧民家参观出来，他又想到一个新鲜的游乐项目，“焕发青春的骑马运动哦？”

团里的大妈们都跃跃欲试。

只有我胆怯地缩在后面。

那些马都高傲得很，用鼻孔在嘲讽我，我一走过去，它们就从鼻孔里喷热气来吓我。

“我还是不要骑马了吧？”我胆怯着。

刘大妈一拍我肩膀，哈哈哈一阵爽朗的大笑：“姑娘，你不行呀，你看我们这帮美女，人人都是美貌与胆识共存，你这是要脱离群众吗？这样不好啊，脱离群众注定没有好下场！”

“……”这么大一顶帽子压下来，我只能硬着头皮上。

秋风烈烈，我骑在最为弱小的一匹马上，胆战心惊地走在最后。帮我牵着马的小伙子，露出一个十分好笑的表情。

然后我看着他轻轻在马屁股上一拍，居然松了缰绳。

我的妈呀。

我吓得满场尖叫：“救命呀……你快来帮我牵着它呀，它开始跑了跑了跑了……”

那马也是淘气的，不慢下来，反而快步绕着圈跑了起来。

我被吓得眼泪鼻涕一把飞。

有人从我后面打马而上，恣意地大笑着问我：“美女，做我老婆还是让马再奔一会儿？”他扬起鞭，啪一下抽着我马屁股上，马儿疾驰的速度顿时加了一倍。

我一把鼻涕一把眼泪地大叫：“我要做老婆！”

来人大笑，训我：“出息！这样就卖了自己？”

他一探臂，将我整个人都单手抱过去了，我嘴巴哆嗦着也不敢看他，胆战心惊地问：“咱们这要跑几圈？”

带着我的家伙只是闷笑，胸脯阵阵起伏。

“你有帐篷？”我看见前面一大排牧民的帐篷。这里其实并不贫穷，城市里的高楼也是连绵而起，所有硬件设施都是最好的，但是很多牧民还是在草原上保留有自己的帐篷。

他恶意满满地搂紧我，回答我："是呀，我的房子不是一贯都有你的一半吗？"

这声音，这腔调，我回味过来，大为惊喜。一抬头，便真的看到了他。

"宇笙？！"我颤抖着声音，几乎以为自己产生幻觉了。

不过下一刻他就大笑着让我清醒过来："良缘，要不咱们尝试一下跳马，电视都那么演，我觉得好刺激。"

啪，我一巴掌拍在他的嘴上，直接让他消停了。

"给我做个正常人！"都分开这么久了，他还是这么天马行空。

他眉开眼笑地朝我挤眼睛，问我："我做个正常人，良缘就永远跟我在一起吗？"

身后夕阳团的大妈们用无比洪亮的声音助威："在一起，在一起，在一起……"

我这才发现我们兜了个圈，又回到起点了。

"快回答，不回答我就抱着你跳马了！"他威胁我。

"正常人，我答应你！"我做了个摊手的动作，从善如流地应下了他。

五点多的夕阳，光照都是金色的，笼着我和宇笙，一切如梦如幻。

"良缘，我们永远不再分开了。"他深情款款地看我。

"嗯，考虑一下。"我故意摆架子。

"你再考虑，我就去响沙湾用沙子把自己埋起来，你就再也见不到我了。"

呸！

我在他腰上掐了一把，有些哭笑不得，大概我这辈子都要跟这么不靠谱的家伙拴在一起了。

他像是看透了我的想法，咧开嘴大笑："不止哦，我们连坟都买在一起了呢。"

-----END-----

Fall in Love with a psycho
爱上男神经病

作者
苏 素

总策划
Tom.Li

选题策划
熊 嵩

执行策划
李 徽

特约编辑
李 徽

流程校对
李安安 刘峰

封面绘画
三本王 · wallace

封面设计
张 晗

宣传营销
张 栩

运营发行
常蓦尘

出版社
长江出版社

总出品
漫娱文化

平台支持
好漫画 MYCOMIC

**图书在版编目（CIP）数据**

爱上男神经病 / 苏素著 .
—武汉 : 长江出版社，2015.10
ISBN 978-7-5492-2856-0
Ⅰ. ①爱… Ⅱ. ①苏… Ⅲ. ①长篇小说 - 中国 - 当代 Ⅳ. ① I247.5
中国版本图书馆 CIP 数据核字（2015）第 248230 号



**爱上男神经病 / 苏素 著**

| | |
|---|---|
| **出　版** | 长江出版社<br>（武汉市解放大道 1863 号 邮政编码 : 430010） |
| **出　品** | 漫娱文化<br>（湖北省武汉市积玉桥万达写字楼 11 号楼 19 层 邮政编码 : 430060） |
| **出 版 人** | 别道玉 |
| **选题策划** | 长江出版社青春动漫编辑室 |
| **市场发行** | 长江出版社发行部 |
| **E－mail** | cjpub@vip.sina.com |
| **责任编辑** | 张艳艳 |
| **装帧设计** | 张　晗　　刘江南 |
| **印　刷** | 湖北新华印务有限公司 |
| **版　次** | 2015 年 10 月第 1 版 |
| **印　次** | 2016 年 02 月第 1 次印刷 |
| **开　本** | 889mm × 630mm　1/32 |
| **印　张** | 9.75 |
| **字　数** | 286 千字 |
| **书　号** | ISBN 978-7-5492-2856-0 |
| **定　价** | 25.00 元 |


电话 : 027-82927763( 总编室 ) 027-82926806（市场营销部）